陕西省社会科学院2014年《陕西人文社会科学文库》著作出版资助

The Significance of
Alai in the Perspective of the
Tibetan Chinese Novels

藏地汉语小说
视野中的

阿来

杨艳伶 著

社会科学文献出版社
SOCIAL SCIENCES ACADEMIC PRESS (CHINA)

序　言
多维文化视野中的阿来小说

对于风起云涌的新时期文学来说，阿来毫无疑问是一个独特的存在。他和他的文学之所以成为学界颇为关注并从不同角度解读的研究对象，就因为他的文学书写为我们提供了从多种角度观察和阐释的可能性。

阿来是一个用汉语写作的藏族作家，他父亲是一个在川西北藏区做生意的回族商人的儿子，他母亲是藏族人，而他自己出生和成长在大渡河上游川藏高原的嘉绒藏区。可见从血缘和成长环境来说，阿来的文化身份具有多种文化属性，再加上后天的教育和学习，使他选择了多元文化视角切入其所聚焦的文学领地。

杨艳伶的《藏地汉语小说视野中的阿来》选取新时期藏地汉语小说这样一个视野，来观察和探析阿来文学书写的文化内质和美学意义，实际上是她很长一段时间的研究兴趣使然。2006 年，这位在西北求学之后在东部沿海就业的河西女子，又兴致勃勃地回到西部的家乡攻读硕士研究生，毕业论文就选定了《藏地的尘埃与诱惑——阿来与马原作品比较》这样的题目。接着，在攻读博士学位期间，她把更多的注意力投向很少有人关注的藏地汉语小说创作领域，试图从更为宽阔的学理视域中解析阿来这样一个特异的文学存在。

作为一个用汉语写作的藏族作家，阿来的写作确实是穿行于汉藏两种异质文化之间。汉文化的博大精深赋予作家细致缜密的思维与开阔开放的视野，阿来通过汉语从世界各国的优秀文化中汲取营养，将对故土尤其是嘉绒大地的叙写与思考放在中国乃至整个人类发展的大格局中；而藏族文化尤其是藏民族口耳相传的神话寓言、英雄史诗、部族传说、人物故事，又为他提供了自由驰骋想象的空间，这些丰富多彩的民族民间文化使阿来的创作呈现出别样的形态与色彩。借用人类学中的"文化并置"命题，即把不同的文化及价值观并列后，人们方可从相辅相成的对照中看出以往不易察觉的文化特色。《藏地汉语小说视野中的阿来》从多维文化视角入手，分析汉文化与藏文化对阿来的创作究竟产生了哪些影响，揭示汉藏文化碰撞和融合中的藏地社会面貌如何在阿来的创作中得以呈现，阐述了穿行于汉藏文化之间的作家从两种文化之间汲取了哪些营养，再运用比较研究的方法将阿来与其他作家的创作进行比较分析，进而确定其在藏族文学甚至在中国当代文学中的独特性和价值。这一选题当然是有新意的，也有学术价值的。

从多种文化角度观察阿来及其小说，当然必须注重阿来自己所确认的民族身份。阿来一再地表示，"我之所以写作，是因为我常常听到内心某种固执的声音。当我个人的心境与情绪与青藏高原的大地，与这片大地上众多同胞特别契合的时候，这种声音就特别地清晰，并在灵魂深处冲突不已。我只是领受了命运的安排，把这些声音固定在纸上……"[①] 可见，藏族血脉、雪域文明早已渗透进阿来的灵魂，是他确认了自己的族群、定位自身的文化视野与创作视角的

---

① 阿来：《获奖感言》，《民族文学》2000 年第 1 期，第 55 页。

重要支撑点。强烈的族群认同感与归属感、久远深厚的部族记忆都是阿来小说自始至终贯通的主线，正因为如此，部族故事、民间传说、征兆占卜、煨桑祭祀，以及宗教仪轨等对阿来来说既是创作的素材和来源，更是其小说的重要构成和意蕴载体。

但阿来对这一特殊地域的文学书写，并不只限于藏族文化的视野。由于后天学习经历和个人文化选择，使得他的文学叙述具有更为宽广的文化意蕴。无论是有意或无意，阿来的创作不仅仅是单一民族文化的体现，还是多种文化的杂糅。儒道的"天人合一""自然无为"以及佛教的"缘起性空"观念早已渗透进他的血液，他将尊重自然、善待自然等强烈的生态关怀意识融入《信札》《大地的阶梯》《蘑菇》《遥远的温泉》等作品中，坚信人类的利益在大千世界中永远都不可能成为价值判断的终极尺度，而在《生命》《尘埃落定》《空山》《格萨尔王》等作品中，又有他对中国传统儒学中"仁义礼智"及佛教"众生平等"等重要命题的思考与阐释。

这本论著也注意到这样一些被定位为"边界写作者""边际人"的藏族作家，在进入创作后需要面对跨文化、跨语言、跨族别、跨地域的身份不断转换之痛，也需要适应在两种文化中无法完全归依之苦，但阿来也因此获得了丰厚的资源、宏阔的视野和深厚的精神体悟，既充实与强化了本民族的文化记忆，丰富与延展着藏族文学史，又能够巧妙运用"文化游离"带来的距离感进行自我反思和本土省察。对本民族文化有着深刻了解和清醒认识的阿来同时也接受着汉族文化的滋养与渗透，尽管我们无法判定汉族文化在其文化人格构成中占到多大比重，但源远流长的汉族文化确实充实与丰富着阿来的文化积淀，使他的视野更加宽广，也让他的作品呈现出多种文化杂糅的特点。在两种文化甚至多种文化交汇的"中间地带"，阿来叙写着嘉绒部族的历史文化以及现实命运，进而将这种思考提升到对人类生存进行体悟的高度。

在此基础上，《藏地汉语小说视野中的阿来》将阿来及其创作放置在藏地汉语小说的阵列中进行审读。20世纪80年代以来，扎西达娃、梅卓、央珍、江洋才让、尼玛潘多等藏族作家，以及马原、马丽华、杨志军、范稳、宁肯等汉族作家，都将关注的目光投向了宁静悠远、旷达高邈的西藏大地。他们中有的是以文化人类学的范式记述雪域的所见所感，有的是真实再现多民族区域的文化冲撞和融合的历史情景，有的是展示外来写作者所观察到的各式各样的藏地奇观，有的是借藏地书写呼唤拯救信仰和振奋精神的时代命题，毋庸置疑，阿来是这一阵列中的重点作家。但与诸多藏地书写中的"他观者"想象不同，阿来的藏地书写则是"自观者"的反思。他的创作更多的是致力于还原真实的藏地、呈现藏人真实的生活图景。"我作为一个藏族人，更多的是从藏族民间口耳传承的神话、部族传说、家族传说、故事和寓言中吸收营养。这些在乡野中流传于百姓的故事，包含了更多藏民族原本的思维方式和审美特征，包含了更多的世界上朴素而又深刻的看法，这些看法的表达更多地依赖于感性的丰沛而非理性的清晰，这种方式正是文学所需要的方式。"① 用非母语进行的跨文化写作，又关注的是长期被主流视野所忽略的阿坝故乡，双重边缘使得阿来在表现本民族文化时既能入乎其内又能出乎其外，能够深刻地把握民族文化的每一次脉息与悸动，也能站在异文化的角度体察其弱点与不足，展示和表现、审视和自省复杂而有机地构建他独特的文学世界。"没过多少年，机村周围的山坡就一片荒凉了。一片片树林消失，山坡上四处都是暴雨过后泥石流冲刷出的深深沟槽，裸露的巨大而盘曲的树根闪烁着金属般坚硬而又

---

① 阿来：《看见》，湖南文艺出版社，2011，第153页。

暗哑的光芒，仿佛一些狰狞巨兽留下的众多残肢。"① 这一段用汉语表述的文字里，背后隐含着的则是作者所说的藏民族的思维方式和审美趣味。在他的所有作品中，他将对"人"的关注放在首要位置，藏民族并不是藏地想象者或猎奇者眼中永远的宽大的藏袍、黑红的脸庞、凝滞的眼神，他们也与其他人一样有幸福、欢笑、获得、泪水、酸涩、苦闷、压抑以及失落等，在历史的演进过程中，他们同样也在经历痛苦的撕心裂肺式的蜕变和艰难的调试。

从这样一个角度来看，嘉绒之子阿来将笔触直抵藏人灵魂深处，从形而下的生存状态到形而上的精神诉求，通过藏地一角书写着藏民族的发展史、生活史和心灵史，他比任何人都迫切希望藏地、藏民走上稳健、快速的发展道路，不希望雪域藏区成为保留人们原始文化记忆的"博物馆"。与此同时，阿来又在"藏族生存"与"人类生存"之间找到了某种共鸣，在嘉绒、西藏、中国及世界的交融中探寻着文学的情感深度和精神价值。

总的来说，这本论著能综合运用文化人类学理论和比较研究等方法，将阿来及其创作放置在新时期以来藏地汉语小说的大格局中进行研究，深入探析汉藏文化对阿来小说产生的影响，细致地考察了阿来在汉藏文化交流碰撞中藏地风貌的文学书写，较为系统地阐述了穿行于两种文化的阿来所汲取的双重文化营养，比较分析了阿来与其他同类作家的共同性和差异性，进而阐发了阿来在藏族文学以及中国当代文学中的独特地位和特殊价值。著者以文化的视角，切入对一个少数民族作家汉语创作的深入解读和细致研究，视野宏阔，论述精当。尤其在汉文化的渗透、藏文化的浸润以及汉藏文化的融会贯通等问题进行了比较透彻和独到的分析，既不乏新见，也

---

① 阿来：《空山：机村传说壹》，人民文学出版社，2009，第509页。

有较强的说服力。

我总觉得阿来作为一个穿行在多种文化之间的创作者，他的创作为中国当代文学提供一种异于寻常的文本，这些独特文本所具有的文学意义，实际上还有继续深入开掘的空间，这实际上也为更多地像杨艳伶这样的年轻学人准备了研究话题。无论是小说《尘埃落定》《空山》《格萨尔王》，还是非虚构作品《瞻对》，阿来的所有作品，几乎都在努力呈现出一个传统的少数民族区域，在每一次历史变革的浪潮袭来之时缓慢转身过程的忐忑和艰辛。反顾阿来的每一部重头之作，似乎都在努力寻找着一次新的突破，从《尘埃落定》对历史风烟的真实还原，到《空山》对生态危机的深重忧患，再到《格萨尔王》对民族文化的执着追觅，这些作品无论是思想蕴涵，还是艺术内质都显示出作者有着处心积虑的探求目标。

新近出版的《瞻对》也是这样一部着意为之且颇为引人关注的作品。"瞻对"是康巴地区的一个民风强悍的区域，当地人形象地称其为"铁疙瘩"。为了真实地呈现出瞻对200余年的历史风云，作者十几次深入藏地，翻阅数百万字史料，进行了大量的实地采访，经过5年的删改后才有了这部文学化的地方史，讲述了一段独特而神秘的藏地历史传奇。200多年来，清廷官兵、西部军阀、国民党军队、西藏地方军队乃至英国军队等，都以不同的方式介入这个地方。瞻对这康巴一隅不仅展现了汉藏交会之地藏民独特的生存境况，也揭示了藏区问题复杂性，藏区在发展演进的过程中留下的不只是历史的风烟，同样也留下诸多令后代思索的经验和教训。选择这种历史化写作方式，实际上也是选择了"非虚构"的文体，这一写作范式的新变，一方面表明阿来文学创作一直在寻找着切近对象的文学方式；另一方面也呈现出针对这样的敏感题材，阿来选择了一种让历史本身说话的方式。拒绝虚构，并不是没有态度，作家的态度就寄寓在文本之中。

　　最后，让我们引用阿来早年创作的诗歌《颂辞》里一段，结束
这篇拉拉杂杂、意犹未尽的序言。

　　　　心回到坚实的土地
　　　　眼睛从流水上升起
　　　　宽广盛大的夏季啊
　　　　所有生命蓬勃而狂放
　　　　太阳叩击湖泊的水晶门
　　　　赤脚的笛声在星光下行走
　　　　无依无凭，朵朵百合悬浮
　　　　是飞翔于水中天空的鱼群的梦幻
　　　　而我们站在时间的岸上

　　　　　　　　　　　　　　　　　　　　　　彭岚嘉
　　　　　　　　　　　　　　　　　　2015 年 1 月于兰州大学

摘　要

　　作为一个用汉语写作的藏族作家，阿来注定要穿行于汉藏两种异质文化之间，也注定要在两种语言之间流浪。他可以用汉语进行会话和书写，但母语藏语仍然是他的口头语言。汉文化的博大精深赋予了作家细致缜密的思维与开阔开放的视野，他通过汉语从世界各国的优秀文化中汲取营养，将对故土尤其是嘉绒大地的叙写与思考放在中国乃至整个人类发展的大格局中；而藏文化尤其是藏民族口耳传承的神话、部族传说、家族传说、人物故事及寓言等，又为他提供了自由驰骋想象的空间及取之不尽、用之不竭的宝贵写作素材，这些丰富多彩的民族民间文化又使阿来的创作呈现出别样的视角与形态。借用人类学中的"文化并置"命题，即把不同的文化及价值观并列后，人们方可从相辅相成或相反相成的对照中看出以往不易察觉的文化特色、成见或偏见。将阿来及其创作放在新时期以来藏地汉语小说创作的大格局中进行研究，分析汉文化与藏文化对阿来的创作究竟产生了哪些影响，揭示汉藏文化在碰撞和融合中的藏地社会面貌如何在阿来的创作中得以呈现，阐述了穿行于汉藏文化之间的作家从两种文化之间汲取了哪些营养，运用比较研究的方法将阿来与其他作家的创作进行比较分析，进而对其在藏族文学以及当代文学中的独特性和价值加以总结是一个值得研究的课题，也具有重要的意义和价值。

本书除了绪论和结语，共分为六章。绪论共分为三个部分，第一部分先界定一个书中所用到的重要概念，即"西藏"是一个文化概念而非行政区划概念。第二部分对西藏当代汉语小说的发展状况进行简单的梳理和概括。第三部分简述选题意义、课题相关的研究现状及论文的着眼点与写作思路。第一章"他观者"的想象，共有三节，第一节新时期以来汉族作家藏地小说热，第二节现代性/汉化的双重阻隔，第三节朝圣、追寻或反思的文化选择，对汉族作家马丽华、杨志军、马原以及范稳的藏域小说进行分析和论述。第二章"自观者"的言说，分为藏族作家的华丽转身、聆听母族文化的足音、现代性的多样化解读三节，综合论述藏族作家汉语小说创作的开创性意义和重要价值，并对央珍、梅卓、扎西达娃等藏族作家小说作品的文化内涵和精神追求进行重点阐述。第三章藏文化：阿来的创作之源，主要论述藏文化对阿来的濡化，从雪域文化的呈现、早期宗教及藏传佛教等方面论述藏文化对阿来的创作产生的深刻影响。第四章汉文化：嘉绒之子的追寻与守望，着重阐述汉文化对阿来的滋养与渗透，主要是从道家思想的渗透及汉族文学传统的延续和传承等方面阐释汉文化对阿来的重要影响。第五章从汉藏文化交融的角度论述阿来及其创作，分为"天人合一""缘起性空"观影响下的生态关怀和"仁""众生平等"与和谐人际关系两节。第六章则重点阐述阿来小说的独特性，共分为四节，第一节西藏不再遥远、第二节传说就是现实、第三节别样的历史观、第四节魔幻化叙事，从作品的思想蕴涵、历史观以及叙事艺术等层面阐述阿来小说的独特之处，其中对阿来与马原、扎西达娃、马丽华、杨志军等人的创作进行比较分析。结语对阿来在藏族文学和当代中国文学中的地位进行概括和归纳。

Abstract

As a Tibetan writer in Chinese writing, Alai doomed to walk through the two heterogeneous cultures that is Chinese and Tibetan. He also doomed to wander between the two languages. Although Alai's oral language is still the Tibetan, he can use Chinese to speak and write proficiently. The extensive and profound Chinese culture gives him the meticulous thinking and broad view. Alai absorbed rich nutrition from the excellent culture all over the world by means of Chinese. He placed the description and thinking of his homeland especially the Jia rung in the pattern of the whole human development. Meanwhile, the Tibetan culture including myth, tribal legends, family lore, character stories and fables provided him a free space of imagination and inexhaustible writing materials. In addition, Alai's creation showed a different kind of view and form because of these rich and colorful folk culture. We can borrow the proposition called "cultural juxtaposition" in anthropology, that is, people can find out the cultural characteristics, prejudice or bias that are not detectable in the past from the complementary or opposite comparison. It is not only a subject worthy of study but also of great significance and value to do these research work, including place Alai's creation in the pattern of the Tibetan Chinese novels since 1980's, analyze what impact has been exerted to his creation by the Chinese and Tibetan culture, reveal the presentation of the Tibetan social outlook as a result of cultural collision and fusion, describe the nutrition that Alai has absorbed from the two cultures, use the comparative study to analyze the creation of Alai and the other writers and summarize his uniqueness and value in the Tibetan literature and contemporary literature.

The thesis divides into six chapters except the preface and the conclusion. The preface is divided into three sections. The first section clarifies an important concept used in the paper, that is, the concept referred that the Tibet is a cultural concept rather than a concept of administrative divisions. The second section carries on a simple combing and summary of the development of the Tibet contemporary Chinese novels. The third section discusses the significance of the topics, the present research situation of the issue, the focus, and the writing mentality. The first chapter-the viewers' imagination. This chapter has altogether three sections. The first section reveals the upsurge of the Tibetan novel written by Han writers. The double barrier of modernity/Sinicization is the theme of the second section. The third section, the cultural selection of pilgrim, introspection or pursue, discusses and analyzes the Tibet domain novels of Ma Lihua, Yang Zhijun, Ma Yuan and Fan Wen. The second chapter, the saying of the self-concepts', including the magnificent turn of the Tibetan writers, the listening of footsteps of the local culture, and the profuse interpretation of modernity, comprehensively discusses the ground-breaking significance of the Tibetan writers. The cultural connotation and spiritual pursuit in the works of Yang Zhen, Mei Zhuo and Zhaxi Dawa are interpreted primarily.

The third chapter-the Tibetan culture—the source of A Lai's creation. This chapter mainly discusses the enculturation that impacted on A Lai and his creation by the Tibetan culture. The showing of the Tibetan culture, the early religion and Tibetan Buddhism are the important content of this chapter. The fourth chapter-the Chinese culture—the pursuit and guardian of the son of Jia rung. The nourishment and penetration that provided by the Chinese culture to A Lai's are elaborated in this section. The primary elements include the penetration of Taoism and the continuation and heritage of the Chinese literary tradition. The fifth chapter discusses A Lai's creation from the perspective of fusion of Chinese and Tibetan cultures. This chapter consists of two sections, they are the ecological concern affected by "Tian Ren He Yi" and "conditioned causality", and the harmonious interpersonal relationship influenced by the concept of "benevolence" and "creatures are equal". The sixth chapter focuses on the uniqueness of A Lai's novels. This chapter includes four sections. The title of the first section is the Tibet is no longer a distant existence. The second section's title is legend is reality. The topic of the third section is a different cognition of history. Demonizing narrative is the title of the fourth section. The uniqueness of A Lai's novel is discussed from all kinds of levels, that is, the thinking contains, distinctive view of history and narrative art. Meanwhile, this chapter also analyzes the creation of A Lai and Ma Yuan, Zhaxi Dawa, Ma Lihua and Yang Zhijun comparatively. The conclusion generalizes the significance of A Lai and his position in in the Tibetan literature and contemporary Chinese literature.

目 录
CONTENTS

绪　论

一　西藏：一个文化概念

圣洁庄严的寺院、转经筒、玛尼堆、五色经幡、六字真言以及磕长头的藏人，是藏地的典型特征，也是所有外来者和向往者魂牵梦绕的西藏"符号"，更是无数书写藏域的作家们一再吟诵的重要意象。自20世纪80年代以来，"西藏"作为一个书写对象，频繁地出现在中国当代文学作品中，藏域、藏民和藏文化都是藏地汉语小说关注的焦点，汉藏作家们从不同的角度阐释着他们对"西藏"的理解，叙写着雪域文化的博大、深厚与雄奇。

扎西达娃和马原将雪域文化的展现与先锋实验及寻根之旅有机地融合在一起，创作出一批能够激发人们丰富的西藏想象与勇敢的藏地探险的重要作品。马丽华将她多年西藏生活与游历的记录和思考结集为游记散文《走过西藏》，同时也有《西藏之旅》《苦难旅程》《终极风景》《青海苍茫》等作品出版，在这些作品中，她讲述着六字真言的真谛、朝圣者的灵魂、苦修者米拉日巴的事迹、六世达赖喇嘛仓央嘉措的诗化人生、藏东玛尼堆、藏北牧民的自然崇拜等；长篇小说《如意高地》则挖掘了一段尘封百年的历史，人物多舛的命运、苦海中的浮沉与挣扎都渗透着佛教的"苦难"意识。范稳的《悲悯大地》《水乳大地》用空灵的笔触展现着多种文化、多个民族和多种信仰的碰撞与交融，完成了对藏传佛教和藏民族精神信仰的诗性触摸。杨志军在《藏獒》系列作品中通过藏獒的形象呼唤着人性的复苏，也呼唤着雄强的生命力，呼唤着能够像巍峨的青藏高原般傲然矗立的"人"的形象；《伏藏》被誉为"中国版《达·芬奇密码》"，以仓央嘉措的情诗串联起西藏文化的本质，是对人类精神信仰的拯救之旅，并坚信爱与信仰是人类永恒的伏藏，从而弥补人类精神的空虚与信仰的缺失，仓央嘉措是将神圣的宗教情感与世俗的男女之爱融为一体的西藏神王，西藏的过去、现在和未来都融汇在对"伏藏"的发掘历程中。央珍、梅卓则与其前辈益西卓玛等藏族女作家一起，试图在文学书写中改变藏族女性的历史命运，任劳任怨、吃苦耐劳、虔诚信佛等不再是她们生活的唯一内容，女性同样可以参与文学写作而不再"失语"。

在这里，首先需要澄清一个重要问题，即"西藏"是一个文化概念，而不是行政区划概念。新中国成立以后所建立的西藏自治区只是整个藏区的一部分，若按照方言划分，藏区可以分成卫藏、康巴和安多三个地区，卫藏地区就是现在西藏自治区的大部；康巴地区主要是指四川甘孜藏族自治州、云南迪庆藏族自治州以及西藏的昌都地区等，又被称为康区、川康地区、康巴地区等，四川甘孜藏族自治州是康巴藏区文化的核心地区；安多地区则包括今天的甘肃南部、河西走廊、青海高原以及四川西北的部分地区，也就是国内外一些藏学家习称的东藏方言区，同时也是与我国中原地区西北邻近的少数民族聚居区。在藏人中间有一句广为传诵的话：法域"卫藏"、马域"安多"、人域"康巴"，即卫藏地区寺院林立、高僧大德众多，其宗教最为兴盛；安多地区的马最好，以出良马、崇尚马而闻名；康巴地区则以人美著称，强悍勇猛的康定汉子和妩媚多情的丹巴女子是康巴人的骄傲。无论是"法域"、"马域"还是"人域"，是康巴人还是嘉绒子民，都是藏族大家庭中的重要成员。无论是马原、扎西达娃、马丽华主要反映西藏自治区生活风貌的作品，杨志军笔下的青藏高原、范稳视野中的云南少数民族聚居地区，还是阿来深情颂扬的嘉绒藏族，都共同构成了文化意义上的"西藏"。西藏是整个藏民族的代名词，是所有藏族人共同的思维方式和精神原乡。就如阿来所说：嘉绒，是一个地区的名字，"是藏民族大家庭中一个部族的名字"①。吐蕃时期传入嘉绒地区的藏传佛教和统一的藏族文字，使得这个地区在文化上与整个藏区取得了高度的一致性，"使嘉绒人成为这个大家庭的一个重要成员"②。而藏地、藏域、雪域、雪域高原、雪域圣地等也就成为文化西藏、广袤藏区的代名词。

二　西藏当代汉语小说发展现状

众所周知，西藏当代文学发展与整个国家的社会变革、文学演进密不可分，"藏族当代文学是在中国现当代文学发展的大背景及其强力感召和影响下产生和发展起来的一种新型民族文学，是中国现当代文学的重要组成部分"③。1951 年 5 月 23 日，《中央人民政府和西藏地方政府关于和平解放西藏办法的协议》（简称《十七条协议》）的签署宣告西藏和平解放，这不仅是中国革命史和中国现代史上的重大事件，更是西藏历史上的重要转折点。1965 年 9 月 1 日，西藏自治区第一届人民代表大会第一次会议在圣城拉萨隆重召开，

① 阿来：《阿来文集·诗文卷——永远的嘉绒》，人民文学出版社，2001，第 144 页。
② 阿来：《阿来文集·诗文卷——永远的嘉绒》，人民文学出版社，2001，第 145 页。
③ 道吉任钦：《新中国藏族文学发展研究》，《西北民族研究》2009 年第 3 期，第 211 页。

西藏自治区也宣布正式成立。和平解放、自治区成立、民主改革、进入社会主义等一系列重大事件，在政治、经济、文化等方面的深刻变革使藏区人民的生活发生了前所未有的变化。藏族文化以及藏族文学的走向也发生了改变，在藏族文化方面，语言的使用由原来的藏语一元独尊逐渐发展为藏汉二元甚至多元模式。在文学创作上，传统的藏语文学作者多为僧侣等学者，藏族文学史上的一些重要著作都出自僧人之手，如《米拉道歌集》的作者为藏传佛教噶举派（白教）宗师、西藏"实践佛法"代表人物米拉日巴，藏族第一部哲理格言诗集《萨迦格言》是萨迦五祖之一、萨迦寺金刚密乘大教主萨迦班智达·贡噶坚赞的作品，六世达赖喇嘛仓央嘉措为后世留下了《仓央嘉措情歌》，等等。新时代的来临则使得文学从作者、语言、题材和主题等方面都有了根本性的变化，除了仍然运用母语藏语进行创作的作家之外，还出现了一大批"跨族别写作"的作家，即运用汉语写作的藏族作家及以藏地生活为创作背景的汉族作家。

20 世纪 50 年代，一批军人首先进入了西藏这块曾经相对保守的土地，50 年代的藏族汉语文学创作自然就以部队作者为主，他们不仅是屯垦戍边的优秀战士，也是西藏新文学处女地的开拓者，这些作者包括刘克、徐怀中、高平和杨星火等。徐怀中的长篇小说《我们播种爱情》是第一部反映藏族题材的汉语力作，这部作品在当时以及其后的很多年都备受读者推崇和喜爱，作品开风气之先的首创意义，所传达出的与时代合拍的昂扬奋发的精神，以及对奇异藏地风光与习俗的真切描绘都奠定了其在当代西藏文学中的重要地位。合肥作家刘克将西藏作为作品构成的重要元素和主要基调，短篇小说《央金》着重表现西藏下层社会以及西藏妇女的苦难命运，意在揭示西藏社会变革的历史必然性。曾在西藏服役 20 多年的著名女诗人杨星火和高平的诗歌都是西藏文学的重要华章。50 年代的人们以全新的面貌和真诚纯粹的心态迎接新时代与新生活的曙光，部队作家们的创作自然也就打上了那个时代的深刻烙印，不仅文学高调、高光、高蹈、激越、昂扬，而且"响应了新中国、新生西藏的欢欣鼓舞，写照着这片土地上前所未有的社会变革、人民翻身做主的焕然一新的思想风貌。由于是未经前人开垦的生荒地，虽有刀耕火种、开辟蒿莱的艰辛，但在素材题材的选择上，也有俯拾即是的便利——生荒地也可能是沃土，经年的腐殖质足以使第一茬庄稼获得始料未及的丰收。更何况这些部队作者自身就置身于火热的生活之中。这一时期文学所表现的内容，就是这一时代的社会内容：向着北京的礼赞，对于刚刚逝去的旧社会旧制度的控诉和批判，军民团结，民族团结，新人新事新思想新感情，总之这是一个歌唱太阳、歌唱新生的时代"①。这种创作心态和文学现象一直延续到了60年代初。

　　从60年代中期一直到80年代初的西藏文学由于社会变革、政治运动等我们众所周知的原因陷于沉寂状态，曾经的真诚与热情被非理性和虚假所代替，曾经的纯粹也失去了"原色"。80年代以来，西藏文学创作者的队伍不断壮大，几路人马齐集西藏、作家云集，共同为藏地文学增添着亮丽的色彩和风景。此时的作家队伍除了已经在藏多年的藏汉族作家益西单增、李佳俊、叶玉林、黄志龙等人，满怀理想、热情和激情的进藏大学生的加入为这支队伍注入了新鲜血液与充沛活力，这股新生力量包括70年代进藏的大学生如秦文玉、马丽华、范向东等，80年代进藏的大学生如马原、李启达、刘伟、冯良等人。本土成长起来的藏族年轻作家和西藏汉族第二代年轻人也成为作家队伍中的新生力量，扎西达娃、色波、金志国、李

---

① 马丽华：《雪域文化与西藏文学》，湖南教育出版社，1998，第72~73页。

双焰等人的努力与成就有目共睹。70 年代末创刊的汉文版《西藏文学》是藏地作家们成长的"摇篮",笔会、讨论会、特辑专号等扶持和奖掖新人的各种努力都充分发挥了这个平台的重要作用,许多作家通过这个舞台从青涩、蹒跚学步逐渐走向了破茧成蝶、展翅高飞的成熟与稳重。

当代中国文坛于 20 世纪 80 年代出现了"先锋小说"的创作热潮,涌现出了马原、洪峰、残雪、苏童、格非、孙甘露等先锋小说作家,从语言实验、叙事策略等方面对传统小说创作模式进行了变革与创新。同样,80 年代中期的西藏小说也有了新的创作方法与风格,这就是"高原魔幻现实主义"的兴起。在这片空气稀薄、自然环境相对恶劣,相信前世今生和来世,相信轮回且神山圣湖崇拜无处不在的土地上,一批作家在拉美魔幻现实主义和青藏高原的神奇博大之间找到了契合点,写出了他们的"魔幻小说"。《西藏文学》在 1985 年的 6 月号上推出"魔幻小说特辑",这些作品包括:扎西达娃的中篇小说《西藏,隐秘岁月》、色波的《幻鸣》、金志国的《水绿色衣袖》、李启达的《巴戈的传说》和刘伟的《没上油彩的画布》。这些作家的尝试和探索自然会有褒贬不一的评说,刊登五篇小说的《西藏文学》编后语中写道:"所谓'魔幻',看来光怪陆离不可思议,实则非魔非幻合情合理。凡来西藏的外乡人,只要他还敏锐,不免时常感受到那种莫可名状的神秘感、新鲜感、怪异感;浓烈的宗教、神话氛围中,仿佛连自己也神乎其神了。"[1] 王绯为扎西达娃的《西藏,隐秘岁月》所做的跋中这样说:"然而,扎西达娃并没有使西藏的魔幻显得生搬硬套,显得比较廉价。因为:西藏神奇的自然景观,富有原始色彩的地域文化风貌、滞重的宗教习俗迁

---

[1]　马丽华:《雪域文化与西藏文学》,湖南教育出版社,1998,第 79 页。

延，以及西方文化和现代文明突飞猛进的侵扰，使扎西达娃在生存的文化背景下获得了与拉美魔幻现实主义神韵的某种天然契合。"①持相反意见的扶木先生则这样说："将西藏新小说视为魔幻现实主义小说乃是一种误解，是人们的期待心理在作怪——他们对西藏唯一的心理资源就是神奇。另外，这种误称表明了区分文学史上运动趋向，趋向与主义、主义与主义、主义与流派、主义与创作原则、流派与创作手法的重要。如果只看见创作手法，我们就可能产生这样的雅兴：把六朝的老怪、唐宋的传奇也看作是魔幻现实主义作品。"②不管收获到的是褒扬还是质疑，也不管他们在其后的创作中或是中途改变了路向，还是沿着这条道路继续深入并找到了真正适合自己的表现方式，可以肯定的是，作家们的探索和努力为西藏文学的发展留下了浓重的一笔，西藏新小说的发展从此不再平凡和单一。

20 世纪 80 年代对于整个中国当代文学来说，是破旧立新、解放重生的重要历史时期。伤痕文学、反思文学、改革文学、寻根文学、先锋小说、新写实小说等文学思潮，是历经浩劫之后的作家对封建意识恶性爆发所产生后果的深刻反思，是转型时期作家对社会变革的自觉呼应，是作家对本民族文化之根的执着找寻，是作家们对西方文化资源的借鉴和利用，也是作家们对社会生活变迁的深刻感知与体悟。90 年代以来，市场经济体制确立、经济结构转变、大众文化崛起、都市休闲娱乐文化逐渐形成，人们的生活方式和思维观念发生了前所未有的变化。这些因素使中国文学出现了一系列的新变，如作家不再像 80 年代一样分属不同的流派或思潮，也不再有鲜明的、便于归纳的艺术特征等。当代文学主潮的变化自然会对西藏新

---

① 王绯：《魔幻与荒诞：攥在扎西达娃手心儿里的西藏》，载于扎西达娃著《西藏，隐秘岁月》，长江文艺出版社，1996。

② 扶木：《顺行与颠覆——西藏新小说的思考》，《西藏文学》1995 年第 1 期。

小说产生重要影响，经历了 80 年代的轰轰烈烈和百家争鸣的热潮之后，90 年代以来的藏地汉语小说走上了一条相对平静但却收获颇丰的道路，藏族作家对汉语写作技巧的把握更加娴熟，对本民族文化的展现与传播意识更为自觉，汉族作家对雪域文化的理解更加全面，跨文化的理解与沟通更为深入。

在 20 世纪 80 年代发表过长篇小说《环湖崩溃》和《海昨天退去》的杨志军，自 90 年代以来进入了了写作的"喷发期"，有纪实文学《无人部落》《亡命行迹》、长篇小说《大悲原》《大祈祷》《失去男根的亚当》《天荒》《江河源隐秘春秋》《藏獒》《藏獒 2》《藏獒 3》《伏藏》、散文集《远去的藏獒》等。被誉为"中国荒原作家第一人"的杨志军引领着人们走进古老的青藏高原，深刻反思着人与自然之间的关系，阐述着他对宗教和信仰的感悟和理解。80 年代初以诗人的身份出现在文坛的阿来经过长时间的磨砺和积累，第一部长篇小说《尘埃落定》于 1988 年由人民文学出版社出版并获得了第五届茅盾文学奖，阿来及其作品成为不断被谈论、不断被阐释的重要话题。透过这些耀眼的光环和众声喧哗的躁动，我们看到的是一个在坚守和弘扬藏文化道路上执着前行的嘉绒子民，一个在汉藏两种异质文化之间穿行的藏族作家。他的小说集《旧年的血迹》《月光下的银匠》、长篇散文《大地的阶梯》、长篇小说《空山》《格萨尔王》以及长篇纪实文学作品《瞻对：一个两百年的康巴传奇》等的深厚思想内涵和文化意蕴，向世人展示着藏民族在漫长的历史变迁中，所经历的蜕变的痛苦与新生的欢乐。行走在云南大地上的汉族作家范稳且行且吟，用心感悟着雪域文化的真谛及藏民族的精神信仰，有"藏地三部曲"——《水乳大地》《悲悯大地》《大地雅歌》。

进入 21 世纪以来，并不是完全以藏地小说创作为主的汉族创作者以较为新颖的方式或题材写出了一些小说，这些作品或是以藏地为背景，让主人公带着内心的困惑在雪域高原上进行形而上的思考与追问。王摩诘找寻着自己与米歇尔·福柯、德里达、博尔赫斯、拉康等人的心灵契合点，探索着德里达的"不在场"理论与佛教"空慧"理论之间的异曲同工之处，思索着人在有限时空中的微小而具体的存在，发现与见证着女主人公维格拉姆辉煌显赫的家族历史和她无法超越的生命轮回，在来自异国的修行者马丁格与其父亲让－弗朗西斯科·格维尔的对话中体会佛教的内蕴与真谛，也阐释着藏传佛教与西方哲学之间千丝万缕的关联。同时，内心深邃强大、喜好阅读的王摩诘却又过着与绳衣相伴的隐喻式生活，让人不得不深思个人在"束缚"与"解放"之间游走的人生悖论，整部作品是高深玄妙的哲理思维和圣洁高远的佛学理论的有机融合，这部小说就是20世纪80年代曾有过入藏经历的宁肯的新作《天·藏》。或是将自己在藏区深山草原中的曲折经历作为素材，写出了具有纪实文学或报告文学性质的长篇小说，即江觉迟的《酥油》。江觉迟本为安徽桐城人，因受活佛所托，她来到想象中"风吹草低见牛羊"的牧区草原，作为义工在寺院孤儿院支教，生活中的种种不适应自不必说，让她没有想到的是，草原上的孤儿数量远远超出了她的想象，一次泥石流、一次雪崩、一次山体塌方，就会有一些孩子失去家园。更令她震惊的是，因为地理环境的封闭、自然条件的恶劣，这里的人们依然过着与世隔绝、艰苦异常的生活。这个汉地女子在这里度过了5年的时光，后来由于身体原因不得不忍痛离开，但她渴盼着有人能够接下她手中的接力棒，为那些渴望温暖、渴求知识的孩子带去生活的希望，她用饱蘸情感之笔完成了催人泪下之作《酥油》。小说中的汉族姑娘名为梅朵，我们不用深究梅朵是否就是江觉迟本人，她与藏族青年月光之间相互扶持、彼此深爱却只能等待来世相遇的爱情让所有人唏嘘不已。执着地要将自己锻造为酥油一样的女子梅朵扬鞭策马寻找着散落在草原上的孤儿，曾因为信仰、思维模式的不同与月光有过冲突，也曾为能够筹集到修路和重建孤儿院的款项而四处奔走，严重透支体力，心脏扩张、胃病、贫血都严重地损害着她的健康，但当她费尽周折与艰辛重回草原时，那个包裹在袈裟中的绛红色身影让她心如刀割、不能自持。令人欣慰的是，通往白麻雪山下的峡谷道路有望修成，梅朵原来的学生阿嘎中专毕业后与班哲共同筹备公办孤儿学校之事。在江觉迟的引领与叙述中，我们仿佛经历着一次静谧祥和的心灵沐浴，静静聆听着来自灵魂深处的召唤，在氤氲缭绕的香气弥漫中思索着付出与坚守的价值：

> 点起一支迷香
>
> 我要说一个迷香一样的故事
>
> 让你慢慢来听
>
> 慢慢抚摸它的灵魂
>
> 想象自己是那个酥油一样的女子
>
> 有着酥油的精炼、酥油的光
>
> 她藤条一般的柔韧爱情
>
> 也是你的梦想
>
> 那些明亮的孩子
>
> 也是你的希望
>
> 纵然那个青年渐行渐远
>
> 他结愁的身影
>
> 也是你的牵挂
>
> 他身体匍匐的地方
>
> 也是你的天堂。①

---

① 江觉迟：《酥油》，甘肃人民美术出版社，2010，第 1 页。

与此同时，一批新生代藏族作家也推出了他们的作品，这些作家的视野和思维方式都打上了深刻的时代烙印，如女作家尼玛潘多以在极端恶劣的自然环境下依然茁壮成长的"紫青稞"作为小说的标题，《紫青稞》中的普村是一个寒荒偏远的藏族村落，普村人被满含鄙夷和不屑地称为"吃紫青稞的人"，这里的人们以他们自己的方式延续着生命，恪守古老的伦理法则，经受四季的变换轮回，阿妈曲宗家的三个女儿——桑吉、达吉和边吉犹如三株顽强的"紫青稞"，她们在普村、森格村、嘎东县演绎着女性的坚韧和执着，她们的爱恨情仇串联起了整个故事，故事中的人们有强烈的致富愿望，但也处处显示出他们追赶时尚和现代化脚步的忙乱和力不从心。江洋才让的《康巴方式》以"公路要修通了，预示着我阿爸和哥哥的驮脚汉生涯要结束了；手扶拖拉机开进村里，驮脚汉的时代将永远不再回来"为主线，从人与自然、落后与进步、文明与野蛮等多个侧面叙写作家对现代性的理解和反思。同时，这种反思并不是简单地用现代文明去观照和映衬民族地区的滞重和落后，而是以更为宏阔的视野将康巴人对爱情和时代变化的独特感悟融入故事的叙述中。

三　写作缘起及研究思路

自《尘埃落定》获得茅盾文学奖以来，阿来，这个 20 世纪 80 年代曾经被马原和扎西达娃的先锋实验与魔幻现实主义潮流湮没的名字，不再默默无闻。正如作家自己在《阿来文集·中短篇小说卷》后记中所言："《尘埃落定》出版后，人们的议论，有指点一座飞来峰的感觉。人民文学出版社愿意把一本诗和一本中短篇小说与《尘埃落定》一起出版，这样起码能告诉读者，一座山峰突起，自有它或明或显的地质缘由。"① 严家炎先生在第五届茅盾文学奖获奖作品颁奖词中说道："藏族青年作家阿来的《尘埃落定》，小说视角独特，有丰厚的藏族文化意蕴。清淡的一层魔幻色彩增强了艺术表现开合的力度，语言轻巧而富有魅力。"② 有论者这样阐释《尘埃落定》的叙述方式和深刻寓意："我们经由一个精神原乡的'文化亡灵'，或一个历史进程中旁观者的记忆，即通过'既傻又不傻'的二少爷的极富人性本相的讲述，从诗意的传达中感受到一种真正属于历史的生动过程，一种社会嬗变的起伏，一种命定的循环，一种人的生存境况或生命形式，一种永远使智慧与愚昧处于失衡或模糊状态的命运规则，甚至倾听到一种历史与现实相互碰撞而终于难分彼此的沉重声音。"③ "遭遇《尘埃落定》，令人不得不服膺其轻巧灵动的结构，恰到好处的水乳交融般的诗意语言的点缀，亦真、亦幻、亦诗的境界"④，则是从故事布局、语言以及诗意氛围方面对《尘埃落定》进行的阐释。

近年来，对阿来的探讨比较多地侧重于单个文本的研究，尤其是《尘埃落定》，这是一个不断被解读和阐释的重要文本，比较有代表性的研究论文主要有：周政保《"落不定的尘埃"暂且落定——〈尘埃落定〉的意象化叙述方式》（《当代作家评论》1998 年第 4 期）、贺绍俊《说傻·说悟·说游——读阿来的〈尘埃落定〉》（《当代作家评论》1998 年第 4 期）、徐新建《权力、族别、时间：小说虚构中的历史与文化——阿来和他的〈尘埃落定〉》（《西南民族学

① 阿来：《阿来文集·中短篇小说卷》，人民文学出版社，2001，第 588 页。
② 严家炎在第五届茅盾文学奖颁奖大会上的颁奖词，《成都商报》2000 年 10 月 20 日。
③ 周政保：《"落不定的尘埃"暂且落定——〈尘埃落定〉的意象化叙述方式》，《当代作家评论》1998 年第 4 期，第 31 页。
④ 王永茂：《单向度的人的寓言——阿来〈尘埃落定〉的寓意》，《承德民族师专学报》2003 年第 2 期，第 36 页。

院学报》1999 年第 4 期）、杨玉梅、来春刚《论傻子形象的审美价值——读阿来的〈尘埃落定〉》（《中央民族大学学报》2001 年第 6 期）、韦器闳《傻眼看世　幻语写史——评阿来的长篇小说〈尘埃落定〉》（《中山大学学报论丛》2002 年第 2 期）、徐其超《从特殊走向普遍的跨族别写作抑或既重视写实又摆脱写实的创作状态——〈尘埃落定〉艺术创新探究》（《西南民族学院学报》2003 年第 3 期）、王永茂《单向度的人的寓言——阿来〈尘埃落定〉的寓意》（《社会科学论坛》2003 年第 4 期）、孔占芳《神话和传说：小说虚构中族群文化的隐显——读阿来的〈尘埃落定〉》（《民族文学研究》2004 年第 4 期）、孟湘《〈尘埃落定〉：中国式的诗性叙事》（《河北师范大学学报》2006 年第 5 期）、康亮芳《〈尘埃落定〉：母语文化与诗性语言》（《当代文坛》2007 年第 6 期）等，这些论文探析着《尘埃落定》魔幻化的叙事、富有象征意味的傻子形象，以及被权本位意识扭曲和异化了的信仰等，但大都是从叙事、语言或文化寓意等单个侧面进行的论述与研究，如《单向度的人的寓言——阿来〈尘埃落定〉的寓意》就认为，《尘埃落定》是一则从"我"——"傻子"二少爷的成败、得失、苦乐、美丑、善恶等人生经验中淬炼出的人的寓言，这里有根深蒂固的权本位价值观念，也有人性的沉沦和异化，在其中浮沉挣扎的生命个体都是忘却了人之真正需求的"单向度的人"。

对阿来近作《空山》和《格萨尔王》进行研究的论文有：陈祖君《飘散于存留——解读阿来新著〈随风飘散〉》（《南方文坛》2005 年第 4 期）、宗波《当代乡村的别样书写：阿来新作〈空山〉评析》（《文艺理论与批评》2005 年第 4 期）、黄曙光《历史尘埃与个体隐痛——评阿来近作〈随风飘散〉》（《民族文学研究》2005 年第 4 期）、翁礼明《悖论中的隐喻——评阿来长篇小说〈天火〉》

（《当代文坛》2005 年第 5 期）、姜飞《可持续崩溃与可持续写作——从〈尘埃落定〉到〈空山〉看阿来的历史意识》（《当代文坛》2005 年第 5 期）、付艳霞《指挥一部混沌的村落交响曲——评阿来的〈空山〉》（《当代文坛》2005 年第 5 期）、王琦《阿来的秘密花——〈空山〉的超界信息解读》（《当代作家评论》2007 年第 1 期）、付艳霞《西藏·阿来·小说——评阿来的长篇小说〈空山 2〉》（《当代文坛》2007 年第 3 期）、吴义勤《挽歌：唱给那些已逝和正在逝去的事物——评阿来的长篇新作〈空山〉》（《当代文坛》2007 年第 3 期）、王澜《透视〈空山〉的文化意义——评阿来的长篇新作〈空山 2〉》（《当代文坛》2007 年第 3 期）、南帆《美学意象与历史的幻象——读阿来的〈空山〉》（《当代文坛》2007 年第 3 期）、于敏《一个人的史诗——读阿来〈格萨尔王〉》（《当代（长篇小说选刊）》2009 年第 5 期）、梁海《神话重述在历史的终点》（《当代文坛》2010 年第 2 期）、宋先梅《文化的气脉与古歌的余韵——评阿来长篇小说〈格萨尔王〉》（《当代文坛》2010 年第 2 期）、洪治纲、肖晓堃《神与魔的对话——评阿来的长篇小说〈格萨尔王〉》（《南方文坛》2010 年第 2 期）、黄轶《阿来的"及物"与"不及物"——读〈格萨尔王〉》（《文艺争鸣》2010 年第 3 期）等。《空山》和《格萨尔王》是 21 世纪以来阿来向文坛奉献的两部长篇小说，前者将视野投注在乡村，后者则是对藏族民间文化资源的深入挖掘和全新演绎，论者们大都将目光聚焦在小说的叙事策略、精神蕴涵等层面，从汉藏文化碰撞与交融等方面对阿来及其创作进行论述的很少。

将阿来的创作与其他作家创作放在一起进行综合研究和论述的不是很多，从关注外来强力对原生态的破坏及乡土书写异同方面进行研究的论文主要有黄轶的《生命神性的演绎——论新世纪迟子建、阿来乡土书写的异同》（《文学评论》2007 年第 6 期）。文章指出：
阿来和迟子建都关注外来强力对原生态的破坏，但又有所不同，阿
来倾向于对政治强权进行批判，迟子建则侧重于书写现代发展与生
态平衡的悖论。王泉发表于《海南大学学报》2005 年第 3 期的《论
张承志、张炜及阿来小说的诗意叙事》，从叙事方面对阿来、张承志
和张炜的小说创作进行了阐述，认为三位作家都使诗和小说在自己
的作品中达到了完美的统一，诗人的梦想在小说中得到了实现，小
说的叙事空间在诗意氛围中得到了拓展。刘力、姚新勇的《宗教、
文化与人——扎西达娃、阿来、范稳小说中的藏传佛教》（《西北民
族大学学报》2005 年第 4 期）则以扎西达娃、阿来和范稳为个案，
着重阐释新时期以来藏地汉语小说表现藏传佛教文化的变迁史。根
据"中国知网·中国博士学位论文全文数据库/中国优秀硕士学位论
文全文数据库"（http://www.cnki.net/）的统计，将阿来及其作品
作为硕士论文研究对象的有近十篇，这些论文主要从阿来作品与苯
教关系、民间文化资源等方面对阿来的创作进行论述。而将阿来作
为博士论文研究对象的只有一篇，是中国社会科学院研究生院杨霞
博士的论文《〈尘埃落定〉的空间化书写研究》，该论文主要运用文
学地理学、文学平行本质的比较研究等理论对阿来的《尘埃落定》
进行了阐释。另外，马丽华的《雪域文化与西藏文学》可以说是一
部从地域文化的角度，对西藏当代文学进行梳理和概括的综合性专
著，内容涉及小说、诗歌和散文等诸多领域，可能是由于马丽华在
写作该书时阿来的写作尚未进入"喷发"状态，还没有引起文坛足
够的关注与重视，所以书中对阿来及其创作概况只是简单地提及、
略加评述。甘肃甘南藏族研究者丹珍草的《当代藏族作家汉语创作
论》对当代重要的藏族作家们的汉语创作进行了分析与论述，作为
藏族本土研究者，丹珍草对藏文化的精神内核以及作家创作心理的

把握更为深入和细致，从异质文化之间的穿行、两种语言之间的流浪以及文化身份认同等方面，阐述藏地汉语创作者的写作特征，其中有对饶介巴桑和伊丹才让诗歌的论述，有对降边嘉措、益西单增和扎西达娃小说的分析，也有对阿来部分小说和散文的阐释，阿来小说中的僧人形象被作为单独的一章进行论述。总之，研究者对阿来及其作品一直侧重于对单个文本思想蕴涵、叙事艺术以及文化内涵等的阐述，将其创作放在汉藏文化碰撞交融的大背景下进行分析的比较少。

作为一个用汉语写作的藏族作家，阿来注定要穿行于汉藏两种异质文化之间，也注定要在两种语言之间流浪。他可以用汉语进行会话和书写，但藏语仍然是他的口头语言。汉文化的博大精深赋予他细致缜密的思维与开阔开放的视野，他通过汉语从世界各国的优秀文化中吸取营养，将故土尤其是嘉绒大地的叙写与思考放在整个人类发展的大格局中；而藏文化尤其是藏民族口耳传承的神话、部族传说、家族传说、人物故事及寓言等，又为他提供了自由驰骋想象的空间和取之不尽、用之不竭的宝贵写作素材，这些丰富多彩的民族民间文化又使阿来的创作呈现出别样的视角与形态。分析汉文化与藏文化对阿来的创作究竟产生了哪些影响，揭示汉藏文化碰撞和融合中的藏地社会面貌如何在阿来的创作中得以呈现，并阐述穿行于汉藏文化之间的作家从两种文化之间吸取了哪些营养，且运用比较研究的方法将阿来与其他作家的创作进行比较分析，归纳出其创作的独特性和在当代文学中的地位，都具有一定的意义和价值。同时，在对两种文化进行分析和论述时，将运用人类学中文化相对主义的观点，即每一种文化都有其独创性和充分的价值，任何文化都有其相对性和存在的价值，而且一切文化的价值都是相对平等的，衡量文化没有普遍绝对的评判标准，每个民族都有自己的尊严和价值观，将每一种文化行为放在其具体的历史、环境和社会中加以评估和对待。因此，要避免将外来文化进入者的眼光和价值判断强行渗透在对作家创作的分析和论述中。

人类学研究中有"文化并置"（Cultural Juxtaposition）的命题，"即通过将不同文化及其价值观相并列的方式，使人们能够从相辅相成或相反相成的对照中，看出原来不易看出的文化特色及文化成见、偏见。文化并置所带来的认识效果，类似日常生活中的反观或者对照。在反观之中，可将原来熟知的东西陌生化，从大家习以为常的感知模式中超脱出来"①。应该说，将阿来及其创作放在新时期以来藏地汉语小说创作大格局中进行研究，从汉藏文化的滋养与渗透中对其作品的文化蕴涵和精神意蕴进行阐释，进而对其在藏文学以及当代文学中的独特性和价值加以总结是一个值得研究的课题。这里用到了一个学界存在各种不同说法的概念——"新时期"，工具书中一般都将"四人帮"统治结束之后、1979 年开始的将实现四个现代化作为中心任务的历史时期称为"新时期"。十年"文化大革命"结束之后，我国的文学发展也进入了一个新的历史时期，1976 年 10 月以后的文学被人们称作"新时期文学"，"新时期文学是我国当代文学继'十七年'文学时期、'文革'时期以后的第三个文学时期"②。

本论文拟将阿来及其创作放在革故鼎新的新时期文学中进行论述，除了绪论和结语，共分为六章。绪论部分分为三节，第一节先澄清一个论文中所用到的重要概念，即论文中所指的"西藏"是一个文化概念而非行政区划概念。第二节对西藏当代汉语小说的发展

① 叶舒宪：《文学人类学教程》，中国社会科学出版社，2010，第 120 页。
② 朱栋霖等：《中国现代文学史（1917～1997）》（下册），高等教育出版社，1999，第 71 页。

状况进行简单的梳理和概括。第三节谈选题意义、课题相关的研究现状及论文的着眼点与写作思路。第一章"他观者"的想象共有三节，第一节新时期以来汉族作家藏地小说热，第二节现代性/汉化的双重阻隔，第三节朝圣、追寻或反思的文化选择。本章对汉族作家马丽华、杨志军、马原以及范稳的藏域小说进行分析和论述。第二章"自观者"的言说，分为藏族作家的华丽转身、探寻母族文化的足音、现代性的多样化解读三节，综合论述藏族作家汉语小说创作的开创性意义和重要价值，并对央珍、梅卓、扎西达娃等藏族作家小说作品的文化内涵和精神追求进行重点阐述。第三章藏文化：阿来的创作之源，主要论述藏文化对阿来的濡化，从雪域文化的呈现、早期宗教及藏传佛教等方面论述藏文化对阿来的创作产生的深刻影响。第四章汉文化：嘉绒之子的追寻与守望，着重阐述汉文化对阿来的滋养与渗透，主要是从道家思想的渗透及汉族文学传统的延续和传承等方面阐释汉文化对阿来的重要影响。第五章从汉藏文化交融的角度论述阿来及其创作，包括在"天人合一""缘起性空"观影响下的生态关怀和"仁""众生平等"与和谐人际关系两节。第六章则重点阐述阿来小说的独特性，共分为四节，第一节西藏不再遥远、第二节传说就是现实、第三节别样的历史观、第四节魔幻化叙事，从作品思想蕴涵、历史观以及叙事艺术等层面阐述阿来小说的独特之处，其中对阿来与马原、扎西达娃、马丽华、杨志军等人的创作进行比较分析。结语将对阿来及其作品的意义以及他在藏族文学和当代中国文学中的地位进行概括和归纳。

第一章 "他观者"的想象

第一节 新时期以来汉族作家藏地小说热

粉碎"四人帮","文化大革命"结束,中国人从长达 10 年的梦魇中惊醒了过来。控诉、反思、失落、彷徨、悔恨都不能穷尽人们复杂的情绪与心境,作家用饱蘸情感之笔书写着那段不堪回首的岁月,"伤痕文学"记叙着知识分子、知青、官员等在"非人化"年代里的悲惨遭遇,揭示了"文革"给人造成肉体与精神的双重创伤;"反思文学"是对"伤痕文学"的进一步发展和深化,作家不再单纯地满足于展示苦难,而是以更为深邃、长远的目光探寻那场全民性政治运动发生的历史原因,将笔触深入社会及人性的深层。

可以说,2000 多年封建社会形成的中华民族集体无意识根深蒂固,不会也不可能在短时间内消除,反封建主义不仅是"五四"以来现代文学的基本主题,同样也是 20 世纪 80 年代文学的重要母题,"当我们冷静地分析 80 年代的文学作品,试图把握它的题旨与灵魂时,我们竟难以置信地看到:80 年代文学的基本主题恰恰是现代文学基本主题的延续和扩大,而其他主题只不过是这一母题的变奏"①。20世纪80年代的社会情状和个体心理与"五四"时期有着惊人的相似之处，"二次解放"也就具有了更加广泛的内容和更为深刻的内涵，充满理想色彩的时代造就了富有激情与梦想的青年，他们希望在广阔的社会舞台上施展才华、展现自我。日照充足但空气稀薄、充满神性与灵性、地理和人文色彩都别具一格的西藏依然是青年们趋之若鹜的地方，是他们实现青春理想与人生价值的最佳场所。

有这样一幅油画，名为《干杯，西藏》，作者是1984年从鲁迅美术学院毕业后申请进藏工作十多年的于小冬，正前方桌子上红色的桌布是整个画面上最亮的色彩，桌上有餐盘、扑克牌，最重要的还有两本书——《西藏文学》（杂志）、《西海无帆船》（马原小说集）。方桌后面是一张张早就为人们所熟知的面孔：马丽华、马原、金志国、刘伟、李彦平、李新建、冯少华、冯丽（皮皮）、韩书力、罗浩、于小冬、王海燕等。画中人物没有过于丰富的面部表情，但人们却能够感受到一种发自内心的庄严、肃穆与虔诚，他们是一批20世纪70年代末及80年代进藏的年轻人，是到距离内地很远却离天空很近的圣地朝拜的"朝圣者"，是到西藏找寻青春梦想的"寻梦者"。这幅创作于20世纪90年代后期的作品记录了一代人的青春，"西藏"，这个名字承载了他们的激情与过往，无论是已经离开还是依然坚守，他们的收获都是沉甸甸、受用终生的，他们一起为西藏干杯、为曾经怒放的青春举杯庆祝。远道而来的客人们徜徉在雪域文化的宏伟"博物馆"中，尽情感受着藏地的雄浑、博大与神奇，在各自倾心与擅长的领域做出了一定的成就，其中的马原、马丽华、金志国、刘伟等人充分发挥其文学专长，创作出大量以藏地

---

① 曹文轩：《中国八十年代文学现象研究》，作家出版社，2003，第24页。

生活为背景和基本素材的作品，他们的名字永远镌刻在中国当代文学与西藏文学的卷册上。

马丽华在《雪域文化与西藏文学》中概括了 20 世纪 90 年代的西藏新小说："进入 90 年代以来，西藏新小说经历了一段轰轰烈烈之后，表面的热潮退去之后，消停下来，东张西望，不免沉寂。于是大家说它从峰巅跌入谷底。读过《西藏文学》近年间小说，我知道不是这么一回事。沉寂者有，多是 10 年前小说新潮高涨时的先锋者弄潮儿……但我看到这一刊物近年所发表的小说，总体水平较之所谓'峰巅'状态的小说犹过之。沉寂的是在改变了的社会心态下的对文学曾有过的期许和热望，是人们眼光和心灵关注的转移。"①马丽华精准地概述出了 20 世纪 90 年代以来的社会大潮变化对文学产生的深远影响，市场经济体制逐步确立，大众文化日渐发展成为与来自官方的主流文化和来自知识分子的精英文化三足鼎立的重要文化形态，生活方式与心理状态都发生了深刻变化的人们对文学的期许也有所转变。"先锋小说"已经退潮，先锋作家们或转向（如余华），或搁笔（如马原）；"新写实小说"作家们将关注的重心转向了普通人的"灰色"人生，这里没有宏大的主题和叱咤风云的英雄人物，有的是平凡人的世俗生活与家长里短的平庸细碎。作家们从 20 世纪 80 年代初如获新生般的心里感受到 90 年代以来逐渐归于平静，读者、受众也将目光投向了更为深广的领域，因为卸去了以往过于沉重的意识形态的重负，个体的生命质量、个人细腻的情感体验以及来自生命深处的原初感动和本真情感都成为文学表现的重要对象。经历了 20 世纪 80 年代诗歌创作繁荣辉煌、小说界"高原魔幻现实主义"的热闹喧腾以后，自 20 世纪 90 年代以来的西藏文

---

① 马丽华：《雪域文化与西藏文学》，湖南教育出版社，1998，第 81～82 页。

学发展相对平静但成果依旧丰硕，加之世界上海拔最高、线路最长的高原铁路——青藏铁路全线开通，藏域、藏民、藏文化仍然是藏地汉语小说永恒的母题，马丽华、杨志军及范稳等汉族作家为当代中国文学增添了独特、亮丽的风景线。以下将对几位重要作家的创作进行梳理与概括。

一　马原

马原于 1953 年出生在辽宁锦州一个普通的铁路员工家庭，1970年中学毕业以后到辽宁锦县（现名凌海市）插队，1976 年自沈阳铁路运输机械学校毕业后当过钳工。1982 年，从辽宁大学中文系学成毕业的马原选择了进藏，在西藏的电台和杂志社任记者、编辑，并于同年开始发表作品，以西藏生活为背景的作品集主要有《冈底斯的诱惑》《西海的无帆船》《虚构》等。1989 年，他离开西藏调回辽宁，成为沈阳市文学院专业作家。不断尝试着各种活法的马原并没有将自己单纯地定格在"作家"这唯一的角色上，而是集"教师""商人""导演"等身份于一身，他曾在海南海口下海经商；从 2000年开始担任上海同济大学中文系主任、教授；也曾耗资百万行走几万里，走访 120 多位中国老中青作家，拍摄了没有为他带来回报却极其珍贵的电视专题片——《中国文学梦——许多种声音》；他涉足影视剧和话剧创作，自编自导电影《死亡的诗意》，这是一部根据他自己的小说《游神》《死亡的诗意》改编而成的电影，马原在电影中饰演的是他最熟悉的角色——作家大马；他也将大仲马和克里斯蒂看成是历史上写作畅销书的两座丰碑，期许能够写出永恒的畅销书，写出能够被很多人接受与喜爱的作品。

马原不断挑战和超越自我，在生活中不停地扮演着各种角色，可能他在多样化的角色转换中体会到了生存的价值和生命的意义，即便是拍摄《中国文学梦》使他倾尽所有甚至负债运行，那些独一无二的影像资料仍然是他无悔选择的最好佐证。在这些令人羡慕的名号中，最为人们称道的还是20世纪80年代中国文学版图上执着耕耘与探索的青年人马原，那个在理想主义盛行的年代里一鸣惊人、卓尔不群的马原，那个用后现代主义的形式和方法建构雪域大地过去与现在的先锋作家马原，那个在青藏高原上执着地寻找男性、崇尚力之美的求索者马原。

1982～1989年的西藏生活成就了小说家马原，离开西藏以后他的小说创作几乎处于"休眠状态"。作家莫言的一番近似于预言的话道出了"天机"，莫言曾对马原说去西藏是他的一个幸运，言下之意便是离开西藏将是马原的不幸。曾对此不以为然的马原在后来的人生轨迹中验证了这些话语的准确性，他不得不由衷地佩服莫言敏锐的洞察力，"回到东北老家后我才深切地觉悟到：离开西藏是我一生中走错的最大一步。离开西藏的最后一步似乎成了一个分水岭，之后我失去了原有的心理平衡，一种强烈的失重感让我无所适从，我真不知道该做什么，还能做什么"①。雪域西藏是他的创作冲动、写作灵感以及喷发欲望的源泉，是他确立写作母题、发挥想象力的强大动力，是他那些天马行空的故事得以开展和演进的唯一场所。马原因此这样赞美西藏："在西藏的时候，你会觉得太阳每天都是新的，会觉得今天生活里可能会有奇迹，就是你有所期待。而且非常奇怪，我走过世界的很多地方，但是没有一个地方能让你像在拉萨一样，觉得每天都可能有奇迹发生，只有在拉萨会有这个感受。当然也有像拉萨那么神奇的城市，我曾经在巴黎也有过类似的感受，

---

① 张英：《熟悉的、陌生的马原》，《作家》2002年第3期，第72页。

我当时和一个朋友在街上走的时候，我突然跟他说：'你给我三天巴黎，我一定会还你一个故事。'在拉萨的时候，我每天每天都会给你一个新的故事。"① 在富有神性的雪域大地，马原找到了灵感与才情得以体现和释放的最佳着力点，他搭乘着"西海的无帆船"来到了布达拉宫脚下、拉萨八角街头、西部无人区和一般人唯恐避之不及的麻风村，"虚构"着八角街乞食者契米的传奇人生、姚亮和陆高等人的"无人区"探险之旅以及作家自己在国家指定的麻风村所发生的轰轰烈烈的爱情，"找寻"着喜马拉雅山雪人的踪迹与神圣天葬仪式的掠影，也"讲述"着重情重义的珞巴猎人和崇信神佛、执着修行、怜惜生灵的老太太的故事。《拉萨河女神》《冈底斯的诱惑》《西海的无帆船》《喜马拉雅古歌》《虚构》《游神》《叠纸鹞的三种方法》《拉萨生活的三种时间》等作品都以藏民、藏域、藏文化为叙述对象或特殊背景，是那个叫马原的汉人为中国当代文坛增添的重要华章，也是中国先锋文学的重要收获。

二 马丽华

从严格意义上来说，马丽华并不是以小说创作蜚声文坛的小说家，她更多地是以行吟诗人、文化人类学家的身份行走在西藏大地上，且行且吟，且行且思。1976 年，自山东临沂师专中文系毕业的马丽华从孔子的故乡来到了西藏，直到 2003 年离藏调至北京任中国藏学出版社总编辑，她在这里一待就是 27 年，足迹踏遍巍峨奇骏的西藏高原。马丽华的作品以纪实文学为主，著有长篇纪实散文《藏北游历》《西行阿里》《灵魂像风》（这三部长篇合集为《走过西

---

① 张英：《熟悉的、陌生的马原》，《作家》2002 年第 3 期，第 72 页。

藏》)、长篇报告文学《青海苍茫——青藏高原科学考察 50 年》《探险大峡谷》、论著《雪域文化与西藏文学》、诗集《我的太阳》,以及《西藏之旅》《终极风景》《苦难旅程》等。成稿于 2006 年年初的《如意高地》是马丽华的首部长篇小说,是她从诗歌、散文向小说的转型之作。

一本名为《芜野尘梦》的旧书带给了马丽华强烈的震撼与感动,之后又用一二十年的时间真正搞清楚了书中那段纷繁复杂的历史,加上她自己由来已久的写作长篇小说的愿望,所有的因素叠合在一起的结果就是呈现在我们面前的《如意高地》。如意,顾名思义就是如人之意,表达着作家希望天下太平、民族和睦、人与人之间友好相处的美好愿望,她希望自己魂牵梦绕的高地永远安详静穆、康乐和平。当辛亥革命的浪潮席卷边地西藏时,这片土地上上演了一幕幕悲壮惨烈的历史剧:瞬息万变的政局交替、拉萨围困、数十年的康藏边界冲突、驻藏文武官员的多舛命运,作品中的主人公陈渠珍、西原、联豫、谢国梁、钟颖、张子青等人都在历史与人生的苦海中浮沉,每个人似乎都被无情的命运远远地抛到了正常轨迹之外,"艰辛""苦难""无奈"与他们如影随形。除了这条历史的线之外,《如意高地》中还有一条现实的线索,今人司马阿罗、杨庄、罗丹、刘先生等人执着地追寻着历史的踪迹、演绎着各自的悲喜剧,古人、今人的故事在小说中并行不悖,真正是让活过的人又重新活过,让那些死去的人再死了一回。行走在雪域高原的马丽华挖掘到了适合自己的素材和写作对象,以诗人的敏感细腻、诗化的表达方式和小说家的丰富想象力,谱写出一曲感人的高原"悲歌"。

三 杨志军

20 世纪 50 年代中期,杨志军出生在素有"中国夏都"美誉的高原城市——西宁，现在则定居在地处黄海之滨的青岛市。生存地域变迁、生活环境变化，始终不变的是他对生活了40年的青藏高原永远的眷恋与牵挂。大学毕业后，杨志军曾作为《青海日报》记者常驻牧区，他在杂多草原、曲麻莱草原和囊谦草原同淳朴的藏族牧民、忠勇的藏獒朝夕相处六年，建立了异常深厚的感情，简单、温馨的草原生活经历成为他日后写作的重要素材与情感之源。寂寥寒荒但雄奇博大的青藏高原锻造了他的生命与灵魂，无论离开多久，他的创作之"根"都深植于藏地的雪山和草原之中。

在《藏獒》出版以前，杨志军已经发表了数量可观、内容丰富的作品，包括多部长篇小说、中篇小说、纪实文学以及文集《杨志军荒原系列》（七卷本）等，尤其是发表于1987年的长篇小说《环湖崩溃》，不仅是他的第一部长篇小说、成名作，也是一部"预言"式的小说，以中国最大的内陆湖泊、最大的咸水湖青海湖为依托，表达了作家对青藏高原自然生态走向失衡和严重退化的深沉忧虑，杨志军犹如一个具有超强先知先觉能力的"预言家"。如今，人们异常惊愕地发现，他所忧虑的一切在今天已然成为现实，人与自然关系的思考、对身处的高原热切关注、超前的生态意识，都使得他成为20世纪80年代文学中一个无法归属其"流派"的独特存在。自2005年起，居住在海滨城市的杨志军迎来了写作的"高峰"与转折期，对人性、信仰的反思和思索贯穿作品始终，藏民的忠实守护者藏獒是"藏獒三部曲"——《藏獒》《藏獒2》《藏獒·3终结版》的"主角"，高大威猛、智勇双全的藏獒遵循着种族对忠诚、尊严、道义的坚守，也守护着人在很多时候不再珍视的宽厚、仁慈和至真至善的人性美；发表于2010年的《伏藏》用"西藏神王"、六世达赖喇嘛仓央嘉措的情诗串联全篇，以悬疑揭秘的方式阐释着藏传佛教的精义、信仰的力量以及爱情的坚韧与执着。

四 范稳

范稳本为四川自贡人，因为一直渴望实现自己的"作家梦"，故
1985 年从西南师范大学（现为西南大学）中文系毕业后，他没有选
择留在重庆做教师而是到云南省地矿局工作，并于 1990 年调至云南
省作家协会。1986 年，范稳开始发表作品，且主要以小说为主，令
人难以忘怀的校园生活、复杂多样的都市生活都是他早期作品的表
现对象。他还曾以自己家乡四川哥老会袍哥为题材创作了长篇小说
《骚宅》《山城教父》，也写过以明朝清官海瑞为题材的长篇小说
《清官海瑞》。可以说，范稳这一阶段的小说创作处于起步与探索阶
段，还没有完全找到真正属于他自己的母题和表达方式。

因缘际会，1999 年，他参加了云南人民出版社组织的"走进西
藏"活动，7 位作家分川藏线、青藏线等 7 条线路进入西藏，范稳
所走的线路是滇藏线，这一次的西藏之行使得范稳发现了这片地区
所蕴涵的深厚文化价值，也从根本上改变了他的创作方向。他开始
将关注的目光投向了斑斓多姿的滇藏结合部、博大丰厚的藏文化及
热情质朴的藏民族，他开始和豪爽的康巴人举杯畅饮、促膝恳谈，
他逐渐了解了他们的生活、牛羊草场以及他们心中的神灵。范稳终
于找到了释放和表达情感与才情的最佳方式，"稳"真正成为他创作
心态和人生态度的写照。有的论者用人们早已熟知的掘井漫画形象
地比喻范稳的努力与付出，并且认为他用自己的恒心和毅力挖掘到
了一口内容异常丰盈的藏文化水井，他这位掘井人也是这一劳动
"成果"的最大受益者。行走在滇藏地区的范稳满怀着对所表现地域
和对象发自内心的热爱与敬畏，足迹遍布雄奇的雪山峡谷和美丽的
草原牧场，用心感知着精神和信仰的力量，感悟着藏民族对待神灵、

自然和同类的独特方式，他试图找寻到藏民族虽然在物质上相对贫瘠，但精神却异常丰富充实的真正根源，"藏民族的精神状态，精神信仰，是十分可贵的。在现实社会许多人没有信仰，追求的是物质，但信仰什么，说不出来。藏区人过得很单纯、很快乐，为什么会比我们幸福？我们要去探求这种生活状态吸引我们的原因，找到一种表现填补文化的这一空白"①。

了解和探寻的过程充满了艰辛，但范稳在小说创作的路上却走得越来越稳健。在世俗化、市场化浪潮的强烈冲击下，他心无旁骛地构筑着一部部呕心沥血之作，一部作品大概要用三四年时间完成，这虽与瞬息万变的市场需求和快节奏的现代生活不合拍，但是却成就了作家范稳，也丰富了当代文坛。被称为"藏地三部曲"的《水乳大地》《悲悯大地》《大地雅歌》是范稳的三部藏域长篇小说，《水乳大地》讲述的是云南与西藏交界处卡瓦格博雪山下澜沧江峡谷中整整一个世纪的波澜壮阔历史，多个民族共处融合、多元文化碰撞交融是作品的重要主题；《悲悯大地》的副题是"一个藏族人的成佛史"，以一个藏族青年阿拉西曲折艰苦的成佛历史阐述藏民族的精神信仰；《大地雅歌》则将目光投向汉藏结合部的康巴藏区，"信仰"依然是小说的重要母题，它不仅可以让人心灵纯净、精神富足，还可以拯救爱情甚至改变命运。此外，范稳还有讲述他到滇藏结合地区、西藏东部至东南康巴藏区行走、探险所见所闻的长篇散文《苍茫古道：挥不去的历史背影》《藏东探险手记》等。

---

① 张暄：《范稳：大地情歌》，《创造》2007年第5期，第65页。

第二节 现代性/汉化的双重阻隔

汉族作家们满怀信心和憧憬踏入了藏文化的全新天地，新奇、欣喜、失落、彷徨是他们心绪的写照，惊喜观望、试图融入、无奈返回或找到一定的支点是他们努力探寻过程中的多样化体验，这一切自然都源于同汉文化有着显著差异的雪域文化。"文化"者，以文教化也，是一个很早就出现在中国语言系统中的概念，从最早的"文"与"化"两个字分开使用，到战国末年开始并联使用，再到西汉以后合成一个词，无论是指各色交错的纹理、良好德行（"文"），改易、生成、造化（"化"），还是指与"武功"相对的"文治"和"教化"的总称，都与人及其实践活动息息相关，"凡是超越本能的、人类有意识地作用于自然界和社会的一切活动及其结果，都属于文化；或者说，'自然的人化'即是文化"①。西方社会对文化内涵的阐释也经历了漫长的演变过程，得到学界公认并被视为经典的定义是由"英国最杰出的人类学家"爱德华·泰勒提出的，他在 1871 年出版的代表作《原始文化》中对文化进行了如下定义："文化，或文明，就其广泛的民族学意义来说，是包括全部的知识、信仰、艺术、道德、法律、风俗以及作为社会成员的人所掌握和接受的任何其他的才能和习惯的复合体。"② 同时，美国社会学家戴维·波普诺等人也对文化含义进行了分析，到目前为止，有关文化的定义已经达到 200 多种。可以说，文化是一个复杂的、包含众多

---

① 张岱年、方克立：《中国文化概论》，北京师范大学出版社，2004，第 3 页。
② 〔英〕爱德华·泰勒：《原始文化：神话、哲学、宗教、语言、艺术和习俗发展之研究》，连树声译，广西师范大学出版社，2005，第 1 页。

内容与层次的概念，不同的学科领域有不同的文化定义，文化自身
又有广义、狭义之分，很难对其做出明确的界定，但至少可以肯定
的是，它是人类有意识地对自然界与社会的改造过程，是人所创造
的物质财富、精神财富、精神成果以及文化的物质载体等的总和。

　　文化与人类学、民族学关系密切，也是民族学家和人类学家经
常使用的重要概念。生活在不同地域、不同环境下的人们所创造的
文化各有特色，他们自己又被不同模式与类型的文化塑造成了特殊
的群体——一个个民族，每个民族在长期的繁衍与进化过程中形成
了富有本民族特色的生产模式、生活方式、思维习惯、价值观念以
及风俗民情等，这些特征都内化于每个社会成员的思想和行动中，
并成为区分同族与他族以及族群身份认同的重要标志。研究民族首
先要研究文化，研究民族文化是每一个试图了解和认识某个民族的
学者的首要任务，自观与他观是民族学实地调查的重要类型之一。
"自观方法是站在被调查对象的角度，用他们自身的观点去解释他们
的文化。他观的方法是站在局外立场，用调查者所持的一般观点去
解释所看到的文化。""明了'自观'，可以克服'族际差异'所造
成的障碍，如实地反映真象，不带'偏见'，但并不能把握本质。自
观方法和他观方法是互补的，并不是互相排斥的。在调查中运用好
两种方法，才会得出真实而深刻的见解，才会分析出表层现象后面
的深层结构，才会总结出规律性的东西。"[1] 走进雪域高原、佛教藏
地的汉族作家们面临的首要问题就是了解藏民族和藏族文化，借用
民族学中的概念，他们是一群用局外人的立场理解和反映藏文化的
"他观者"。

　　干燥少雨、空气稀薄、平均海拔 4000 米以上的青藏高原又有

---

① 林耀华：《民族学通论》，中央民族大学出版社，1997，第 161～162 页。

"世界屋脊"与"第三极"之称，吃苦耐劳、勤勉坚韧的藏民族世代生活在寒荒的高原，他们创造了底蕴丰厚、博大精深的雪域文化，既是他们向世界和人类贡献的宝贵财富，也是藏人族群身份认同的重要质素。依据不同的视角和划分标准，藏族文化可以被划分成不同的类型，如若按照地域可以大致划分为卫藏地区文化、安多藏区文化、康巴藏区文化，根据阶层又有僧侣文化、贵族文化、贫民文化等，还可以根据社会历史发展阶段、宗教信仰等进行区分。无论根据何种标准，雪域文化都不改其基本特征和独特性。藏族作家、藏学研究者丹珠昂奔这样概括其特征："1. 以佛教哲学为核心的观念文化；2. 以《大藏经》为代表的经籍文化；3. 政教合一为特点的制度文化；4. 以活佛转世制度为特点的寺院僧侣文化；5. 以颂扬神佛阐释佛理为主体的文学艺术；6. 以礼佛、转经为主体的民俗文化。"[①] 佛教于公元 7 世纪传入西藏，并在长期的斗争与融合过程中吸收了苯教的诸多元素而成为藏地占主导地位的思想意识，藏传佛教渗透进了藏人的灵魂及日常生活，活佛转世、礼佛转经是佛教文化的重要组成部分，政教合一的政治制度、诠释佛理的文学艺术以及体现佛法的风土民俗都是藏文化的重要特质，也都是藏民族与别个民族最为鲜明的区别所在。

从小受到汉地文化熏陶、接受正统汉化教育的知识分子来到了神奇的雪域高原，看到了白雪皑皑的高山峻岭、绿草如茵的草地牧场、念诵着六字真言的藏族同胞、磕着长头的朝圣香客、堆积如山的玛尼石堆、徐徐转动的玛尼经筒、迎风飘扬的五色风马旗以及庄严肃穆的寺庙佛塔，它们都是外来者与向往者魂牵梦绕的藏地"符号"。他们以极大的热情尝试着融入藏民生活中，以极其虔诚的心境

---

① 丹珠昂奔：《藏族文化发展史》（上册），甘肃教育出版社，2001，第 18~21 页。

体悟藏族文化的真谛、探寻藏人的精神世界，但这些努力与探索的结果却不尽如人意甚至令作家们失望。

客居西藏7年之久的马原直到离开也没有真正融入藏民的生活中，遑论能够在写作中触及藏族人的内心与灵魂，他无法逾越汉文化与藏文化、现代社会与传统社会之间的较大差异，他只能在经历了最初的新奇、冲动、渴望和热情之后，不得不无奈、彷徨、苦闷地返回。马原第一部以西藏作为故事背景的小说是《拉萨河女神》，那一群朝气蓬勃、活力十足的青年艺术家俨然是初到藏区的马原与同伴的真实写照。他们尽情地享受着假日郊游的畅快与轻松，野餐、堆女像、洗衣、游泳、河边的猪尸、光腚的娃娃、雪人、完整的虎皮，看似没有太多关联的事物出现在一部篇幅很短的小说中。对于在西藏高原苦心经营自己"小说天地"的马原来说，这些都不足为奇也再正常不过，他天马行空似的讲述着广袤雪域大地上的人以及可能发生的故事，小说中充满了理想光芒和英雄主义的色彩。这样的色彩一直延续到了《西海的无帆船》，姚亮、陆高、小白等人驾车到西部探险，车陷河中、四顾茫茫、吃喝没有保障的极限境遇丝毫没有影响他们探险的豪情与激情，姚亮和小白还分别与两个藏族女子产生了爱情，临行时的吻别与互赠礼物充满着淡淡的感伤但又极富浪漫色彩。

及至《冈底斯的诱惑》《拉萨河女神》《西海的无帆船》中的英雄气概和豪放之气开始逐渐消退，代之而起的是深深的失落、苦闷及彷徨。小说中进藏33年的老作家肤色黑红、会讲藏语，能够如藏族同胞那样喝酥油茶、抓糌粑、喝青稞酒，但他依然认为自己不是这里的人，"我这么说不是我不爱这里和这里的藏胞，我爱他们，我到死也不会离开他们，不会离开这里。我说我不是，我也不止一次和朋友们一起朝拜、一起供奉，我没有磕过长头，如果需要磕我同样会磕。我说我不是,因为我不能像他们一样去理解生活。那些对我来说是一种形式,我尊重他们的生活习俗。他们在其中理解和体会到的我只能猜测,只能用理性和该死的逻辑法则去推断,我们和他们——这里的人们——最大限度地接近也不过如此"①。富有意味的是,以老作家为代表的很多人都想当然地认为这里的人原始蠢笨需要开导。可以这样形容任劳任怨的藏族民众:物质生活异常简朴却口诵六字真言为天下众生祈福;不重今生但求来世,并坚信因缘果报与生死轮回;神话传说不是生活的点缀而是生活自身;向死而生且自足自乐地生活在自己的世界当中。对于这样的族群,汉族知识分子所谓的教化或开导都显得那么苍白无力,他们犹如贸然走进别人领地的"闯入者",体会到的是强烈的无助与挫败感。因而,《叠纸鹞的三种方法》中主人公不再探险和四处张望,而是以读小说和关闭房门杜撰故事的方式寻求内心的祥和与平静。

《虚构》中编排的故事多少带着一些耸人听闻的色彩,结局却是作家无奈地离开甚至可以说是逃离了麻风村。玛曲村是国家指定的麻风村,他在这里度过了奇特又难忘的7天,在村里与一个鼻子已经烂没了的女人几夜激情,并且还有一个惊人的发现:村中的一个哑巴竟然是潜伏了36年的国民党要员。更为重要的是,心怀悲悯的作家没有在麻风村村人的生活中看到世界末日即将来临的惊慌失措和痛不欲生,他们平静、安详、自如地面对着每天太阳的升起和月亮的阴晴圆缺,男人们打球消遣、女人们或转经或晒太阳,"活着"是日常生活的重要组成部分,更是无法改变的人生选择,不紧不慢、不慌不忙是他们时空观的现实体现。麻风病传染性极强,村民们明明知道孩子生下来就是病人却还是生了又生,对于生活在重复单一

---

① 马原:《冈底斯的诱惑》,载《喜马拉雅古歌》,云南人民出版社,2003,第374页。

甚至滞重凝固状态的他们来说，不生孩子确实也没有更好的活法。作家曾就能否不生孩子的问题与那个鼻子烂没了的女人有过谈话，自然是无果而终。玛曲村人生活在属于他们自己的世界中，自认为是文明人的作家根本无法走近其内心，科学与文明也就更加没有用武之地。

从《拉萨河女神》与《西海的无帆船》中强烈的英雄情结和浪漫主义情怀，到《冈底斯的诱惑》中激情与豪情的逐渐消退，再到《叠纸鹞的三种方法》中努力与"突围"过后的自觉退守，并开始追求心灵的平和与宁静，最后到《虚构》中因生活方式的巨大差异、思维方式的截然不同、文化传统的格格不入以及信仰追求的全然有别而失意、苦闷、遗憾甚至是"逃离"般地返回，马原以其藏域小说诠释了他并不短暂的西藏旅程。后来，他回到了内地、回到了东北。不过，作为中国当代文学"先锋小说"领军人物的马原在西藏大地上经历了内心的隐痛却也收获了文学的硕果，他在精心构筑的"叙事迷宫"装填进了无法复制的西部景观及藏区的人和事，进行着他的文体实验与形式创新，他是新时期文坛上始终都独一无二的"这一个"。"他的存在意义首先在于创新，开创局面：小说可以这样写，可以那样写，可以任意割裂，可以无机融合——没有了马原，西藏新小说的多元色彩将大为缺失：自他离开西藏，小说界多寂寞，他自己何尝不寂寞。"①

马丽华在藏 27 年，时间远远超过马原，走过的地方更是令马原等人望尘莫及。她更多地履行着一个文化人类学者的义务，忠实地记录着她眼中的雪域高原及藏民生活，并在很大程度上坚守着"文化相对主义"的信条，充分尊重西藏文化的尊严和无可替代的价值。

---

① 马丽华：《雪域文化与西藏文学》，湖南教育出版社，1998，第 81 页。

她曾到藏北牧区游历也曾西行至阿里，以文字为这些一般人眼中遥远贫瘠的地区书写着不朽与永恒。木板摩擦土地的唰唰声回荡在静谧幽深的雪山峡谷，那些双手合十举过头顶，再触额、触口、触胸、五体投地，口中吟咏着六字真言、以身体丈量着土地的朝圣者走进过马丽华的视野。他们是沟壑遍布面颊的桑秋多吉、英俊但略显迷茫的罗布桑布、仁钦罗布、嘎玛洛萨、嘎玛西珠、江羊文色等人，她刻画出了朝圣者们的执着、庄重、虔诚与无悔。隐遁山林、恪守佛教清规戒律、虔心苦修的藏传佛教噶举派创始人米拉日巴，渴盼能够成为芸芸众生中的普通一员，远离富贵、一生清贫却能够自由爱恨和歌哭的六世达赖喇嘛仓央嘉措，在马丽华的笔下被赋予更加鲜明的人性化色彩，褪去了耀眼光环的大师与活佛以亲民、朴素的形象走进了人们的生活。宗教总是与苦难相伴相随，在高寒艰苦的西藏大地上，藏传佛教是藏民族的精神支撑，他们虔信世间万物都处在生生不息的六道轮回中，今生的吃苦修行、朝圣祈福是为了来世能够有一个更好的去处，在马丽华看来，他们不以为苦的精神信仰是对安全感的寻求，更是试图将个体有限卑微的生命融入无限及崇高的不懈努力。同时，马丽华也描绘着藏人眼中充满神性的藏东玛尼堆，镌刻着六字真言的玛尼石承载着藏民的美好祝愿，讲述着他们久远的过往，见证着今生的风云变幻，也护佑着他们来世可能有的幸福生活。对自然的尊重和敬畏使得藏北牧民与自然达到了真正的和谐统一，他们从来不将自己凌驾于自然之上，不认为人类在自然面前存在所谓的优越感，因此牧民的自然崇拜经由马丽华的认知和理解而有了更加深邃的内涵与深远的意义。

马丽华将笔触深入到雪域佛土的宗教、历史、民俗等领域，即便如此，她认为自己不仅存在着定位难的问题，而且也是出于自我保护的需要而选择了相对比较稳妥的传统文化领域，所以致力于对文化现象、文化资料、历史事实的表现、搜集、整理和阐述。她在专著《雪域文化与西藏文学》中专门分析过西藏新小说的创作主体——外来文化进入者，在非故土、非母语、非本族的异文化土地上所经历的困惑、尴尬与"无根"之痛："他满怀深情投入的，是他尚未植根的土地，而无根感是令人惶惑的；他仿佛已经进入，其实只是经过；他好像是了，又不是，不是呢，又似乎是。一方面他的视野宽广远阔，可以神游八极，心纳万象；另一方面他又不免觉得是生存在太多维空间——是很难定位。"① 这又何尝不是马丽华自己心境的真实写照，一旦超越文化现象的表层进入本质层面，她感受到的便是强烈的疏离感与无所适从，津津乐道地讲述着藏人精神信仰与灵魂不灭论的作家，会冒着被驱逐出境的风险发出这样的感叹和诘问："就对罗布桑布他们的看法而言，一方面我可以为他们的纯粹精神和虔诚的苦行所大感大动，另一方面又对他们的此举不以为然，从根本上予以否定。""假如没有来世呢？""假如没有来世，今生可不就亏了？"② 藏族作家们生来有之的思维、驾轻就熟的素材、泰然处之的环境，都可能成为汉族作家无法逾越的"屏障"和不得不止步的领域，马丽华也不得不以现代性的眼光审视藏人不重今生但求来世、不重视竞争但求基本温饱，以及不紧不慢面对生活的时空观，"那么着急做什么啊？还有下一辈子呢！"是他们的口头禅，却是马丽华等汉族知识分子百思不得其解或根本不可能相信的通往未来的"通行证"。

　　一些经历过惶惑与苦闷的作家选择了离开藏地的方式解决心理的困境，由于担心离开西藏后会更加无所适从的马丽华长时期地留在此地，但最终她也远离了这片众神居住、神山圣湖遍布的土地。

---

① 马丽华：《雪域文化与西藏文学》，湖南教育出版社，1998，第100页。
② 马丽华：《走过西藏》，作家出版社，1994，第675～676页。

她曾这样说:"有些时候我希望自己能被西藏所怀念。在怀念的时候,被怀念者本来的价值也许就会一点一点地呈现出来。但西藏在想起我来的时候,我是一个怎样的形象呢?是一个逗留得太久,热情也持续得太久的行吟诗人吧,是一个喜欢张望人家的生活情景、喜欢打探人家的人生之秘的好奇的旅人吧,是一个执迷投入但始终不彻不悟不知圣者为何物的朝圣香客吧。"① 正因为全身心投入但始终无法彻悟藏民族的精神世界,所以小说《如意高地》的选材仍然以相对稳妥的历史题材为主,一个个鲜活的人物活跃在历史舞台上,尽管他们始终无法掌控自己的命运,但他们却为活在当下的人们提供了可供思考的素材或可资借鉴的经验。

第三节　朝圣、追寻或反思的文化选择

满怀着向往与好奇入藏的汉族作家们在雪域佛土遭遇到了汉藏两种文化的剧烈碰撞,相异的生活环境、教育背景和精神信仰,文明进步与滞重落后之间的矛盾,都使他们在展现藏域、藏民和藏文化的同时,努力地为自己找寻着合适的写作资源与表现方式,或朝圣,或追寻,或反思,都是他们在汉藏两种异质文化相互碰撞和交融过程中所做出的自觉的文化选择。

有论者对马原的西藏旅程做出了这样的评述:"他的确始终无法超越当代/汉化双重文明给予他的僵死羁绊。作为进藏的汉人,面对青色的藏北高原他给作品注入的仅仅是外乡人真诚而肤浅的猎奇感受——尽管多次隐约其词地在作品中表达了对当下生命受阻的忧虑

---

① 马丽华:《走过西藏·自序》,作家出版社,1996。

和对西部的怀恋。但本质上他并不属于那块神性的地域,因而也无法真正地融入西藏,并以此来审视/超越当下的困境。"① 对其中一些稍显偏激的话语我们可以持保留意见,但基本上是中肯和恰当的。的确,马原一直没有真正融入藏族人的生活中,他自始至终都不属于雪域佛土,他在这里确立了叙述的新视点、找寻到了不可多得的创作素材,但终究没有寻觅到灵魂的归宿和精神的原乡,马原始终是他挚爱与永远怀恋的西藏的"朝圣者"。

与磕着等身长头、穿越草原翻过山崖、风尘仆仆地来到圣地的朝圣香客不同,马原走过的是一段精神探险与体验之旅,是一条没有饥寒交迫、风霜雨雪的考验,但需要用全部的心智与情愫去感受雪域文化神韵的漫长道路。他讲述着未解之谜——"野人"(喜马拉雅山雪人、毛人、人熊)的传说,《拉萨河女神》中的猎人宁扎、《冈底斯的诱惑》中的猎人穷布都遭遇了野人,宁扎因为得到野人的帮助,将石子击中了老虎的眉心并使得虎眼进出,他非但没有葬身虎口反而得到了一张完整无缺的虎皮,穷布比宁扎更为"幸运",他看清楚了高大瘦削、皮毛稀疏、手指灵活且有着人的表情的喜马拉雅山雪人。塔葬、天葬、火葬、水葬、土葬是藏族人主要的丧葬方式,其中古老而独特的天葬是大部分藏族人都会采用的丧葬方法,死去之人的灵魂在鹫鹰的帮助下顺利地升上了天空,也将利他、悲悯的佛教精神贯穿到肉体生命终结的最后一刻,体现的是一种庄严洒脱、圣洁高尚的人生境界。《冈底斯的诱惑》中主人公陆高、姚亮等人踏上了追寻天葬师足迹、探寻天葬奥秘的奇妙旅程,暂且不论他们是否达到了预期的目的,至少我们从作品中看到了马原本人对能够让人的灵魂永生的天葬满怀赞叹与敬畏,"这是庄严的再生仪

---

① 刘曾文:《终极的孤寂——对马原、余华、苏童创作的再思考》,《文艺理论研究》1997年第1期,第23页。

式,是对未来的坚定信心,是生命的礼赞"①。英雄史诗《格萨尔王传》是藏族人民集体智慧的结晶,是"东方的荷马史诗",也是全世界唯一的活史诗,在一代代民间艺人的说唱中走向了永恒。除暴安良、降妖伏魔、抑恶扬善的格萨尔是永远活在藏族人心目中的英明神王和旷世英雄,是真、善、美的集大成者,一些说唱艺人的艺术传授也充满了神秘色彩,如"梦传神授",即原本不会说唱之人在梦中得到神人的传授,昏睡多日醒来后便能滔滔不绝地为人们说唱堪称世界最长的史诗。马原将这种神奇的现象作为《冈底斯的诱惑》中的其中一个故事,不识字的汉子顿珠与他的羊群失踪了一个月之久,原来他们误入了一块神地,睡在巨石上的顿珠醒来后就成了为众乡亲演唱《格萨尔王传》的艺人。

马原"朝圣"的目的地是富有灵性与神性、能够净化人的心灵与灵魂的地方,人们宽厚、善良、悲悯所有生灵,同时也热情、豪迈、富有正义感,所以马原在小说中执着地延续着寻找真正的男性、崇尚韧性与力量的主题。其作品中的藏、汉族的男人都无愧于自己生活的那片土地,向人们展示着他们宽容博大的胸襟、恣意狂放的激情和雄浑奔放的男性魅力。《喜马拉雅古歌》中的珞巴猎人通过以生命相救、射去复仇雪耻之箭、举行天葬仪式等针对情敌诺布阿爸的行为,诠释着一个藏族汉子对男性尊严的维护以及对生命的尊重与怜惜。飞来的鹫鹰啄食干净了诺布阿爸的肉身,并将其灵魂带向了遥远的天际,同时也啄瞎了珞巴猎人的双眼,复仇的猎人平静地接受了上天的惩罚,呈现给人们的是一曲慷慨悲壮、感人肺腑的生命悲歌。《虚构》中极富冒险精神的"我"只身走进被人们视为"禁区"的麻风村,开始了一次不同寻常的探险之旅。他与女麻风病

① 马原:《冈底斯的诱惑》,载《喜马拉雅古歌》,云南人民出版社,2003,第370页。

人之间的激情没有掺杂世俗的功利考虑，丝毫不受社会伦理与道德规范的禁锢，只以彼此之间最为真挚的情感作为基础。他身上没有沈从文笔下城市男性令人生厌的"阉寺性"及精神的萎靡与困顿，只有来自身体的原初召唤与生命的本真感动，敢作敢为、敢爱敢恨，其雄强的生命力和粗犷雄浑的气息是真正男性气质的最好注解。陆高则是《西海的无帆船》中犹如雄狮般的男性，古老的亚洲腹地是姚亮、陆高等人探险猎奇的理想场所，也是承载陆高雄性力量与智慧的最佳平台。他与野牦牛之间惊心动魄的生死较量是力与美、智与勇的完美结合："很难想象在这个庞然大物的蹄下还能有人生还。陆高不能想这些事，什么也不想。他要专心致志地对付野牛了。""野牛呼呼地喘着粗气，竟然原地踏蹄，没有马上发起攻击。陆高的脑子格外清醒，他甚至毫无恐惧。他两手分别攥紧风衣的领子和下摆。他沉着地和野牛对视着，这时他脑子里一片空白。陆高肯定知道，他第一次陷到这种处境当中，他没有选择——任何选择——有的只是等待。不可重复的人生经验。""之后它又一次冲起来，比前次更猛更有把握更充满预谋了。它一定要置他于死地。他一动不动地等它到来。最后那个瞬间，他准确地仰起双臂抖开风衣，同时以极快的动作闪到一边跌倒在砾石上。"① 由于母牛的长声召唤，野牦牛丢下倒地的小白和陆高扬长而去，一度处在极限境遇中的陆高有如神助般地得以存活，在充满灵性的雪域净地任何事情的发生应该皆有可能，因为这里是西藏而不是别的什么地方。

范稳不仅坚持着"稳"的创作状态，还使得自己的生活节奏也"慢"了下来，用10年时间推出了三部藏地长篇小说，稳和慢是他近年来的创作心态与人生态度，更是他面对绚丽深邃的藏域文化时

---

① 马原：《西海的无帆船》，载《喜马拉雅古歌》，云南人民出版社，2003，第185~186页。

的自觉选择。作为外来者的范稳必须放慢甚至停下脚步去感知和体悟异质文化的魅力与底蕴,他用心感受着匍匐在地、虔诚朝拜的信众的内心世界,全身心地感悟着煨桑的老阿妈一遍遍念诵的经文以及飘上天空的桑烟中的静谧与神圣,努力解读着卡瓦格博雪山、澜沧江峡谷为子民提供的种种启示,也诗意地诠释着信仰与情感的力量。范稳为自己选择了一条异常艰辛、充满挑战的写作道路,他深知写作民族题材的汉族作家首先要逾越的障碍就是文化背景的差异,摒弃居高临下的"俯视"姿态,虚心学习少数民族文化是克服族际差异的首要选择,"我在写藏区民族和宗教时,始终坚持以一个文化人的眼光去审视它、评判它,并力图在作品中赋予它某种形而上的意义"①。

正是因为对藏民族的神灵观、时空观、生死观等赋予了形而上的意义,范稳得以接近藏人的精神世界,也才能够采撷到雪域文化的奇葩。他一直在探寻与发现多个民族杂居、多种文化交汇地带复杂多元的文化特征,追寻和叙写着文化交汇地区纷繁的历史变迁、坚定的信仰皈依以及爱情的守望与坚贞。2003年出版的《水乳大地》是范稳"藏地三部曲"中的第一部,云南与西藏交界处卡瓦格博雪山下的澜沧江峡谷是故事发生的背景,这里是藏族、纳西族杂居的区域,藏传佛教、天主教以及东巴教在这里共同经历着时代的风云变幻,多个民族、多种信仰如何在这片环境艰苦的大地上"水乳交融"是作家着力探究的重要问题。纳西族人是东巴教忠实的信徒,他们重死不重生、重情不重命;信奉藏传佛教的藏族人不相信救赎,但求今生虔诚敬佛以有一个更好的来世;沙利士神父、杜朗迪神父等人则想让人们相信根本没有来世,只有在上帝面前忏悔才

---

① 舒晋瑜:《范稳:在大地上行走和学习》,新华网,http://news.xinhuanet.com/book/2004 - 12/29/content_2391699.htm,2004年12月29日。

有可能在死后升入天国。佛祖释迦牟尼和天主耶稣分属于不同的宗教，青稞酒与红酒是两种截然不同文化的产物，酥油茶和咖啡无论制作工艺还是口味都截然不同，喇嘛和神父的区别也不仅是衣服颜色的差异，使得这些元素能够在澜沧江峡谷和谐共处就不仅需要人们彼此之间的豁达与包容，更需要所有宗教的慈善、悲悯、宽容和仁厚，还要努力发挥宗教对人的日常生活的指导作用，因为："宗教总是和人们的日常生活紧密相连，可当宗教成为日常生活的障碍时，信仰便成了一种灾难。"①

　　范稳在《悲悯大地》中依然对宗教文化和藏民生活进行着诗化阐释，与马原、马丽华等汉族作家略有不同，没有藏族文化背景的他"苛刻"地要求自己必须学会以藏族人的眼光看待和诠释雪域文化，"我是一个汉人，没有藏文化背景；我爱这个民族的文化，就像爱它神奇瑰丽的雪山峡谷。但我不是一个普通的旅行者，我为肩负自己的文学使命而来，我渴望被一种文化滋养，甚至被它改变"②。渴望被藏文化滋养甚至被改变的作家，沉下心来虚心地体味藏人的精神信仰和内心世界，如藏民认为雪山有自己的子孙、情人，湖泊也都有自己的生命与诸多禁忌，且都有自己的本命年等，范稳就如他们一样对此深信不疑。所以，在《悲悯大地》中，他尝试着阐发藏传佛教与藏民族之间的关系，意在触及和揭示他们生活的本真状态。小说的主人公阿拉西是"悲悯"与"苦难"的承载者和体现者，他原本是澜沧江西岸精明能干、家底殷实的马帮商人都吉的长子，因为尘缘未尽且机缘未到，阿拉西没有能够成为某位大活佛的转世灵童，更没有办法摆脱永无休止的家族世仇。他杀了白玛坚赞

---

① 范稳：《水乳大地》，人民文学出版社，2004，第50页。
② 范稳：《从慢开始，越来越慢》，载《大地雅歌》，北京十月文艺出版社，2010，第428～429页。

头人,头人的儿子达波多杰便会将他作为复仇的对象,都吉家的后人又会想方设法杀死达波多杰为先祖报仇雪耻,复仇之链的不断延伸就是两个家族血腥、悲剧命运的周而复始。冤冤相报、同类相残、战火纷飞、天灾不断,一向稳固的大地已经无力承受这样沉重的人间恶行与苦难,如何拯救和改变人们迷失的灵魂及多舛的命运,唯有信仰和宗教。在贡巴活佛的劝导和指引下,阿拉西放弃世仇并踏上了漫漫朝圣成佛之路,在艰险崎岖的成佛道路上,他牺牲了良师、母亲、妻女和胞弟,这些生离死别之痛没有使他停下脚步,阿拉西最终找寻到了救赎自身、安放心灵以及救度他人的道路,"他这才发现,一个人该如何才能受到人们的尊崇,这是他的生命中从未有过的体验;他也第一次体验到什么叫作康巴人的荣耀。跃马横枪,斩杀仇敌,家产万贯,情歌高亢,舞步行云,出身贵胄,满身珠宝,这些令人心仪眼热的东西,都不是一个康巴人的真正荣耀啊。一个卑微的罪人,只有他在佛菩萨面前表现出来非凡的虔诚,他也同样能获得人们的尊重"①。与朗萨家族二少爷达波多杰寻找的让康巴男人引以为傲的"藏三宝"——宝刀、良马、快枪不同,阿拉西(法名洛桑丹增喇嘛)寻找到的是藏族人精神世界中永远的"藏三宝",即佛、法、僧三宝,通晓了佛教要义的他赢得了人们的认可与尊重,拒绝了邪恶也宽恕了仇敌,心灵澄澈、精神高洁的喇嘛以自己的成佛历程担负起了沉甸甸的大地"悲悯",烈火中涅槃后成为人们心中永远的佛。

《悲悯大地》中还有一位重要人物就是贡巴活佛,他不仅是阿拉西的精神导师,也是集佛教慈善悲悯、大度宽容和利益众生等道德观于一身的高僧大德。根据藏人的观点,作为他们精神领袖的活佛

---

① 范稳:《悲悯大地》,人民文学出版社,2006,第167页。

是菩萨的化身，活佛原本已经解脱自己且脱离了六道轮回之苦，但为了利乐众生而重返人世并承受着人间的苦难。贡巴活佛以不懈的努力和高尚的言行，在贪欲横行、仇恨滋生的峡谷中播撒下了仁爱和宽恕的种子，站在地狱的门口阻挡着一个个迷失的灵魂，教化人们战胜心魔、一心向善，甚至用自己的死亡让他们领悟"死亡面前的庄严"。中毒而亡的活佛暂时离开了喧嚣复杂的人世，但他圣洁的思想境界和高深的教义参悟已经超越俗世、超越生死，直指神圣与悲悯的最高境界。

《大地雅歌》是范稳的新作，信仰依然是小说中一以贯之的母题。因为跟随马帮翻越雪山时意外得知一位隐居在高山牧场的藏族台湾老兵的事迹，震惊之余，作家开始探寻这位身份奇特的老兵的人生传奇，并巧妙地融入自己对不同信仰之间包容共处方式、爱情的伟大与守护情感的艰辛之理解。在范稳的笔下，信仰的冲突在卡瓦格博雪山下的这片土地上绵延不断，西方传教士前仆后继地踏上传教的征程，试图将十字架放置在雪域西藏的山巅之上，让上帝的仁慈与救赎眷顾到这里的"迷途的羔羊"。自身的文化体系与思维模式同藏民存在着显著差异的范稳，以一种宏阔的视野探索和思考着天主教与藏传佛教之间的异与同。可以说，在救世度人方面两者大体相似，但教义、仪轨等却有着本质的不同，而每一种信仰都有其存在的合理性，每个人都有选择宗教信仰的自由。《大地雅歌》中有虔诚执着、随时准备以身殉教的杜伯尔神父、罗维神父，也有潜心修行、照料藏民灵魂的顿珠活佛，神父与活佛之间的一次次见面与谈话是智慧的较量也是文化的碰撞。时隔多年，历经岁月沧桑和时代变迁的顿珠活佛与罗维神父在小说的结尾进行了推心置腹的交谈，活佛的一番话是他闭关修行后的大彻大悟，更是作家范稳深沉思索之后吟唱出的"和谐雅歌"："我们本来都没有错，面对我们各自的信仰，当我们试图去分辨谁对谁错时，我们就开始走到错误的道路上去了，杜伯尔神父曾经跟我说，他要找到基督徒中的佛性，佛教徒中的基督性。这些年我一直在修行思考这个问题，有一次我在闭关禅坐中终于参悟了：如果我们站在自己的立场上，就永远找不到。当然也不是站在对方的立场上，那我们都会失去自己。实际上佛性和基督性，都是有信仰的人心中的一汪幽泉，只是我们更多地去辩论它们的相异，而没有去发现其本质的相同之处。"① 顿珠活佛将用多年心血写就的《慈悲与宽恕》递到了罗维神父手中，他也收到了神父的传教回忆录——《爱的回忆》，而仁爱、慈悲、宽恕，则需要每个人用心去感悟和领会。

　　喧嚣纷繁的当代社会，快节奏的日常生活，钢筋混凝土浇筑的现代都市，人与人之间的情感日益淡漠，曾经令人肝肠寸断、欲罢不能的爱情似乎也成了"奢侈品"。范稳《大地雅歌》中凄美哀婉的爱情让人唏嘘不已，让生活在焦灼中的现代人看到了希望，获得了动力，在这个世界上还有人如此心甘情愿地地用一生守望着神圣的爱情，直到地老天荒、海枯石烂。因为信仰，爱情愈加坚韧；因为爱情，信仰更加圣洁。"我会为你挡在地狱的门口"是奥古斯丁留在人世的最后一句话；曾经横刀跃马、令无数人心惊胆寒的大强盗格桑多吉（教名奥古斯丁）悉心呵护着对玛利亚（康菩土司家小姐，本名央金玛）的爱情，他可以放弃曾经的自由不羁与前呼后拥而忍受别人的白眼和误解，也能够承受一次次的政治磨难，只因为种植在内心深处的爱情之草已经苗壮成长为参天大树，树的枝蔓已经延伸至身体的每一根血管；说唱艺人扎西嘉措（教名史蒂文）历尽艰辛娶到了玛利亚，但命运之手将他推到了正常的人生轨迹之外，

---

① 范稳：《大地雅歌》，北京十月文艺出版社，2010，第415页。

坐牢、逃亡、当兵、隔海相望、荣归故土、心灰意冷，原本不相干的词奇迹般地集中在他一个人的身上。在心甘情愿的付出与等待之后，情感角逐中的男女主人公都已两鬓染霜、身心俱疲，但是用生命偿还爱情的高利贷是他们一生无悔的选择。

如果说马原是藏地的朝圣者，范稳是文化交汇地带的探险者与礼赞者，杨志军则是道德、良知与人性的守护者。他在巍峨苍茫的青藏高原上高扬起了人性的大旗，在"藏獒"这一独特的高原物种身上寄予了所有的理想和信念，以藏獒的忠诚、仁义和不离不弃反观人性的缺失与道德的沙漠化，深入透彻地思考着全新的人的形象的树立和理想人格的建构。

藏獒，原产于中国严酷寒冷的青藏高原，体型高大强壮、性格坚强刚毅，但从外形来看，这种大型犬给人的印象是凶猛可畏、不易接近，事实上它们绝对忠诚于自己的主人，是人们放羊牧马、看家护院、保护财产最得力的助手。杨志军发表了三部以藏獒为主角的小说，即《藏獒》《藏獒2》《藏獒3·终结版》。看家狗、寺院狗、领地狗、牧羊狗都忠诚地履行着自己的义务，虎头雪獒、冈日森格、多吉来吧、大黑獒果日、大黑獒那日、江秋帮穷等一只只藏獒践行着感人肺腑、忠贞不贰的藏獒品格。因为这些灵性智慧的生灵永远恪守着这样的法则："人对它好它就得舍命为人。它知道这不仅是道义的需要，也是尊严的需要。尊严和道义说到底是虚幻而空洞的，但藏獒和别种野兽的区别恰恰就在于它能充分理解这样的虚幻和空洞，并时刻准备着为它而生，为它而死。它在形而上意义上的付出，在一种看不见的理想色彩和獒格力量的驱动下冲锋陷阵。"①尊严、道义、忠诚、使命、奉献等这些在很多人看来缥缈虚幻的东

---

① 杨志军：《藏獒2》，人民文学出版社，2007，第255页。

西，在藏獒的身上得到了充分体现。从第一部中部落仇恨殃及狗群，到终结版中草原牧民们为抢夺权力不惜以藏獒作为复仇与拼杀的工具，藏獒时刻都准备为人类冲锋陷阵，绝对忠诚于主人的它们不得不一次次上前撕咬无辜的同类，当一只只藏獒鲜血淋漓、满身伤痕甚至倒地而亡的时候，作为自然界高级动物的人是否应该扪心自问、深刻自省：人之暴戾与残忍难道非要让狗来承担？真善美的人性、道德与良知缘何离我们越来越远？杨志军呼唤着纯美洁净的人性以及正直雄强、傲然挺立的"人"的形象，青藏高原是雪域圣地、静美佛土，是他体现社会担当和人文情怀的重要载体；藏獒是兽中精英、草原卫士，是作家心目中道德的体现、正义的化身和信仰的表征。

在中国现当代文学史上，以某种动物作为主角进而反思人类自身的作品不乏其例，如巴金构思新颖、艺术视角独特的《小狗包弟》。"十年浩劫"是对生命的摧残也是对人性的扭曲，巴金没有直接状写特殊年代里人与人之间干戈相向的惨痛历史，而是着力刻画颇通人性的小狗"包弟"，狗非人但通人性，人非狗却又很多不如狗者，真正是世事无常、黑白颠倒，狗为人悲，人又复为狗愁，老作家巴金在理想主义盛行的20世纪80年代，以超乎想象的勇气和胆识为知识分子树立了解剖自我、反省自身的人格典范。在全球化与市场化盛行的当下，人们享受着现代化带来的快捷、便利和高速度，但道德的沙漠化、"狼文化"的过度张扬带来了新一轮的精神危机，杨志军的"藏獒"三部曲是缅怀藏獒的挽歌，是藏獒的史诗，更是呼唤人性与信仰的高原悲歌。在他的笔下，被人们看成"世界屋脊"的青藏高原不仅是自然和地理的高原，也是精神与人文的大高原，唯其高与大、宽与广，才更加具有号召力和凝聚力。只有以涅槃的最后努力挽救草原和藏獒灾难的丹增活佛，以及将藏獒看成是生命一部分的汉扎西——"我父亲"等，将善和真作为毕生追求的人才无愧于高原子民的称谓，他们演绎着人与自然和谐相融、人与动物融洽共处、人与人相互体谅和照顾的人间欢歌。杨志军在一次访谈中说道："现在我们已经到了把信仰和宗教分开的时代，我觉得人可以没有宗教但是必须要有信仰，信仰最终和人性的目标是一样的，最终是一种道德的准则，人最起码要有道德行为。"① 信仰和人性在藏獒系列作品中被杨志军赋予了更多的思辨色彩，为当今社会人们普遍的浮躁心态和人际隔膜提供了缓释的良方与解决的思路。

① 《实录：著名作家杨志军谈新作〈伏藏〉》，新浪网·新浪文化·读书，http://book.sina. com.cn/author/authorbook/2010－08－14/1633271843.shtml，2010 年 8 月 14 日。

第二章 "自观者"的言说

第一节 藏族作家的华丽转身

在中国 960 万平方公里的国土上生活着汉族、藏族、回族、苗族、满族、维吾尔族、蒙古族等 56 个民族，各民族在神州大地上和谐共处、共谋发展。主要聚居在西藏、青海、甘肃、四川以及云南等省份的藏族是人口超过 500 万人的几个少数民族之一，虽然不是人口数量最多但却是居住面积最大的少数民族。

居住在青藏高原上的藏民族在长期的生产与生活实践中，创造了光辉灿烂的物质文明与精神文化，藏文化的源头可以从距今 5000 年前的西藏新石器时代遗址中找寻得到。7 世纪初，文治武功的吐蕃赞普松赞干布创制了文字，藏民族开始了有文字记载的历史。7 世纪中叶，佛教开始传入藏地，并开始了与苯教斗争和融合的艰难历程，尽管经历了持续上百年的"朗达玛灭佛"事件，藏传佛教却整合吸收了苯教的诸多元素如祈祷、禳祓、煨桑等仪式，同时也将苯教的地方神祇吸收为护法神，最终成为藏域占主导地位的宗教。13 世纪，噶玛噶举派最先创立了活佛转世制度，经过几个世纪的逐步完善并最终在藏传佛教内部广泛应用，发展进程中还经历了宗喀巴大师整饬佛教、重振僧人威仪的重大事件，金瓶掣签制建立以后，活佛转世制度的严整仪轨得以确立，是藏传佛教内部各教派为解决首领继承问题而采用的独特传承方式，也是在藏民生活中占据重要地位的宗教文化与宗教制度。清王朝统治时期，为稳定西藏政局、解决藏传佛教内部教派之家的矛盾与争端，中央政府开始在西藏派驻行政长官，即"钦差驻藏办事大臣""钦命总理西藏事务大臣""驻藏大臣"，会同西藏地方领袖达赖监理或督察当地军队指挥、司法、差役、财政收支、高级僧俗官员任免、转世灵童认定、金瓶掣签等事务，近百位驻藏大臣虽然良莠不齐、贤愚有别，有不思进取、碌碌无为者，更有奋发图强、功勋卓著甚至为国捐躯者，可以肯定的是，驻藏大臣制度在雪域西藏以及中国历史上发挥过不可磨灭的重要作用。

1840 年鸦片战争之后，帝国主义加剧了侵犯与掠夺中国的步伐，已是强弩之末的清政府没有能力加强对西北西南等地区的管辖，广大的藏地也就不可避免地卷入了旷日持久的反帝斗争，19 世纪末20 世纪初的抗英战争拉开了西藏波澜壮阔的近现代历史帷幕。20 世纪中叶以前，整个中国社会都处于动荡变革、内忧外患、民族矛盾和阶级矛盾都异常尖锐的时期，中华民族经历着血与火的严峻考验，1949 年 10 月中华人民共和国成立，1951 年 5 月，《中央人民政府和西藏地方政府关于和平解放西藏办法的协议》（《十七条协议》）签署，标志着西藏和平解放、百万西藏农奴摆脱了封建奴隶主和帝国主义的双重压迫获得了新的生活。历尽周折，西藏自治区第一届人民代表大会第一次会议于 1965 年 9 月 1 日在圣城拉萨召开，西藏自治区宣告正式成立。与全国各族人民一样，广大的藏族同胞在经历了"文化大革命"风暴的残酷洗礼后，迎来了改革开放、建立市场经济体制的曙光，瞬息万变的信息时代从根本上改变了人们的生活方式、生活态度以及思维方式，尤其是随着世界上海拔最高、线路最长的高原"天路"——青藏铁路的全线贯通，曾经交通闭塞的雪域大地变得热闹喧腾、人流如织。

自和平解放、民主改革以来，尽管也有过挫折甚至是倒退，但藏区的发展整体上是向上的、前进的，文化事业方面的成就更是不容小觑，丹珠昂奔的《藏族文化发展史》中称其为"社会主义藏族新文化"。"这种'新文化'的标志之一，就是传统的语言使用模式开始由一元（藏语）模式逐渐向二元甚至多元模式的发展变化。作为传统的文化载体和教育模式，藏语文在逐渐适应了新的历史文化发展后继续存在和发展，与此同时，汉语文逐渐成为另一种与藏语文并行的新的文化载体和教育模式。"① 体制变化、语言多元，尤其是新时期以来，改革开放、国门打开，西风东渐、儒学西传，古洋之辩、体用之争，传统与现代、民族性与世界化之间的冲突等问题，是每个知识分子不得不面对和深思的重要课题。一系列的新变也深深地刺激着作家们敏感的神经，从事藏地小说创作的作家无论是民族身份、语言使用，还是文化积淀、群体构成都发生了显著的变化，不仅有进藏或在藏多年的汉族作家，在多个民族、多种文化交汇地带行走的汉族作家，也有运用汉语进行创作的藏族作家。

汉族作家的藏域小说创作已经在前面的章节进行论述，也因为民族与文化身份的局限，运用藏语写作的作家与作品不在论者的论述范围之内，这里着重阐述新时期以来运用汉语进行创作的藏族作家及其作品。一些研究者将这些作家的写作定位为"边界写作"，"'边界写作'就是发生在'大—小语言传统'、主流文化与边缘文化、强势文化与弱势文化之间的跨文化、跨族别、跨语言、跨地域

---

① 丹珍草：《藏族当代作家汉语创作论》，民族出版社，2008，第117页。

写作。'边界写作'也大都发生在'大—小'文化领地的'接壤地带',在持续的'大—小'文化遭遇和碰撞的过程中,实现一种崭新的语言变革。'边界文学'的写作者始终穿行于两种地域、两种文化、两种传统、两种语言文字之间,实践着'双重超越'的深度精神变革,从而在边缘展示着'边界写作'的文化异质性的文学追求。同时,他们也要面对'种族—文化身份认同'的尴尬和困惑,因为'语言杂糅''身份模糊',他们被文化学者、心理学家称为'过渡人',被人类学家称为'边缘人',而社会学家则把他们称之为'边际人'"①。曾经以僧侣阶层作者为主的藏族文学走向了世俗大众本已是不小的变化与革新,用非藏语创作就成为更大的挑战,因为"民族的形成虽然要以共同的居住地域等作为必要条件,但一般说来,只有在具备共同语言的前提下才会形成民族的内聚力——民族感和民族的排他性,即区别于其他民族的愿望。语言在民族构成诸要素中占有重要地位,是由于它和任何一个民族中的每一个成员息息相关,最深刻地反映该民族的特征,是维系民族内部关系的纽带,也是人们区分不同民族时最先使用的标志"②,更因为"可能我们面对这个世界的基本立场,都是由所操持的语言所决定的:对世界与人生认知或者拒绝认知,带着对传统的批判探寻的理性或者是怀着自足的情感沉湎在旧知识体系的怀抱"③,牵涉的还有互异的传统、异质的文化、不同民族的思维模式和价值观念等。若按照民族学田野调查类型划分,从事藏地小说写作的藏族作家们是"自观者",他们对本民族的文化传统、生活方式及思维习惯赋予了自己的价值判断,用文字叙写着古老藏民族的过去、现在和未来,以庞大的阵容、

---

① 丹珍草:《藏族当代作家汉语创作论》,民族出版社,2008,第114~115页。
② 林耀华:《民族学通论》,中央民族大学出版社,1997,第69页。
③ 阿来:《汉语:多元文化共建的公共语言》,《当代文坛》2006年第1期,第18页。

优秀的作品异常华丽地"亮相"文坛，并用汉语作为书面语言进行了一次完美"转身"，这些作家包括扎西达娃、阿来、央珍、梅卓、白玛娜珍、吉米平阶等。

一 扎西达娃

"扎西达娃，一个被文坛肯定的名字。博览西藏小说群，无疑扎西达娃是最好的。他与80年代一起出现在西藏文坛，从此一路领先，身旁身后总有一群同路者和追随者。由于他在西藏新小说领域的特别贡献，他成为一面旗帜。"① 这是马丽华对扎西达娃的评价和定位，肯定了他对西藏新小说的独特贡献，凸显了他在西藏当代文坛曾经的旗帜和标杆意义。扎西达娃于1959年出生在四川甘孜藏族自治州巴塘县，成年以前有一个非常汉化的名字——张念生，他的母亲章凡是一位汉族女性，他随母姓的音而有了张念生之名。更为重要的是，扎西达娃自幼生活在山城重庆，浸润在源远流长的长江文化、巴蜀文明中。而他的父亲则是地地道道的藏族汉子，家乡在藏东川西康巴藏区，因父亲工作变动的原因，扎西达娃能够穿梭在重庆、拉萨、日喀则、林芝等地之间，藏汉混血的身世、栖居多地的人生经历、汉藏皆通的文化积淀，铸就了扎西达娃开阔的视野和多样化的视角。1974年，他从西藏拉萨中学毕业，并于同年12月开始在西藏自治区藏剧团从事舞台美术和编剧等工作，也逐渐开始了他的文学创作。扎西达娃于1979年1月在创刊不久的《西藏文学》发表了处女作《沉默》，1985年调至西藏作家协会从事专业文学创作，先后担任西藏作家协会常务副主席、主席，西藏自治区文联副

---

① 马丽华：《雪域文化与西藏文学》，湖南教育出版社，1998，第129页。

主席等职务。文学创作之余，他也涉足影视剧、音乐电视等领域，曾在马原编导的电影《死亡的诗意》中出演男主角，也曾主演根据他的同名小说改编的电视剧《巴桑和他的弟妹们》，还有获得第17届法国"真实国际纪录片电影节大奖"的电视纪录片《八廓南街16号》等。

> 在每一天太阳升起的地方
> 银色的神鹰来到了古老村庄
> 雪域之外的人们来自四面八方
> 仙女般的空中小姐翩翩而降
> 祖先们一生也没有走完的路
> 啊，神鹰啊神鹰
> 转眼就改变了大地的模样
> 哦，迷迷茫茫的山
> 哦，遥遥远远的路
> 哦，是谁在天地间自由地飞翔
> 啊，神鹰啊
> 你把我的思念带向远方哦远方
> 心儿伴随着神鹰飞向那远方
> 想看看城市的灯火和蓝色的海洋
> 当那梦想成真走进宽敞的机舱
> 俯瞰天外世界止不住热泪盈眶
> 父辈们朝圣的脚步还在回响
> 啊，神鹰啊神鹰
> 我已经告别昨天找到了生命的亮光
> 哦，摇摇滚滚的风
> 哦，飘飘洒洒的雨

哦，蓝天的儿子又回到了故乡

啊，神鹰啊

你使我实现了童年的梦想哦梦想

这是扎西达娃作词、美郎多吉作曲的歌曲《向往神鹰》的歌词，该歌曲不仅获得了 1995 年度中国 MTV 音乐电视金奖的第一名，而且也斩获了"最佳作词""最佳创意"等奖项。《向往神鹰》向人们讲述的是一个孩子对蓝天"神鹰"——飞机由充满向往到实现梦想成为飞行员的人生轨迹，其中融入了藏族社会由落后闭塞逐渐走向开放现代的进程。来自四面八方的人们、翩翩而降的空中小姐为这里带来了外面世界的信息，父辈们朝圣的脚步永不停歇、空中"神鹰"直穿云霄，扎西达娃呈现出了一个传统与现代、梦想与现实交织的世界，以一个藏族人的身份和视阈书写着时代变迁中的文化发展历程与人生体悟。

需要特别指出的是，不管扎西达娃扮演过多少角色、尝试过多少身份，他最重要的事业是作家，而且是能够从多角度、多重层面进行阐释的藏族作家，那个向往神鹰的小男孩似乎就承载着扎西达娃自己的梦想，游走在汉藏文化之间的他需要了解世界、接受新知，更需要回到故乡寻找根脉、传承文明。20 世纪 80 年代是当代中国文学异彩纷呈、蓬勃发展的阶段，各种国外的思潮和主义纷至沓来，用短短 10 年的时间把西方几十年甚至上百年的文学潮流演练了一遍，因而也是扎西达娃等作家们大显身手、佳作叠出的年代。1985年对于扎西达娃来说是至关重要的一年，这年他发表了为他奠定文坛地位的《西藏，系在皮绳扣上的魂》《西藏，隐秘岁月》两部小说，如果说此前创作的《沉默》《朝佛》《江那边》等小说秉承的是现实主义的传统，《西藏，系在皮绳扣上的魂》《西藏，隐秘岁月》则是魔幻现实主义、雪域高原博大精深的文化与扎西达娃才情智慧的完美结合，不仅使他本人实现了从文学青年到颇具文体革新、哲理思辨意识重要作家的转变，同时他还带动一批西藏作家开始从事魔幻现实主义小说创作，将西藏当代文学推向了一个全新的发展阶段。

　　20 世纪 50 年代前后在拉丁美洲兴起的魔幻现实主义潮流致力于为社会现实披上神秘神奇、光怪陆离的外衣，在反映拉美各国现实的同时营造出似真似幻、真假难辨、虚实相交的氛围，荒诞神奇的想象力、魔幻现实化、现实魔幻化以及陌生化等都是该文学流派的重要特征，马尔克斯的《百年孤独》成为受到人们肯定与推崇的魔幻现实主义代表作。正是因为"世界屋脊"青藏高原与地域广阔的南美高原在自然地理、人文精神等方面有相似的相通之处，如那里有世界上面积最大的高原墨西哥高原、最大的河流亚马孙河以及最长的山脉安第斯山脉等，所以雪域大地上的作家们从拉美魔幻现实主义文学思潮中汲取了营养，"拉美文学给我们最大启发是明白了一个民族的历史传说和现代文明交融过程中，怎么从口头文学和早期史学记录成为世界范围的文学。藏人的'史记'是想象的，真真假假、文史哲不分，有描写、叙事、渲染，非常神秘和神话的东西，为什么会这样？生活在高原上的人想象力和幻想力很强"①。扎西达娃试图在神灵居住的本民族土地上建构起自己的文学"宫殿"，从更深的层面上思考现代化大潮中族人的努力、惶惑与无奈，以更加贴近藏人内心和灵魂的方式书写他们蜕变的痛苦与新生的欢乐，用幻想、魔幻与现实交织的手法描摹藏民族与生俱来的信仰和思想，从而成为西藏新小说的代表作家，"无疑，扎西达娃是比较有建树的一个。他从这里出发，从一开始就注意不仅是形式的借鉴，他为之填

---

① 《西藏作协主席扎西达娃：不事张扬的先锋作家》，新华网，http://news.xinhuanet.com/book/2009 - 07/01/content_11631444.htm，2009 年 7 月 1 日。

充的是西藏的文化底蕴和人生情态，渐渐走出了一条属于自己的小说路数。不再为神奇而神奇"①。中短篇小说集《西藏，系在皮绳扣上的魂》《西藏，隐秘岁月》《风马之耀》《夏天酸溜溜的日子》，长篇小说《骚动的香巴拉》等作品成就了西藏独一无二的扎西达娃。

二 央珍

在悠久的藏族历史上，在漫长的以男性为中心的封建农奴制社会中，广大的藏族普通妇女都处于依附地位，她们没有政治地位更没有经济地位可言，妇女们辛勤劳作在草原牧场和帐篷内外，执着地行走在转经的漫长道路上，将吃苦耐劳、任劳任怨和虔诚地信奉佛法作为化解苦难、慰藉今生、寄托来世唯一的解脱工具。西藏和平解放以前，文学创作对于普通的藏族女性来说无异于天方夜谭、痴人说梦，但是经过半个多世纪的岁月变迁，人们惊喜地看到了在她们身上所发生的种种变化。女性们不仅逐渐消除着"边缘"生存者的艰辛与无奈，而且能够涉足曾经是僧侣阶层和男性一统天下的文学领域，她们以自己的付出与才情从根本上改变了藏族女同胞的历史，从此以后，藏族女性不再"无语"和"失语"。她们的冷暖、困惑、无奈、蜕变与新生都有人用文字加以记录，我们可以为这些女作家开列出一份长长的名单：益西卓玛、央珍、梅卓、德吉措姆、白玛娜珍、完玛央金、格央、尼玛潘多等。在革命队伍中茁壮成长的益西卓玛是第一位发出藏族女性声音的作家，她于1981年发表了当代藏族文学史上具有划时代意义的小说《清晨》，不仅是和平解放以来第一部女性创作的长篇小说，还是藏族文学史上第一部长篇儿

---

① 马丽华：《雪域文化与西藏文学》，湖南教育出版社，1998，第90页。

童小说。以梅卓、央珍为代表的第二代藏族女作家自 20 世纪 90 年代以来逐渐引起文坛瞩目，她们既有在母族文化背景下成长的独特经历，又接受过规范的汉语文教育，知识界、思想界和文学界各种先进思潮和主义、域外作品的大量翻译、国内作家的种种探索，都潜移默化地影响着她们的知识结构和创作思维。除德吉措姆等采用藏汉双语写作外，其他女作家都是用汉语建构着她们的文学"大厦"，跨文化、跨语言、跨族别的"边界写作"是她们经历文化砥砺和碰撞后的自觉选择，以女作家特有的纤细感知和敏锐洞察力表达她们对民族文化、个体生命和人类命运的理解与感悟，对本民族文化的热爱与固守、对藏族女性生命意识的清醒认识、对主流文化——汉文化的熟悉和认同，都为她们的作品增添了别样的厚度与韵味。

1963 年，央珍出生在西藏拉萨，于 1981 年考入北京大学中文系，曾在《西藏文学》、西藏作家协会供职，现为《中国藏学》杂志编辑部主任。其短篇小说《卍字的边缘》荣获了"第三届全国少数民族文学创作奖"，1994 年，她的第一部长篇小说《无性别的神》由中国青年出版社出版，社会各界反响热烈，并获得中国作家协会"全国少数民族第五届文学创作骏马奖"。央珍的作品数量不是很多，但足以让人们从中把握遭遇现代化变革与发展之时，民族文化的阵痛、嬗变与缓慢生长。《无性别的神》全书只有 22 万字，相对于市场化时代普遍做着"加法"的创作形势，尤其在"注水"写作普遍存在的当下，这部做了"减法"的小说显得有些单薄，但其厚重的文化信息含量、详尽细致的历史叙述以及极富地域特色的民俗风情展示，都显现着央珍丰厚的学养与高超的写作技巧。本书的"内容提要"这样概括道："《无性别的神》是藏族青年女作家央珍的第一部长篇力作。小说以描写贵族德康庄园的二小姐央吉卓玛在家庭中特殊的命运、经历为线索，通过央吉卓玛美丽的眼睛和善良的心灵，从侧面展现了 20 世纪初、中叶西藏噶厦政府、贵族家庭及寺院的种种状况，再现了西藏一个历史巨变的时代风貌。"① 在三个贵族庄园即德康庄园、帕鲁庄园、贝西庄园之间辗转流浪的央吉卓玛见证了半个多世纪的西藏风云变幻，出身大家闺秀的她并没有受到应有的宠爱和礼遇，相反，她一直处在被歧视和被冷落的境地。她一次次接受着母亲为其安排的人生道路，从自家的德康庄园到阿叔的帕鲁庄园再到贝西庄园姑母家，央吉卓玛感受着一个家族由盛及衰的急速转换，也目睹了农奴们不为人知的非人生活，出家为尼后的她也虔诚地信奉着佛法僧三宝、虔诚地祈祷人生的痛苦和烦恼能够尽早结束。正是因为央吉卓玛复杂的人生经历和敏感的心灵，一幅 20 世纪前 50 多年漫长的历史画卷徐徐展开，犹如思维缜密、内容齐全的百科全书般让人思绪万千、不忍释卷。

三　梅卓

梅卓于 1966 年出生在青藏高原——青海化隆县，担任过《青海湖》月刊诗歌、散文的编辑，以及青海省作协副秘书长、副主席等职务，现为《青海湖》主编、青海省作协主席。发表有长篇小说《太阳部落》《月亮营地》，散文诗集《梅卓散文诗选》，散文集《藏地芬芳》，小说集《人在高处》《麝香之爱》等。

长期生活在城镇的梅卓从小接受的是正规的汉文教育，无论是思维习惯还是生活方式都与地道的藏民生活和藏文化传统有着一定的距离，但藏族人的根脉因袭决定了她不可能疏离最为珍贵的本民

---

① 央珍：《无性别的神》，中国青年出版社，1994。

族文化，她为自己的创作找到了坚实厚重的叙事背景。梅卓从部落历史、民族记忆、英雄传说以及民俗风情中找寻到了写作的"支点"，同时深受西方女性主义思想影响的她也时常将藏族知识女性作为作品的主角，感同身受地叙写着她们在社会发展进程中的努力、付出、艰辛、甘苦以及爱情观。神奇绚丽的藏文化为人们提供了无限的想象与解读空间，富有想象力的藏族同胞是将神话与现实水乳交融的民族，因此梅卓的作品中会经常出现意识流动、时空交错以及轮回转世等，虽然在一定程度上给不够熟悉藏族文化的读者造成了一些阅读障碍，如若仔细品味，便可从一部部小说中感受到藏民坚韧自强的精神气质、藏族女性对爱情的执着坚守以及作家本人对母族文化的深沉热爱。

梅卓的第一部长篇小说是《太阳部落》，西藏自治区成立 30 年华诞时（1995 年），这部小说与央珍的《无性别的神》被作为藏族文学的重要收获而隆重推出，并被看成是雪域高原上破土而出的"并蒂莲"，足见其地位的重要和影响力的深远。《太阳部落》讲述的是民国马步芳军阀统治时期伊扎部落里的故事，这是一个位于青海藏区西海之畔的部落，也是特殊年代里藏区历史的缩影，这里有部落之间刀兵相见、干戈相交的相互厮杀，有几代人以性命相守的爱情，有神灵和宗教对残酷人性的审视，也有能够为生活在苦难中的人们带来希望曙光的英雄嘉措和少女阿琼。《月亮营地》是梅卓的又一部长篇小说，是达伍曲河畔藏族汉子甲桑的英雄传奇，也是月亮营地、宁洛部落与章代部落联手抵御马步芳军团的曲折历史。甲桑的母亲尼罗一生都守护着对阿·格旺的爱情，阿·格旺的继女阿·吉是甲桑 10 年未忘的情人，两代人的恩怨情仇和痴心守望都异常艰辛、苦涩，但却直击灵魂、撼人心魄。以打猎为生的甲桑一步步成为捍卫营地利益的英雄，直到悲壮地为仇敌所杀，但他的儿子乔也即将成为带领人们拯救营地、走向新生的"英雄"。甲桑在有限的人生中执着地思考着关于生命意义的问题,生存—死亡—再生是一条循环往复、永无止境的生命链,也许他得到的答案很单一,却最切近生命的本质。一次次的沉沦、一次次的觉醒、一次次的思考,唤起了他身上蓄积的雄强生命力,加深了他对生存的体悟和生命的热爱。年幼时,"他只是关注着生存,因为生存而劳作,这是个既简单又沉重的道理",当他能够骄傲地保证全家人衣食无忧时,他却遭遇了母亲的撒手人寰,"他在悲痛中才渐渐发现一个比生存更深远的问题,那就是死亡",失手杀死自己的妹妹阿·玛姜后,他日复一日地雕刻玛尼石为自己赎罪,他想到了死亡之后的再生,儿子乔的出现为甲桑打开了心结、解决了心灵困惑,"他为了乔成为一名真正的战士,他更愿意自己是战士,因为只有通过斗争才能取得生存的权利,才能保护乔的生命,才能使自己脆弱、失色而单一的生命,最终汇入整个群体生命的流程,才能彰显生命本质的顽强和伟大"[1]。

小说集《麝香之爱》中的主人公是一个个坚守情感阵地、坚信爱情至上的藏族女性。《麝香》中的吉美8年来一直以写作维持着简单的生计,鸡心的坠子是她的最爱,因为这个坠子是她与那个名为甘多的男人之间爱情的信物,那句"你带上它吧,下次再见我时还给我。十年是一次轮回",道出了一名痴情女子的酸涩与执着,当得知自己痴心守望的男人早已成家立业的真相时,不顾忌宗教禁忌的自尽就成为她守护爱情的唯一方式。达娃卓玛是《魔咒》里的女主角,是雪域音像出版社的女编辑,自由自在、洒脱率性的女子自从与康嘎产生爱情后,她的人生轨迹就一次次发生着变化。与康嘎一起经历过浪漫、奢华的爱情,还在阿尼玉拉神殿虔诚地做过法事,

---

① 梅卓:《月亮营地》,敦煌文艺出版社,2009,第235页。

直到这个男人带走 20 万元巨款杳无音信后，达娃卓玛开始真正体会到生活的不易与奋斗的艰辛，她的生活中逐渐有了期盼的急切与等候的甜蜜，也更深刻地理解了大度与宽恕的真实含义。《出家人》呈现了一个富有宗教气息的故事，两个牧区孩子曲桑和洛洛曾经有过纯真的约定，最后却因曲桑出家而走向终结。今生无缘、来世再续，当他们在来生相遇时，二人已经性别互换，女孩子曲桑毅然放弃眼前的一切去追求与洛洛的爱情。《在那东山顶上》中的主人公是华果，以画唐卡为职业的她执着地从爱情中寻找着灵感和激情。吉美、达娃卓玛、曲桑以及华果，这些女子犹如纯情美丽的爱神维纳斯，精心地守护着与美男子大卫的爱情，等候着自己认定的那个男人，她们很不幸但又很幸运，因为她们努力地为自己的生命增添着色彩，此生的拥有可能很短暂但已经无悔，来世或可以再相聚。"赞美女性，张扬爱情，由于梅卓描述得精彩，我们便随了她或歌或哭，也就相信了爱情的存在与不朽。"[①]

四　阿来

1959 年，阿来出生在四川西北部藏区的马尔康县，初中毕业以后回乡务农，后来又在阿坝州水利建筑工程队当过拖拉机手和机修工，从马尔康民族师范学校毕业之后当过 5 年的乡村教师。1998 年，一部长篇小说《尘埃落定》的出版让人们记住了"阿来"这个名字；2000 年，"第五届茅盾文学奖"获奖作品的名单上，阿来及其《尘埃落定》榜上有名，从此以后，这个藏族作家和他的作品便不断受到媒体和评论界的热切关注与反复阐释。其实，阿来自 1982 年起

---

①　马丽华：《雪域文化与西藏文学》，湖南教育出版社，1998，第 164 页。

就开始诗歌创作，出版了抒情诗集《梭磨河》，当很多人将视野投注在舒婷、顾城、北岛、食指、江河、杨炼等为代表的朦胧诗上时，他却从辛弃疾、惠特曼那里汲取营养、获得感悟，慢慢地叩开了诗歌王国厚重绚丽的大门。"是的，我的表达是从诗歌开始；我的阅读，我从文字中得到的感动也是从诗歌开始。"·"那时我就下定了决心，不管是在文学之中，还是文学之外，我都会尽力使自己的生命与一个更雄伟的存在对接起来。也是因为这两位诗人，我的文学尝试从诗歌开始。而且，直到今天，这个不狭窄的，较为阔大的开始至今使我引为骄傲。"①远离躁动与喧嚣的阿来踏上了"永远流浪"的路程，他不断"歌唱自己的草原"，"漫游"了广阔无垠的"若尔盖大草原"，走过了梭磨河、大渡河谷以及岷山深处，用双脚和内心丈量着挚爱的故乡土地，这一切皆因为人生中所有的门扉都需要"小心开启"、轻声扣合。

> 这些门
>
> 我要小心开启
>
> 这些灵魂的门扉
>
> 我得
>
> 小心关好
>
> 当新年将临
>
> 告诫自己的时候
>
> 我用最芬芳的雪片熬茶
>
> 并且
>
> 独自品尝②

---

① 阿来：《阿来文集·诗文卷》，人民文学出版社，2001，第 153~154 页。
② 阿来：《小心开启》，载《阿来文集·诗文卷》，人民文学出版社，2001，第 72 页。

20 世纪 80 年代中期以后，为巍峨挺拔的群山与辽远广袤的草原歌唱的阿来逐渐转向了小说创作，有小说集《旧年的血迹》《月光下的银匠》，长篇小说《尘埃落定》《空山》《格萨尔王》等出版。阿来努力实现将个体生命与更广大的存在对接的初衷，小说中渗透着作家站在整个人类角度的普世性思考。《旧年的血迹》中有对人类无法把握自己命运、"哀莫大于心死"的深沉叙写；《尘埃落定》通过"傻子"二少爷亦真亦幻的叙述完整地呈现了嘉绒土司制度最后 10 年的历史，尘埃飞扬后又归于大地，留下了历史车轮前行的轨迹和永难摆脱的命运轮回；分为六卷的《空山》展现的是名为"机村"的藏族村落"文革"前、"文革"中和"文革"后错综复杂的历史，作家敏锐地捕捉到了藏民族在时代洪流中经历的种种变化，以挽歌的笔调叙写着佛教义理的部分失却、原有秩序的悄然改变以及固有信仰遭遇的种种挑战；以重述神话为目的的《格萨尔王》是对藏族史诗《格萨尔王》的当代阐释，其中有对佛教义理的参悟和人生意义的思考与追问。

第二节　聆听母族文化的足音

斯大林对"民族"一词进行了这样的界定："民族是人们在历史上形成的一个有共同语言、共同地域、共同经济生活以及表现在共同文化上的共同心理质素的稳定的共同体。"[①] 即生活在共同的地域，使用着相同的语言，拥有共同的经济生活和表现在共同文化上的共同的心理质素，是一个民族区别于他民族的重要元素或条件。

---

① 斯大林：《马克思主义和民族问题》，《斯大林选集》（上卷），人民出版社，1979，第 64 页。

运用民族语言之外的另外一种语言——汉语进行创作的藏族作家们，既要在经济全球化、文化多元化的时代迅速适应环境，以开放的心态和宏阔的视野把握时代的脉搏，同时也要竭力保护和挖掘本民族文化的独特内蕴，要努力使自己的创作之"根"深植于民族文化的土壤中，更要吸收外来文化的精华为自己民族的文化注入新鲜血液，在世界性与民族性之间寻找到写作的最佳着力点。藏语是阿来、扎西达娃、央珍、梅卓等作家的口头语言，汉语则是书面语言，他们用汉语表达着对世界的认知、对母族文化的眷恋以及对人的命运的深沉思考。

1978 年，党的十一届三中全会召开，拉开了中国改革开放的序幕，中国社会以及当代文学都进入了一个全新的发展阶段，政治上的拨乱反正、经济上的复苏、思想上的解放，都极大地推动了社会进步和文化事业的兴盛，西方的先进技术、思想文化潮水般地涌入了中国。面对纷至沓来、纷繁复杂的西方现代文化，当时的知识分子大体上持两种观点：一种观点认为应该全盘接受，包括文学艺术上的现代派，殊不知其正是反映人性异化、对西方工业文明进行反抗的众多文学流派之统称；另外一种观点认为，各个国家的政治环境不同、经济发展水平各异、文化基础及发展模式各有特点，所以应该深入思考如何将本国的文化传统作为接受场，并有效地吸收西方先进的文化为我所用，因此提出了与 20 世纪 80 年代初启蒙主义反封建反传统思想以及全盘西化不同的观点，即对现实的改造和现代化建设都需要利用好自己的文化传统。在文化研究热潮兴起的背景下，"寻根文学"应运而生，大多具有"知青"经历的作家们曾经切实地接近农民的日常生活，他们深知散落在民间的、边地的文化传统对建构既具有民族性的同时又具有世界性的中国文学的重要价值，并且迫切希望能够打破简单地模仿西方流派与作家的写作困厄。首倡者韩少功这样说道："文学有'根'，文学之'根'应深植于民族传说文化的土壤里，根不深，则叶难茂。"① 在他的倡导下，一大批作家创作出富有地域文化特征的作品，并被研究者冠以富有特色的名称，即以韩少功为代表的"湘楚文化派"、以李杭育为代表的"吴越文化派"、以阿城为代表的"传统文化派"、以张承志为代表的"回族文化派"、以贾平凹为代表的"商州文化派"、以郑义为代表的"太行文化派"、以扎西达娃为代表的"西藏文化派"等。

扎西达娃是轰轰烈烈的"寻根文学"热潮中的代表作家，但他的小说因其特殊的民族身份、复杂的文化积淀而具有别样的内蕴和价值。扎西达娃是康巴人的后裔，这是一个强悍好斗、爱憎分明、天性乐观、喜好流浪、向往自由的民族，被称为"西藏的吉普赛人"的康巴民族世世代代行走在流浪与找寻的路途中，也许是集体无意识使然，或是因袭传统而做出的自觉选择，他们拥有绝对的自由但也会深刻感受到"无根"的痛苦。同时，扎西达娃又自幼生活在汉区，是一个接受过现代文明与科学技术熏陶的知识分子，因此他会经历人生定位困难、文化割裂的无奈与困惑。与此同时，这些又都使得他既能够立足于本土、立足于西藏，以藏域、藏文化作为创作的根基和本色，同时又能够适时地"走出"西藏，站在更高更远的位置审视与评价自己民族的历史与现实。

他从活跃在圣城拉萨、八廓街头、康巴营地的西藏年轻人身上看到了民族文化永不褪色的生命力，在高原阳光和雨露滋润下的民族心理中探寻母族文化的奥秘，在白雪覆盖的深山与碧波荡漾的圣湖间仔细聆听藏人本真的生命律动，在不绝于耳的真言念诵声中祈求灵魂的净化和内心的澄澈，"扎西达娃已从表层现象的描绘进入深

---

① 韩少功：《文学的根》，新华网·读书，http://news.xinhuanet.com/book/2003-04/07/content_819664.htm，2003 年 4 月 7 日。

层内涵的揭示和思考，开始从整体神韵上把握西藏高原自然地理浸润下的民情世俗、历史传统、千年传说和民族信仰，开始真正把读者带入了恢宏、旷达、古朴、雄浑和只有进过西藏的外乡人才会感觉到的神秘、新鲜、浸透着宗教和神话气息的氛围中"①。

《西藏，系在皮绳扣上的魂》中塔贝和琼两位年轻人执着地寻找着传说中的人间净土——香巴拉，小说开头就以扎妥寺第二十三世活佛桑杰达普即将圆寂时神示般的话语，将人们带入了神圣静美的神灵世界中，理想王国香巴拉、瑜伽密教、喀隆雪山、莲花生大师、祈祷、领悟等都在活佛双唇翕合中神谕般地传递给了有情众生，是祝福、祈愿，也有忧虑和担心。现实中，从小过着单调、俭朴生活的琼被塔贝锲而不舍的精神深深地打动，毅然决然地跟随他走上了背井离乡、风餐露宿的"朝圣"之路。中间有过摩擦与短暂的迷失，但早已渗透进灵魂和血脉中的宗教信仰让她重新找回了自我。当塔贝被现代文明的产物——拖拉机夺去生命，并躺卧在莲花生大师纵横交错的掌纹中时，藏民后代扎西达娃并没有断除人们的梦想，因为还有能够走向民族文化纵深处、感知信仰真谛的琼活在当下。

在生活于藏区之外的人们看来，藏地的生活节奏是缓慢的，时间仿佛是凝固的，当地人是缺乏竞争意识的，这是千百年来的传统使然，更是佛教信仰对其日常生活深刻影响的现实体现。藏传佛教的时间观是轮回的，"在这时间观点底下，时代循环、宇宙之轮往复旋转，生死永恒轮回，过去、现在、将来之间，是没有任何绝对区别的，任何变化都不会影响生命本质，只会影响生命的外观，流逝的时间只是一种表象"。"这种时间观对历史观的影响，就是完全排除任何从过去向未来推进的关键事件，排除历史中任何独创性、独

① 丹珍草：《藏族当代作家汉语创作论》，民族出版社，2008，第262页。

特性事件，排除历史的意义，让人在每一个新事物中回溯旧的不变性。持这种时间观的，都会倾向清静无为的修行主义，但求人生宁静，不大参与社会。"① 《西藏，隐秘岁月》中讲述的历史跨越了近一个世纪，1910～1927 年的主人公是年逾古稀的米玛和察香夫妇，他们平静地面对廓康村村民日益减少的现状，不愿意走出小村寻觅更加适宜生存的居住地，因为察香终生都要履行供奉山洞中修行大师的神圣使命，尽管无缘目睹隐修者的尊容，但她坚信大师的存在一如她虔信佛法僧三宝。1920～1950 年的主角是继续供奉使命的次仁吉姆，母亲察香奇迹般地怀孕并"怀胎两月"生下了她，次仁吉姆从两岁起就显示出种种异于凡人的灵异天分，如蹲在地上画着关于生死轮回的玄妙图腾，跳着古老的、在西藏早已失传的格鲁金刚神舞。当圣象消失、神灵不再眷顾她时，次仁吉姆依然毫无怨言地承担起为修行高僧提供布施的工作，对于她来说，这是她无法改变的命运和今生的唯一归宿，次仁吉姆拒绝了痴情男子达朗的爱情，执拗寂寞地生活在早已空无他人的廓康村，只要每次从岩石小洞中取出的皮囊袋和茶壶是空的，她的生存价值和生命意义就得到了体现。廓康村唯一的居民次仁吉姆是孤独的，但她的精神世界却是丰富厚实的，她是藏族妇女乃至全部藏民的"缩影"，"这上面每一颗就是一段岁月，每一颗就是次仁吉姆，次仁吉姆就是每一个女人"②。及至第三阶段（1953～1985 年），又一位名为次仁吉姆的女子循着先辈的足迹踏上了这块土地，即将获得医学博士的女子或许能够为这里带来先进文明的曙光，但她永远无法改变藏民后裔的身份，以及早已流淌在血液中的对信仰的尊崇和对神灵的敬畏。

---

① 陈韵琳：《世纪末寓言与文化焦虑》，中评网，http://www.china-review.com/cat.asp? id = 15220。

② 扎西达娃：《西藏，隐秘岁月》，载《西藏隐秘岁月》，长江文艺出版社，1996，第46页。

《骚动的香巴拉》是扎西达娃的第一部长篇小说，也是他对母族文化的体悟放置在更加宏大的篇幅中所做的一次大胆尝试。昔日辉煌壮丽、人声鼎沸的凯西公馆如今已景色萧条、雄风不再，社会变革的风云改变了公馆主人、仆人帮佣们的人生。如今的主人——才旺纳姆夫人已经无法再享受父辈们仆人如织、社交不断、锦衣玉食的生活，但她却时时沉浸在能够恢复凯西公馆过去荣耀的梦境中，因此她总是处于一种半睡半醒、似梦非梦的状态中。除才旺纳姆之外，小说的其他几个人也活在寻找净土"香巴拉"的梦幻中，凯西公馆男主人——晋美旺杰老爷根本无力承担一家之主的重任，他将自己封闭起来且不愿见客，一遍遍幻想着能够为早已垮台的噶厦政府尽忠效力；才旺纳姆的二女儿梅朵本是一个深得碧达国王宠爱的美丽王妃，被派遣到高原上从事谍报工作，原本打算寻找到没有痛苦、人人幸福的理想社会，因此她在部队的养猪场精力充沛、欢喜异常地从事着"与猪为伍"的工作，但残酷的现实击碎了她的美梦，失望之极的王妃在一个月圆之夜飞向了天空，或许回到了金碧辉煌、歌舞升平的碧达王宫，或许还在继续她的找寻之路。曾经跟着康巴人流浪各地、美丽动人的琼姬是西藏历史上显赫一时的恩兰家族唯一的后裔，是热带森林中千年巨蚊女王的化身，与高僧斗法失败后转世为人，若要保住人形，她不仅要依靠各种神奇法术和秘方，还不得与任何男子发生肉体关系，但是与达瓦次仁情到深处的琼姬忘记了禁令，欢愉之后的女子恢复了巨蚊之身，留下了惊愕不已、后悔不迭的达瓦次仁在人世间独自伤感。曾经红极一时却突然失声的歌手央金纳姆、颇具才华的贝拉以及德吉等人都怀揣着美好的梦想，在充满竞争与挑战的现实中苦苦追寻，即便是他们的艺术梦想、人生追求最终都可能幻灭，最为重要的是，他们都虔诚无比地守护着早已内化于内心和灵魂中的传统文化，只要文化链条不曾断裂，只要有信仰的支撑，藏人就永远不会孤寂、不会无助，更不会缺乏心灵归属和安全感，他们永远都活得充实、愉悦、大度。所以，扎西达娃在小说的结尾处明确无误地得出了这样的结论："在危机四伏、充满忧伤和各种不幸的地球上，西藏人从来没有绝望过，他们怀着雍容的气度和朝气蓬勃的乐观主义精神蔑视着西方的文明和人类创造出的一堆垃圾。""在一片欢乐的赞美声中，人类的未来佛被抬出来了，它叫弥勒佛……但这并不是人类最后的拯救，西藏人的灵魂遨游在无法用天文数来计算的一个庞大的无与伦比的时间和空间里，只有当在此之后又过了若干亿年的第七尊、再过若干亿年的第八尊……第一千零八尊最后的名叫人类师遍照佛（又称燃灯佛）的全部降临由此经历了无数次循环的劫难之后，人类才能看见人类自身的最后结果——彻悟，从一切无知和痛苦中获得解脱。"①

自 20 世纪 90 年代以来，为文坛呈送《无性别的神》《太阳部落》《月亮营地》等作品的女作家央珍和梅卓同样执着地行走在弘扬民族文化的道路上，央珍细致入微地描述雪域西藏 20 世纪初和中叶波澜壮阔的历史，其中融入了她对庄园经济的理解、宗教信仰的领悟以及人生道路选择的感知。《无性别的神》中的央吉卓玛遁入佛门之前一直辗转于几个大庄园之间，西藏庄园制度始于 13 世纪前后，直到 20 世纪才逐渐走向衰亡。每个庄园大致形成一个自然村落，村落中除庄园主及其代理人以外，还有差巴（支差者）、堆穷（靠打短工或从事手工业维持生计者）、朗生（奴隶或者家奴），庄园中的底层民众要负担名目繁多的乌拉差役（即徭役、赋税、地租等），奴隶、家奴们要承担庄园主无尽的差事甚至是毫无人道的谩骂与侮辱。在央珍的小说中，我们看到了贵族们奢靡的生活作风和农

---

① 扎西达娃：《骚动的香巴拉》，作家出版社，1993，第 383 ~ 384 页。

奴们凄惨悲苦的人生经历，不断实施苛政的帕鲁庄园主逼使走投无路的支差户远走他乡；贝西庄园"尊贵"的少爷竟然将折磨农奴当成人生的乐趣，小女奴拉姆或者被指使脱去衣物钻进早已准备好的冰筒，或者与男仆"斗角"失败后被灌辣椒汁，或者因无力抗拒疲倦睡着在厨房而被少爷倒进脖子中的牛粪火烫伤。在这一个个看似外表光鲜亮丽的庄园中，女作家揭示出了其肯定走向末路的必然性和根本原因。央吉卓玛的父亲是曾被十三世达赖喇嘛派遣到英国学习先进科学技术的贵族子弟，这是 20 世纪初欧风美雨的吹拂下，西藏最高政教领袖接受新知、锐意改革、推行新政的表现之一，虽然由于政治的、历史的等种种原因，学成归来的央吉父亲等人没有受到应有的礼遇和重用，但西藏近现代历史上曾有过这样一些视野开阔、学养深厚的"新派"人物，从他们身上至少能够看到变革的希望和发展的可能。

在 20 世纪初叶，西藏发生了一件震惊中外的事件即摄政王热振事件。摄政顾名思义是指达赖喇嘛的转世灵童尚未寻找到或灵童坐床没有达到法定年龄（18 岁）时，要有人代行达赖喇嘛的职权。西藏摄政制度始于 18 世纪中叶，七世达赖喇嘛于公元 1757 年圆寂，其时的西藏政坛陷于政教事物无人主持与打理的局面，清帝乾隆遂委任第穆呼图克图（呼图克图为清政府授予蒙、藏地区喇嘛教上层大活佛之封号）出任摄政，担当稳定西藏政局、处理西藏地方事务的重任，历史上曾先后有 11 位呼图克图担任过摄政。热振事件中的五世热振活佛就是 11 位呼图克图之一，他深明大义、高瞻远瞩，摄政后致力于改善同中央政府的关系，努力维护国家统一，无论是十三世达赖喇嘛转世灵童的寻访，还是对待国民政府莅藏官员，热振活佛都将西藏视为国家的重要组成部分，但这样的做法自然会引起噶厦政府内部亲英势力的不满与嫉恨，他们利用种种手段逼迫热振活佛下台。继任摄政之位的是活佛的师傅达扎·阿旺松绕，达扎上台后所实行的政策与热振背道而驰，并且在分裂的道路上越走越远，不能容忍达扎这些做法的五世热振活佛因此打算重新走上政坛，却不幸被捕且暴毙于布达拉宫夏钦角监狱，活佛之死引发了热振寺僧侣与噶厦政府武装之间的激战，也酿就了轰动一时的"热振事件"。在小说《无性别的神》中，央珍通过被地方政府看成是热振活佛同党的贵族隆康老爷的命运起伏将这一重大历史事件呈现了出来，历史剧变、政权更迭，曾经活跃于政界之人的功过是非都需要后来者仔细甄别、慢慢评说，细读品评这部小说也是进入历史、重回过去的方式之一。

自幼生活在拉萨八角街的央珍熟稔西藏的历史掌故、风土人情以及社会变迁中那些细微的变化，因此她的小说犹如展开在人们面前的"西藏特色的'清明上河图'"①。另一位女作家梅卓的小说中灵魂转世、生死轮回等富有强烈宗教色彩的描述与阐释随处可见，前世无缘相濡以沫的曲桑和洛洛在来世再度相遇、再续前缘（《出家人》）；此生爱上了一个不该爱的男人，为其生子、辛劳一生，却自始至终没有得到任何回报的甲桑母亲尼罗含恨离世，又将自己的灵魂转附到一头白尾牦牛身上，无法确定年龄、无法辨认其是人还是神的女药人在一个万里无云的艳阳天，为清贫一生的尼罗进行了灵魂重新转世仪式，漫长的法术过后，白牦牛被放生，深信母亲已经获得"新生"的甲桑兄妹如释重负地开始了他们的新生活（《月亮营地》）。

在《太阳部落》《月亮营地》等小说中，梅卓还将目光投向了具有古朴原始色彩的部落历史与部落文明。部落制度经过漫长的繁

① 马丽华：《雪域文化与西藏文学》，湖南教育出版社，1998，第 154 页。

衍发展，无论是部落形态、成员结构还是组织形式都不断地发生着变化，但一些基本特质却被保留了下来，如发生非常事件时部落中男女老少必须将部落利益放在首位，要齐心协力应对威胁到部落利益的各种灾难，部落头人要发挥核心领导作用，为保护草场和人畜安全担负起责任。在梅卓看来，即便是时代前进至 20 世纪，部落制度的精髓和基本要义却不会发生改变，因为这是部落能够存在与发展的根本。所以当马步芳军团大军压境、章代部落头人遇害的危急关头，生活在浑噩懵懂中，不晓得唇亡齿寒道理的月亮营地和宁洛部落的人们集体遭遇了"失忆症"："一夜之间，所有的名字都丢失了，不知是随风散去，还是沿着达佤曲河流走的。人们彼此望着熟悉的面庞，却记不起对方的名字，甚至连形形色色的绰号也忘记了。""切吉喇嘛的祈祷大会继续着，那条禁锢人们记忆的无形绳索仍然在延伸，此时的广阔草原，已经失去了所有冠以神圣、美丽名字的神山、峡谷、河流、草场、植物和野兽的称谓，人们甚至不记得自家的猫、狗、羊、牛和马匹的爱称了。"[1]当营地的年轻人在酒馆中百无聊赖地打发时光、消耗自己过剩精力的时候，临近的章代部落已经走向覆灭；当阿·吉一次次请求继父联合各部落抵御外敌时却遭拒时，月亮营地已经慢慢地被战争的阴影所笼罩；当营地里最勇猛的甲桑执着地篆刻着玛尼石以求减轻自己的罪孽时，他的儿子（也是章代部落的继承人）已落入敌人手中。一场突如其来的"失忆症"似乎在提醒部落的人们：忘记历史就意味着背叛过去，忘记使命就意味着忘记自我。小说的结尾是三个部落最终合为一体，英勇的年轻人策马扬鞭奔向前方的战场，他们终于承续了遥远的过往，找回了全新的自我。

---

① 梅卓：《月亮营地》，敦煌文艺出版社，2009，第 196、199 页。

第三节　现代性的多样化解读

18 世纪的启蒙运动催生了一个不断被阐释、充实以及扩充的重要概念，即"现代性"，这是一个与专制主义、宗法文化、封建主义尖锐对立的概念，涵盖了自由、平等、博爱、人权、批判精神等内容，并不断吸收人类文明的优秀成果，成为一个内涵丰富、外延持续扩大的重要名词。对进步时间观念的信仰，对理性力量的崇拜，对先进科学技术的信心，对主体自由的承诺以及对市场与行政体制的信任[①]都是现代性的题中应有之义。曾经闭关锁国的中国在 19 世纪与先进开放的西方文明猝然相遇，自然就产生了符合中国实际的有关现代性的世界观和历史观，五四运动的科学与民主，抗战时期的救亡和图存，解放战争时期的翻身和解放，"文革"后的觉醒与奋进，以及全球化时代的改革与竞争，都是现代性在中国演进与发展的重要主题。

经过艰苦卓绝的斗争取得民族战争和解放战争的胜利以后，摆在中国人面前的最大问题就是解决人民的温饱问题，并在此基础上逐步实现现代化。也就是说，改善人民的生活水平、全面实现现代化是当今中国的基本国情，是经济全球化时代的必然选择。同时，文化在经济发展中的重要作用也日益引起重视，经济文化化、文化经济化、经济文化一体化逐渐成为时代发展的必然趋势。在这样的进程中，如何处理本土文化与外来文化的关系，如何使得保护民族文化与实现现代化并行不悖，都是必须进行慎重思考和深入研究的

---

① 汪晖：《汪晖自选集》，广西师范大学出版社，1997，第 5 页。

重要课题。徘徊于传统与现代之间、汉语和藏语之间、汉文明及藏文化之间的藏族作家需要以敏锐的感知力，描绘出一幅幅意蕴丰赡的画卷，画卷中有坚守的执着、变革的阵痛以及新生的喜悦。

扎西达娃曾说他要不断地换一种活法，因为在他看来，"如果一个人能走出一百里地，他就没有理由一辈子只走出五十里"①。愿意在现实中尝试各种人生角色和生活方式的扎西达娃，在作品里始终关注时代洪流中的民族生存状况，多元文化碰撞下的藏族文化嬗变，以及现代思想冲击下的藏民心理变化。"阅读扎西达娃的系列作品，我们分明感到了他作品背后隐匿着与其他描写藏地文化的作家更深厚、更沉重的东西，它逼迫着你去感受，去思索，去寻觅。这种沉重深厚的东西，就是作为一个有着少数民族身份，视喇嘛教为生命之魂和精神支柱的作家，深刻地感受到了古老又神秘的青藏高原在历史的变迁中，受到突飞猛进的现代文明和各种异域文化的冲击，藏民们的思维方式、言行举止甚至是宗教信仰，都在不断地改变之中。"② 他也致力于在作品中表现本民族同胞与传统文化割裂开来之后的困惑、痛苦、无奈与悲伤，这种无奈、困惑、痛苦甚至悲伤是"寻根"大潮中找寻写作之"根"引发的深入思考，更是作为"自观者"对本民族心理以及母族文化的独特把握与深刻感知。

《西藏，隐秘岁月》中次仁吉姆没事时就蹲在地上画着各种复杂的沙盘，其实这是她母亲所不知道的关于人间生死轮回的深奥图腾；她刚刚学会走路时竟然就会跳一种舞蹈———一种步伐毫无规律的舞蹈，这种舞蹈是在西藏早就失传的格鲁金刚神舞，次仁吉姆奇迹般地从"一楞金刚"跳到了"五楞金刚"。但她身上的种种神迹因为被英国军人亲吻脸颊而消失殆尽，原本被认为是度母化身的她变成

---

① 《扎西达娃的自我采访》，《中国西藏》（中文版）1995 年第 3 期。
② 谭桂林、龚敏律：《当代中国文学与宗教文化》，岳麓书社，2005，第 167 页。

了一个平凡的山里女孩，遭遇现代文明的藏文化面临着诸多困境，高寒缺氧地带孕育出的璀璨文明如何在强势的西方文明冲击下保持原有的质素是摆在人们面前的重大难题。

《西藏，系在皮绳扣上的魂》的女主人公琼义无反顾地跟随塔贝寻找梦中的香巴拉，途中她也曾被甲村的太阳能发电站、可以接收5个频道的地面卫星接收站、民航站、运用电脑程序设计精美图案的地毯厂，以及拥有德国进口大型集装箱车队等现代化装备所吸引，甲村村民们正在享受的现代化生活无疑给生长在贫瘠山区的琼带来了极大的冲击力。与她形成鲜明对比的是，塔贝是一个虔信佛教、一心朝佛的朝圣者，他对香巴拉净土的存在深信不疑，对一切现代文明成果都本能地持抗拒态度，拖拉机的轰鸣声对他而言是一种令人生厌的噪声，现代机械的说明书与废纸没有任何差别。这个虔诚的宗教信徒最终却惨死于现代机械拖拉机翻覆之祸，静静地躺卧在莲花生大师掌纹中的塔贝中断了信仰追寻之旅。其时，在美国洛杉矶举行的第二十三届奥林匹克运动会开幕式隆重举行，人类智慧的结晶——电视、广播都在向世界各地的人们报道着开幕式的盛况，弥留之际的塔贝听到的声音来自这些现代传媒而非远在天际的神灵，而扎西达娃宁愿人们相信塔贝确确实实听到了神灵的召唤，也得到了佛祖的眷顾与护佑。

《野猫走过的漫漫岁月》是一则寓言式的现代化发展史。一只灵气十足、富有神性的野猫在小说中扮演着"全知全能者"的角色，它以自己的视角观察着五彩缤纷、千变万化的藏区世界。世代敬奉佛法僧三宝、广济善缘的藏族人乐天知命且易于满足现状，自认为生活的艰辛与苦难是他们走向来世幸福的必要历程，而当现代化的浪潮席卷到雪域大地时，他们既诚惶诚恐、小心翼翼又满心欢喜地接受着一切新鲜事物。"一般来讲，佛龛里的菩萨是宽容大度的。野猫曾多次劝告艾勃把他家里的佛龛清理一下……在外来的野猫看来，那里面像个宝囊似的塞满了乌七八糟不伦不类的东西。在雕刻着蛟龙和吉祥花瓣的这个一点五立方米的狭小空间里，体现了信徒在每个时代对世界的态度，除了永恒不变的铜佛像和经书以外，任何一样在信徒眼里属于新奇和不可知的东西都作为值得膜拜的偶像连同菩萨挤在里面被供奉起来，直到后来这些东西被人司空见惯才明白它们原来不属于神圣的东西只是人类发明的新产品后一件件被扫地出门，但此后仍有新奇的东西源源不断地被充实进来。"① 一件件人类的新发明被信徒们接二连三地"供奉"在佛龛中，与神圣无比的菩萨"平起平坐"，作家无意于在这里展现落后、批判蒙昧，但读来却令人心情沉重、感慨颇多。没有哪个民族愿意成为人类回望过去、遥想当年的"活化石"，大家都有权利参与现代化进程，享用人类发展过程中的一切文明成果。小说中的野猫智慧超群、悲天悯人，它一语中的地指出：艾勃家的电视机没有摆对位置，世世代代"照料"藏民心灵的菩萨当然不满意自己因放置在旁边的电视机而被人们忽视或冷落。"不速之客"被搬离后，光可鉴人的银碗、漂浮着藏红花瓣的圣水、永不熄灭的长明灯以及艾勃母亲每日的祈祷都回归正常，他们家族的罪恶史不再重演，歌舞升平的安康局面重新出现。总之，自然地理条件相对恶劣的藏地需要现代文明雨露的滋润，不变的应该是对神灵的敬畏以及与自然万物的和谐相处。

《地脂》里的索加和旺堆是深谙本民族禁忌的藏族人，但是他们经不起金钱的诱惑，一个星期上万元的收入促使他们将外国人引向天葬现场，当猎奇的人们包围了天葬台、镁光灯频频闪烁的时候，这种神圣庄严的仪式似乎已经失却了原有的文化与精神意义，"藏族

---

① 扎西达娃：《野猫走过的漫漫岁月》，载《西藏隐秘岁月》，长江文艺出版社，1996，第338页。

人正面临着一个死后难以升天的灾难"①。美国姑娘丹尼斯的收藏和爱好让人几乎感受不到西藏文化的博大精深，更像是一堆表象符号的杂乱陈列和混乱堆砌：头盖骨、镶银皮的人腿骨法号、经幡、古铜佛像、刻有菩萨浮雕的石板、破旧的卷轴画、刻有六字真言的硕大牛头、一些令人毛骨悚然的天葬图片和喇嘛照片等。在藏人的心目中，天葬是神圣的丧葬仪式，是人今生能够为世界做的最后一件善事。天葬师忠实地在天葬台上履行自己的职责，逝者灵魂附着的肉身被鹰鹫啄食干净，死去的人将会升天或进入新的生命轮回。因此，天葬的举行有诸多的仪轨与禁忌，不可能容忍外界的打扰或猎奇目光的"注视"。索加等人的做法、丹妮丝的收藏是势不可挡的现代文明发展的"反证"，是扎西达娃关于现代性进程的反思式叙写。

扎西达娃以独特的视角、通灵的文字书写了藏民族在现代化发展中的艰难蜕变史，梅卓和央珍则从女性的视角阐发着她们对本民族心路历程的把握。梅卓深受西方女性思想的影响，关注女性尤其是城市女性、知识女性的命运。四通八达的便捷交通、直冲云霄的高楼大厦、华灯璀璨的现代都市、日益细化的工作流程，都是经济高速发展、社会快速进步的表现，也是女性能够参与社会分工、提高社会地位的最佳时期，梅卓笔下的藏族知识女性秉承了本民族文化中坚忍执着、钟情专一的特质，同时她们也能够在激烈的社会竞争中为自己争得生存的资本和生活的权利，从根本上改变了历史上藏族女性的从属或依附性地位，以写作为生的吉美、画唐卡的华果、做编辑的达娃卓玛等都是具有独立意识的现代新女性的代表。

如果说梅卓小说中的女性是独立自强、守望爱情的时代宠儿，她们犹如慈悲、美丽、飘逸的度母化身，那么，央珍的《无性别的

---

① 扎西达娃：《地脂》，载《西藏隐秘岁月》，长江文艺出版社，1996，第195页。

神》则以贵族小姐央吉卓玛个人命运的起承转合串联起近半个世纪的时代变迁，以她情绪的波动和内心的感知折射出社会的变革，并以她的人生经历展现女性地位与角色的悄然转变，因此这部小说获得了这样的赞誉："此作是近年西藏小说难得的佳作，在一定意义上可谓是一部西藏的《红楼梦》。"出生在德康庄园的央吉卓玛本可以过着养尊处优、富足奢华的贵族生活，但她却不得不辗转于一个个庄园之间，饱尝流浪迁徙、寄人篱下之苦。因为身世凄苦、经历复杂、心灵敏感，央吉卓玛产生了太多的烦恼、迷惘和痛苦，所以在遁入佛门、潜心修行的日子里，她双手合十、真心祈祷，祈求佛法僧三宝能够禳灾降幅、结束世间苦难。同时，宗教文化是政教合一的西藏社会的主要精神支柱，众生平等是佛教教义的重要基石，但是在噶厦政府统治时期和庄园经济盛行阶段，人与人之间的平等及相互尊重仅停留在理论倡导层面，央吉卓玛（法名赤列曲珍）反而惊喜地在解放军军营的文工团中看到了实实在在的人人平等的场景。男性可以为女人端茶倒水，军官能够为士兵缝补衣衫，军营犹如温暖的大家庭，曲珍被这样的现实深深吸引和折服，所以她渴望高原之外的世界，"她想看看外面的世界，想看看汉人罗桑的家乡、拉姆学习的地方，想看看其他地方的人是怎么生活，还想看看这世道怎么个新法、会变成什么样"①。有平原、有大海的外部世界对曲珍是个未知数，带着几许渺茫、不安、激动和憧憬，她踏上了寻找与体验的全新旅程，也许等待她的是生活的考验、文化的断裂及思维方式的剧变，但可以肯定的是，曲珍勇敢地走出了这一步，当她尽览天下变化、阅尽人世沧桑之时，西藏文化又可能成为她再次启程的坚实保障与可靠后盾，雪域高原的女儿也将实现对母族文化的反哺。

---

① 央珍：《无性别的神》，中国青年出版社，1994，第 351 页。

第三章　藏文化：阿来的创作之源

第一节　雪域文化的呈现

19 世纪末 20 世纪初的中国犹如一只沉睡多年的东方雄狮，积贫积弱、内忧外患，如今的中国已经走上了经济快速发展、人民生活水平稳步提高的现代化发展道路。国际地位逐步提高，国际影响力逐渐增强，都使中国成为世界上极具影响力的重要国家，中国元素、中国制造以及中国文化等都是当今世界的热门关键词，汉语也一跃成为国际流行语言，越来越多的人通过学习汉语了解历史悠久的中国、勤劳淳朴的中国人和博大精深的中国文化。与此同时，一大批藏族作家用母语之外的汉语拉近了世界与藏民族之间的距离，人们通过他们的小说认识藏地、解读藏文化，跟随着一个个饱经风霜的主人公以及无数个感人肺腑的故事，藏区之外的人感悟着藏人澄澈的心灵和雪域文化的丰厚底蕴。也许在若干年以后，藏语也能够被更多人所熟知和通晓，藏语小说、藏文诗歌等也能成为大家接受与阐释的通行文本，无论未来的趋势如何，用藏语、汉语或汉藏双语从事写作的作家都在为藏族文学大厦的构建奉献出他们的精美华章。

扎西达娃认为真正的藏族文学大家是那些站在人类的高地向下

俯瞰世界，掌握多种语言且用母语书写出优美奇幻的文字，且既能够在世界文坛独树一帜又能为藏语的净化、丰富以及改革做出卓越贡献的人。这是他对未来藏族文学创作者的殷殷期盼，是他对本民族文学的美好祝愿，也是为自己和同时代作家树立的标杆。可以肯定的是，在当今的文学格局中，藏地汉语小说已俨然成为一支成果卓著、势头强劲的生力军，汉族作家的藏地小说、藏族作家的汉语小说是近30年文坛的重要收获，他们或是20世纪80年代重要文学潮流的代表作家，如扎西达娃、马原；或是以文化人类学者的身份走遍了西藏高原的山山水水，如马丽华；或是执着地行走在滇藏地区、用心体味着藏民的信仰皈依，如范稳；或是关注自然生态、精神信仰以及理想人格的建构，如杨志军；或者为曾经"失语"的藏族女性发出了响亮的呼声，以女性的柔婉细腻书写时代变化中人生的悲欢离合，如梅卓和央珍；或是将日常生活的还原、文化的守护与传播以及本土省察完美融合，如阿来。

众声喧哗的中国当代文学、成绩斐然的藏地小说，阿来始终是独一无二、无法模仿的，之所以得出这样的论断，不完全因为阿来的《尘埃落定》获得了第五届茅盾文学奖，也不完全因为他是藏族第一个茅盾文学奖得主。奖项的获得、荣誉的赋予是对作家能力的肯定和付出的褒奖，而一个作家若要保持旺盛的创作活力，其作品若能够经得起时间的考验，他就应努力创作出关注社会与人生、具有社会担当和人文关怀、直指人心的作品，就要写出具有普世意义和悲悯情怀的沥血之作。在大众文化与消费主义兴起、数字传媒联通世界的市场化时代，藏族作家阿来被罩上了诸多耀眼的光环和多重的身份：茅盾文学奖获得者、四川省作协主席、杂志社社长和总编辑等，除却这些重要名号和繁忙公务之累，人们看到的是一个满怀着对嘉绒大地炽烈情感与对部族的认同及热爱，执着地行进在守护、弘扬与丰富本民族文化的道路上，笔触直抵藏人灵魂深处，虔诚地探寻民族心路历程，在时代变革与社会前进的大潮中找寻人类精神家园并不断超越自己的作家。

用汉语写作的阿来无论取得了多少成就、获得过多少荣誉，他首先是藏族人，其次才是作家。"从创作一开始，阿来就意识到，自己所要表达的思想皆缘于决定他成为藏人的血缘关系，源于祖先创造的浑厚久远的文明，源于地处藏区边缘地带的嘉绒藏区。"① 藏民血脉、雪域文明早已渗透进阿来的灵魂，是他确认自己的族群、定位自身的文化视野与创作视角的重要素质，即人类学、文化人类学中所说的"濡化"。"从群体角度说，濡化是不同族群、不同社会赖以存在和延续的方式及手段，同时也是族群认同的过程标志之一。人们通过代代承传的语言、服饰、饮食习惯、人格、信仰、共同祖先和社会经历，认同于某一族群，成为其中之成员，并以此区隔于其他族群。也就是说，族群成员拥有一种族群认同感，他们将自身和同一族群成员界定为'我们'，而将其他人界定为'他们'。"② 阿来是嘉绒子民，嘉绒是庞大的藏族家族中的一个重要部族，"虽然，我不是一个纯粹血统的嘉绒人，因此在一些要保持正统的同胞眼中，从血统上我便是一个异教，但这种排除的眼光，拒绝的眼光并不能稍减我对这片大地由衷的情感，不能稍减我对这个部族的认同与整体的热爱"③。强烈的族群认同感与归属感、久远深厚的部族记忆都是阿来在"我们"群体中的重要收获，相对于藏族之外的"他们"，他的小说无论是主题发掘还是形式探索都有着更大的空间与自由度。"藏文化的浸润，使阿来获得了汉文化作家无法得到的视角和完全陌

---

① 丹珍草：《藏族当代作家汉语创作论》，民族出版社，2008，第283页。
② 庄孔韶：《人类学概论》，中国人民大学出版社，2006，第287页。
③ 阿来：《大地的阶梯后记》，云南人民出版社，2000，第273页。

生的感受，来深度表达我们身处的这个貌似通透的世界。虽然阿来也用汉语写作，但是在阿来的文化结构中，沉淀着藏文化的秘密，这样，同样的汉语言模式和叙事结构，在阿来那里，得到了进一步的掘进。在我们很多人止步的地方，阿来在继续着。"① 家族故事、民间传说、征兆占卜、煨桑祭祀以及宗教参悟等是阿来生发创作灵感的源泉，更是其小说的重要构成和意蕴载体。

一 代代相传的民间传说

在神灵驻守的藏地上生活着坚韧勤劳的藏民族，严酷的气候条件、封闭隔绝的自然环境，使这个民族在长期的历史演进中形成了自成一体的文化体系，他们信仰神佛、敬畏自然、善待生灵。"千余年间，西藏高原兀自沉醉于古旧的神佛梦幻之中。除了与祖国内地的联系，西藏朝向外部世界闭锁了门扉，不再接纳外来之风。犹如世界的盲点，直到一个多世纪以前，至少西方世界还没有'发现'它的存在；犹如世界的边缘，直到本世纪中叶，情形仍是这样的：在高原的上空，晴朗时，神佛之光闪耀；阴霾时，则栉巫风，沐巫雨。"② 及至当代，那些曾经是无数代藏人生活重要组成部分的古老神话、民间传说以及寓言故事，依然存在于静谧古朴的乡野和绿草如茵的牧场上，人们将它们口耳相传、代代传承，并不断赋予其全新的含义和价值。

"我作为一个藏族人更多的是从藏民族民间口耳传承的神话、部族传说、家族传说、人物故事和寓言中吸收营养。这些东西中有非

---

① 王琦：《阿来的秘密花——〈空山〉的超界信息解读》，《当代作家评论》2007 年第 1 期，第 93 页。
② 马丽华：《雪域文化与西藏文学》，湖南教育出版社，1998，第 11 ~ 12 页。

常强的民间立场和民间色彩。藏族书面的文化或文学传统中往往带上了过于强烈的佛教色彩。而佛教并非藏族人生活中原生的宗教。所以，那些在乡野中流传于百姓口头的故事反而包含了更多的藏民族原本的思维习惯与审美特征，包含了更多对世界朴素而又深刻的看法。这些看法的表达更多地依赖于感性的丰沛而非理性的清晰。这种方式正是文学所需要的方式。"① 这是阿来在美国比较文学学会年会上所做演讲中的重要片段，是他对自己创作所依赖的本民族文化资源的清晰定位，正是这些虚实相交、真假相融的乡野故事、民间传说为阿来的小说增添了别样的风格与魅力。

生活在高山峡谷、冰川雪域的藏民族极富想象力与创造力，虽然他们时时刻刻都要与恶劣的生存环境作斗争，冰雹、雪崩、泥石流等更是他们无力战胜的自然灾害，原始先民们根本无法认识和解释复杂的眼前世界，但是他们却以独特的方式为自己的生活环境赋予了人性和神性的色彩。巍然屹立、白雪皑皑的山峰是神的化身，地理位置优越、气候适宜、物产丰美的山脉由善神掌管；气候恶劣、贫瘠荒芜之山则由恶神统领。碧波荡漾、云蒸霞蔚的湖泊为藏人带来了果腹食物和解渴之水，也给远古民众带来了无限的遐想空间，湖泊因此也与神灵结下了不解之缘。神山圣湖是藏民族生活中不可或缺的组成部分，沃德贡杰山神、冈底斯山神、念青唐古拉山神、雅拉香波山神、本日山神、阿尼玛卿山神、墨尔多山神在广袤的藏区被人们世代敬仰；纳木错、羊卓雍错、玛旁雍错以及雍措赤雪嘉姆（青海湖）是威名遐迩的藏地四大圣湖，是为藏民族带来平安吉祥、幸福安康的女神的化身，承载着藏民族的母体崇拜意识。

阿来的《空山》中有一个名为"色嫫错"的神湖，湖中栖息着

① 阿来：《穿行于异质文化之间》（阿来在美国比较文学学会年会上的演讲），载《阿坝阿来》，中国工人出版社，2004，第157～158页。

一对俊美的金野鸭。"这对金野鸭长着翡翠绿的冠，有着宝石红的眼圈，腾飞起来的时候，天地间一片金光闪闪。歇在湖里的时候，湖水比天空还要蔚蓝。"① 在机村人看来，波光粼粼的色嫫错神湖是不容亵渎的生命之源，未曾谋面的金野鸭也是不言而喻地存在着的不需要诘问更不需要证伪。神湖金鸭共同护佑着机村，使其风调雨顺、五谷丰登、人畜平安，而他们需要做的就是崇拜圣湖并为金野鸭提供宁静和谐的青山绿水。事与愿违，村里人的乱砍滥伐使得金野鸭"飞离"了机村，领导的一声"起爆"没有达到灭火的目的，却让色嫫错神湖悲壮地消失了，留下了不知所措、无处安放心灵的机村村民。

　　阿古顿巴是藏族民间传说中富有智慧与幽默感的人物，在藏族地区，他的故事被人们广为传诵，其地位和影响力丝毫不逊色于维吾尔族的"智多星"阿凡提和蒙古族机智幽默的巴拉根仓，普通劳动人民在他们身上寄予了抑恶扬善、抑强扶弱的美好愿望，也显示出广大民众对公平正义、光明和谐社会的强烈渴望。阿来的同名小说《阿古顿巴》演绎了阿古顿巴曲折多难但又自由不羁的人生传奇，他是一个从小就不被人喜欢、备受冷落甚至被遗忘的领主的儿子，又是一个浪迹四方、为人间播撒睿智与希望种子的浪游者。阿来深知口耳承传的民间故事在藏民生活与心理方面的重要性，他们需要阿古顿巴为他们艰辛单调的生活带来些许的欢乐和慰藉。"因藏民族形象思维发达，人们乐于在现实生活之外再虚构一些生活中没有的东西，更接近理想之物，有创造愿望，也有虚构能力。所以能够无中生有地创造出诸如阿古顿巴这类抑强扶弱、机智勇敢的人物，他形象真切到仿佛就是现实中人物，古往今来就同百姓们生活在一

---

　　① 阿来：《空山——机村传说壹》，人民文学出版社，2005，第211页。

起。"① 因此，阿来笔下的阿古顿巴形象更为真实、更加人性化，仿佛这个人物原本就是大家族当中的一员，真切地面对着岁月流转和人生的悲愁喜乐，冷暖自知、甘苦自知。

如果说阿古顿巴是藏族民众心目中的平民智者，格萨尔王则是万众仰慕、世代铭记的藏区神王，是降妖伏魔、除暴安良的旷世英雄，他的故事至今流传在巍峨苍茫的西藏高原、风光旖旎的青海湖畔、朴野坚实的陇原大地、富饶美丽的巴山蜀水以及彩云之南的云岭高原，史诗《格萨尔王传》更被誉为"东方的荷马史诗""东方的伊里亚特"，是研究古代藏族社会与藏族文化的百科全书。尤为重要的是，它是世界上唯一的活史诗，经过一代代说唱艺人——"仲肯"的口头传唱而被赋予了全新的时代意义和永恒久远的价值。史诗大致产生在藏族氏族社会解体、奴隶制国家政权开始形成时期，不仅表现出藏族先民对安定美好生活的向往，也标志着"人"的意识逐步觉醒。"英雄时代的到来，使先民的目光投向人，投向他们自身，投向沸腾的部落的战争生活，战争中的英雄便享有神的地位和具备神性，人们歌颂神的同时歌颂人，发现人的本质力量。"② 作为藏族人的阿来以自己的学识和理解对史诗进行了全新的阐释，长篇小说《格萨尔王》是跨国出版合作项目"重述神话"的成果之一，也是阿来对本民族宝贵文化资源的挖掘、整理和利用。整部小说分为"神子降生""赛马称王""雄狮归天"三个部分，神子觉如（格萨尔王）降生在了妖魔横行、天灾不断、欲望丛生、百姓罹难的岭国，曾经遭受叔父晁通打压与排挤的他通过赛马成为岭国国王，从此开始了他南征北战、威震八方的精彩人生，直至功德圆满回归天界。如果阿来仅是对格萨尔王的故事进行线性叙述就大大削弱了作

① 马丽华：《雪域文化与西藏文学》，湖南教育出版社，1998，第49页。
② 丹珠昂奔：《藏族文化发展史》（上册），甘肃教育出版社，2001，第307~308页。

品的意蕴和价值，小说中除了对觉如和他的兄长嘉察协噶、老总管绒察查根、大将丹码、王妃珠牡和梅萨等人的描写外，还有对说唱人晋美及其多舛命运的详细叙写；在描述晋美在梦中与格萨尔王进行对话交流的同时，没有停止过对神王的故事进行实地考证和深入思考。小说厚重的文化信息含量、神人相通的魔幻化叙事以及直指人心的深沉思索，都使人坚信这的确是一部能够让人了解雪域文化、读懂藏人眼神和走近藏民心灵的小说。

二　形形色色的藏族社会阶层

　　"土司说：'他们有罪或者没罪，和你有什么关系？那是跟你没有关系的。好人是土司的好人，坏人是土司的坏人。我叫你取一个人的眼睛，跟我叫个奴才去摘草莓一样。主子叫你取一个人头，跟叫你去取一个羊头有什么两样？'"① 这是阿来小说《行刑人尔依》中土司与行刑人之间一段精彩的对话，高傲的岗托土司一语道出了一个阶层、一种职业的真实处境和具体价值。行刑人，一个离死亡很近、弥漫着浓郁的死亡气息、令人生畏又让人心生好奇的职业，古今中外都有这样一种合法地结束别人生命的行业，或者受到国家权力机器的保护，以捍卫正义、维护社会秩序的名义夺取他人性命，或者代为行使当权者的意志，如中国古代社会中替当政者惩戒有罪之人。英国剧情电影《最后的绞刑师》的故事背景是"二战"时期，自 1933 年起就成为英国职业绞刑师的 Pierre point 以精准的测算和娴熟的手法赢得了赞许和荣誉，并参加了"二战"以后对纳粹执行绞刑这样的制度化杀人工作中，影片的主旨不在展示绞刑师这一

---

　　① 阿来：《阿来文集·中短篇小说卷——行刑人尔依》，人民文学出版社，2001，第 292～293 页。

充满暴力与血腥的职业，而是要从更深刻的层面上让人们反思人性，思考稳定与净化社会的多种可能性。

阿来对行刑人的叙写放置在藏地土司社会的独特背景下，这是一个世袭的职业，所以一代代行刑人必须毫无选择地接受自出生起就已经规定好的责任与地位。他们不能有自己的是非与价值判断，只需要忠实无误地实现土司的意志，阴沉、孤独又坚韧，"使人受苦的同时也叫自己受苦，剥夺别人时也使自己被人剥夺"①。在人们眼里，他们的地位与专门肢解死人尸体的天葬师无异。岗托土司家的两个弟兄为了土司之位的争夺，发动了一次又一次的战争，行刑人老尔依和他的儿子也成为战争的牺牲品，老少两代行刑人就这样默默无闻地走向了生命的终点。阿来无意展示这种残忍职业的成就或独特，行刑人脑海中不时浮现出的罪恶感就是作家思想的投射与反映，当行刑人骑在马上挥刀砍向那一个个绑在树上的生灵（俘虏）时，分明感觉到作家内心的剧痛和灵魂的震颤，是他对人之本性的思考与拷问。

与必须无条件执行土司命令的行刑人不同，《月光里的银匠》中却有一位出身卑微耿直骄傲的银匠达泽，他与老少两代土司之间的较量是那么果断坚决与惊心动魄，老土司告诫自己的儿子："你要记住今天这个日子。如果这个人没有死在远方的路上，总有一天他会回来的。回来一个声名远播的银匠，一个骄傲的银匠！……我最后说一句，那时你们要允许那个人表现他的骄傲，如果他真成了一个了不起的银匠。"② 不管是奴隶还是自由民，身份对达泽来说并不重要，他最终没有摆脱命运的不公，只能沐浴在月光里锻造土司所需

① 阿来：《阿来文集·中短篇小说卷——行刑人尔依》，人民文学出版社，2001，第309页。
② 阿来：《阿来文集·中短篇小说卷——月光里的银匠》，人民文学出版社，2001，第353页。

要的银器，人们仍旧能从月光里或月亮上传来的"叮咣！叮咣！叮叮咣"的锻打银器之声中感受到他内心的倔强、孤傲与不驯。

英雄史诗《格萨尔王》的传播方式大致有两种，一种是通过手抄本和木刻本进行保存和传播，另外一种就是民间艺人的口头传唱。口头传承是最基本也是最主要的形式，并由此而产生了一个专门的名称与职业——"仲肯"，"仲"即故事，"肯"则指人，说唱《格萨尔王》的艺人就是"仲肯"，他们大都家境贫寒、生活困苦，为了传唱《格萨尔王》的故事，却都甘心情愿地过着居无定所、云游四方的漂泊生活。阿来在《格萨尔王》中塑造了一个身材颀长、形容憔悴却思想独特的说唱人晋美，故事的开头当他感知自己将会成为仲肯时，他发出了这样的疑问："这样的故事，为什么偏要找自己这样的人来作为讲述者呢？……自己真的要像那个刚刚离去的老艺人一样，艰辛备尝，背负着一个天降英雄的古老故事四处流浪吗？"①因梦中得到神的授意，木讷的牧羊人变成了一个胸藏万千诗行的说唱艺人，晋美风尘仆仆地行走在传唱英雄传说的漫长道路上，同时也执着地寻找着《格萨尔王》故事中的"神迹"，他的行迹与思想引领着读者进入了遥远的过往和真实的当下，他又像是作家的化身或代言人，不断地替作家表达思想、阐明见解。小说中，无论仲肯还是格萨尔都感到了"厌倦"，晋美的说唱生涯也在他演唱完雄狮最终归天的一幕后走向了完结，神话与现实之间的沟壑被阿来巧妙的构思和布局填平，分别以格萨尔和晋美为主的古代之线与现实之线并行发展、相得益彰。"一半人一半神，一半神话一半现实。结构均衡，剪裁得当，一切都恰如其分。"②

---

① 阿来：《格萨尔王》，重庆出版社，2009，第 62 页。
② 于敏：《一个人的史诗——读阿来〈格萨尔王〉》，《当代》（长篇小说选刊）2009 年第 5 期。

"我要找的就是这个地方。你们的地方就是我要找的地方"①，是格鲁巴僧人翁波意西来到麦其领地上所说的第一句话，领受过上师教诲与指点的他千里迢迢来到与汉区接近的农耕地区，甚至狂热地认为自己的教派很快就会代替其他教派。事与愿违，翁波意西不但没有实现目标反而被割掉了舌头，拥有格西学位的他却又戏剧性地担当起了麦其家族的书记官，记录着土司社会最后的繁盛、喧嚣、纷争以及衰微。僧侣阶层历来都是藏地小说重要的描写对象，尽管阿来小说中的僧人不再是可望而不可即的"神灵"的代言人。《尘埃落定》中的济嘎活佛、门巴喇嘛们甚至为了得到麦其土司的供奉而上演"争宠"闹剧，其中都渗透了作家对宗教及信仰的理解与思考，即任何宗教都应该将对人及其精神的救赎作为出发点和终极旨归。

以厚重苍凉的藏地、浑厚博大的雪域文化为背景，阿来将土司社会的历史、等级制度以及风俗礼仪娓娓道来；同时，也呈现出大至土司及其家族，小到行刑人、银匠、僧侣、还俗的僧人、仲肯等各个阶层的人生故事和命运传奇，讲述着他们的辉煌、沉沦、无奈与抗争。

第二节　源远流长的早期宗教

众所周知，藏传佛教是当今藏族社会的主要宗教信仰，是藏民族生活中的重要组成部分，而且已经成为他们重要的生活方式。早期宗教的印记依然存在于人们的生活中，更为重要的是，藏传佛教

---

① 阿来：《尘埃落定》，人民文学出版社，1998，第82页。

融合了早期宗教的诸多元素后逐渐发展成为藏人的主导信仰，如吸收了苯教的襄跋、煨桑、祈祷等仪式，苯教中的一些地方神祇也被吸收为佛教的护法神，也就是说，"藏族文化是一种以苯教为基础、佛教为指导，并吸收了汉文化和其他一些民族文化的文化"[①]。

由于地理形貌、历史变迁等诸多原因，藏族地区的考古工作进行得比较晚而且程度也有限，但一些重要遗存的发现依然提供了关于藏区史前社会状貌的重要依据。考古工作者于 1958 年在青海省南部托托河沿岸发现了旧石器遗址在西藏林芝发现了古代人类头骨；之后又在西藏的定日、那曲、阿里北部、墨脱以及青海河湟流域等地区发现了各种石器、骨器与陶器。1978 年，位于西藏昌都县卡若村的卡若遗址被人们发现，这是一处距今 4000～5000 年的新石器时代晚期文化遗址，除了多座房屋遗迹、古人使用过的石质生产工具外，遗址中还出土了大量的粟粒和炭灰。诸多旧石器时代与新石器时代的考古发掘表明：高寒的青藏高原上自古就有人类在这里活动，藏民族经历了漫长的原始社会而繁衍生息至今。

一　原始宗教的深远影响

身处氧气稀薄、高峻寒冷、干旱少雨的青藏高原，藏族先民们时刻都要经受洪水猛兽、暴雪狂风、泥石流、雪崩、疾病瘟疫等各种天灾人祸的侵袭与考验，无法解释这些现象的人们自然会将这些都归因于某些超自然力量的存在，认为冥冥之中有神灵在主导着一切，"于是年复一年，在人们设想中逐渐构拟出了各种神灵，山川大地、日月星辰、风雨雷电、鸟兽虫鱼乃至宇宙的一切，无一不具有

---

① 丹珠昂奔：《佛教与藏族文学》，中央民族学院出版社，1988，第 7 页。

灵性，都由超凡的神灵在作安排"①。进而，灵魂不灭观深入人心、巫师应运而生，山崇拜、水崇拜、天崇拜、动物崇拜、植物崇拜等自然崇拜成为藏民日常生活中不可或缺的元素，他们也通过征兆与占卜术预知吉凶、观想未来。

> 乌云刚出现在南方天边，门巴喇嘛就戴上了巨大的武士头盔，像戏剧里一个角色一样登场亮相，背上插满了三角形的、圆形的令旗。他从背上抽出一支来，晃动一下，山冈上所有的响器：蟒筒、鼓、唢呐、响铃都响了。火炮一排排射向天空。乌云飘到我们头上就停下来了，汹涌翻滚，里面和外面一样漆黑，都是被诅咒过了的颜色。隆隆的雷声就在头顶上滚来滚去。但是，我们的神巫们口里涌出了那么多咒语，我们的祭坛上有那么多供品，还有那么多看起来像玩具，却对神灵和魔鬼都非常有效的武器。终于，乌云被驱走了。麦其家的罂粟地、官寨、聚集在一起的人群，又重新沐浴在明亮的阳光里了②

这是阿来《尘埃落定》中一段关于诅咒与反诅咒仪式的精彩描写，是门巴喇嘛为了应对汪波土司聚集大批神巫对麦其家的诅咒而进行的反诅咒仪式。喇嘛、令旗、响器、贡品、咒语一应俱全，尽管在"傻子"二少爷看来，这样的仪式充满了游戏成分和喜剧色彩，但却是阿来对广泛存在于乡野间的民间文化资源的精准把握和独特演绎。伴随着自然崇拜而产生的巫术在藏族地区源远流长，是人们试图通过自己的言行让大自然顺从人类意愿的一种幻想与行动，祈求巫术是先民们虔诚祈求自然力以实现自己的某种目的，为了驱除鬼怪邪魔而产生了驱鬼巫术，诅咒巫术则是"一种专以诅咒仇敌，

---

① 周锡良、望潮：《藏族原始宗教》，四川人民出版社，1999，第9页。
② 阿来：《尘埃落定》，人民文学出版社，1998，第134页。

以期达到危害对方目的的巫术"①，可以呼风唤雨甚至能够改变战争的形势。麦其土司领地上的门巴喇嘛不仅通过法力和咒语使得这里云开日出、祥光普照，还回敬给了汪波土司一场冰雹，使对方的庄稼倒伏，洪水冲毁了果园，遭受重创的汪波土司在与麦其土司的较量中优势尽失、不战而败。

在长期的生产活动和生活实践中，藏族先民们要不断面对各种似乎有所预示的现象，也迫切地希望知道所做事情的吉凶祸福，因此产生了作为原始宗教重要构成部分的征兆和占卜。通过对征兆的解译，人们希望能够行善避恶、禳灾辟邪、趋利避祸、逢凶化吉；进行占卜活动同样能够获知神意、预测未来，运用自然的、机械的或者人为的工具与方法，负责占卜之人会向神灵询问过去及将来的人事等结果，其依据就是所使用的占卜工具上显示出的信号、兆文等，而这些信息都会被人们视为鬼神之意并顺理成章地成为其行为指针。

《尘埃落定》中有多处关于征兆及其解译的叙述。麦其家土地上大量种植罂粟的第一年，原本稳如磐石的大地却摇晃了，已经进入洞穴中的蛇又钻了出来，一群孩子追打着四处漫游的蛇，就连家奴们手中的棍棒上也缠绕着各种花纹和色彩的死蛇，麦其土司的领地陷入了前所未有的混乱与喧嚣，纷乱不安的阴影笼罩着广袤的领地。更加不可思议的是，一群茫然无知的小家奴竟然唱出了古老的歌谣：

> 牦牛的肉已经献给了神，
>
> 牦牛的皮已经裁成了绳，
>
> 牦牛缨子似的尾巴，
>
> 已经挂到了库茸曼达的鬃毛上，

---

① 周锡良、望潮：《藏族原始宗教》，四川人民出版社，1999，第185页。

情义得到报答，

坏心将受到惩罚。

妖魔从地上爬了起来，

国王本德死了，

美玉碎了，

美玉彻底碎了。

　　这是一首有土司以前广为流传，之后失传已久，博学的喇嘛也只能从古书中查找到的歌谣，它被懵懂家奴唱出的征兆似乎预示着土司社会未来的命运。象征贪欲、仇恨以及执迷不悟的"妖魔"从地上爬了起来，国王本德却死了，美玉也彻底碎了，种植罂粟只能带来短暂的、表面的繁盛，夕阳下沉时的景象绚烂多彩却转瞬即逝，土司制度已经走到了变革与消亡的边缘。麦其土司有一次做梦梦到汪波土司捡走了他的戒指上脱落的珊瑚，这样的梦境被喇嘛解释成是一种不祥之兆，土司有可能会丢失一些原本属于他的东西，边界上一个小头人带领手下十多名家人集体投奔汪波土司之事便应验了那个不好的梦。能够让哑巴开口说话的神奇之事也发生在"傻子"二少爷家的领地上，来到这里传教的翁波意西深信自己的教义优越无比，且因攻击世代照料当地人灵魂的宗教而被割掉了舌头，早已不能言语的他竟然在见到二少爷时开口说话了。人们深信，这是天赐祥瑞的吉兆，济嘎喇嘛也说这是神灵的眷顾，是看似愚傻的二少爷带来的奇迹，二少爷因此被兴奋不已的众人扛上了肩头，人们渴望着能够将新一代土司的重担委任于他，希望曾经在雪域大地上出现过的"以肩为舆""举肩即位"的盛举再一次发生在这片土地上，热切期盼他能够为众生带来更多的希望与福音。尽管结果令人失望，但这次事件却在嘉绒大地上留下了浓墨重彩的一笔。

　　以"重述神话"为宗旨的《格萨尔王》中有关征兆与示现的叙

写也是随处可见。乌烟瘴气、妖魔横生的岭噶让上至天神下到领地管辖者的所有人都忧心不已。某天，老总管绒察查根梦境中出现了非常奇异的现象："太阳还高挂天空，银盘般的月亮又升上了天顶。月亮被众星环绕着，和太阳交相辉映的光芒照耀了更大片的地域。老总管的弟弟森伦也出现在他梦中。森伦手持一柄巨大的宝伞。宝伞巨大的影子覆盖了一个远比岭的疆域还要广大许多的地区。东边达到与伽地交界的战亭山，西边直抵与大食分野的邦合山，南方到印度以北，北方到了霍尔国那些咸水湖泊的南岸。"① 见多识广、足智多谋的老总管立刻意识到这是上天赐福于岭噶的祥兆，他甚至有些担心黑头藏人是否能够消受得起如此厚重的恩惠。那升起在东山的太阳象征着岭噶将沐浴在智慧与慈善之光中，金刚杵是天降英雄于这片土地的象征，这个英雄在人间的生身父亲便是老总管梦境中手持宝伞的森伦，宝伞影子所覆盖的地域就是英雄将要建立的国家的疆域。得到众神加持的觉如初到人间时并没有得到岭噶人的优待和礼遇，甚至让他跟母亲梅朵泽娜搬离故土、远走他地，神子的梦中出现了雪，披衣走到帐篷外的他看到了如牛奶般稠厚的月光，上天给了觉如这样的示现：他与母亲现今居住的地方是未来的福地，是一个水草丰美、六畜兴旺的福地。

二　苯教宇宙观和生命观的重要启示

苯教（Bon Religion），也可译为本教、苯波教，根据古藏文的记载，"苯"（Bon）是祈祷、咏赞、念诵、默诵以及颂咒之义。苯教是佛教传入以前流行于藏区的宗教，很多时候，人们会将苯教等

---

① 阿来：《格萨尔王》，重庆出版社，2009，第24页。

同于藏族原始宗教和信仰，其实它也是自外地传入并逐渐取得了自身地位与影响力的宗教。在人尽皆知的松赞干布之前，藏地已经有30余位藏王在这里行使权力，传说中的止贡赞普及其子加赤赞普（布带贡甲）时期，苯教自象雄传入吐蕃地区，并且有一位与释迦牟尼在佛教中的地位相当的创始人——辛饶米沃且，他经过吸收、融合、改革原始信仰等手段，创立了具有系统理论和相应教规的雍仲苯教，其标志符号是——"卐"（雍仲），与佛教符号"卍"（右旋万字）的旋转方向相反，有"金刚""吉祥""永恒不变"之意。同时，苯教的发展又经历了"笃苯""伽苯""局苯"三个时期。"笃本"，又译作"多勒苯""勒苯"，指的是藏区自然兴起的宗教，此时还没有自己的教义和宗教组织；"伽本"则指从外地传入藏地的苯教，对原来的笃苯产生了深远影响并逐渐使其完全融合于自身当中；"局苯"是苯教和佛教斗争以后的产物，仿照佛教创立自己的经典，使得苯教逐渐走向正规化，是苯教佛化、化佛为苯的历史阶段。

佛教自印度传入藏区以后，曾经与苯教发生过激烈的争论与冲突，两者在相互排斥的同时又各自吸收对方的元素以发展和丰富自身，融合了印度佛教内容的苯教具有了更加丰富的文化内蕴，印度佛教也因苯教内容的加入而得以较快地在藏区扎根，并逐渐发展成为在这里占据主导地位的宗教。经过灭苯以及佛教因王室支持而广泛传播等事件的冲击，苯教失去了其原有的广泛影响力和重要地位，但历经几千年文化传承的苯教依旧深刻地影响着藏民族的精神世界、思维习惯、心理结构、道德规范以及行为方式等，其精神传统已经渗透到这个民族的骨髓当中。时至今日，苯教依然深刻地影响着他们的民族精神与文化生活的方方面面。"如今谈及藏族宗教文化，人们会想起遍及整个藏区的藏传佛教文化。但是，藏族宗教文化的根基并不在于藏传佛教而在于藏族本土宗教——苯教之中。"① 苯教也因能够解决生产实践中的诸多实际问题而更加贴近藏民的生活。

"苯教在嘉绒民间，在不同的历史阶段曾经呈现过两种不同的形态。一种是未曾遭到佛教挑战的原始苯教。在民间被称为黑苯。""而在毗卢遮那生活的吐蕃时代，大军的征讨在前，文化与宗教的同化也随之而至。佛教随着来自吐蕃本部的军人、贵族和僧侣的到达，一天天传播开来……苯教为了适应时代的变化，开始自身的改造，仿照佛教的方式创立自己的经典，创立自己的神灵系统，把众多的原始祭坛改造成寺院。""我们今天看到的，都是这种改良后的苯教，百姓们称为白苯。"② 这是阿来在长篇散文《大地的阶梯》中描述嘉绒地区苯教状况的片段，阿来所属的嘉绒藏族是藏民族大家庭的重要成员，与苯教有着深厚的渊源，家乡"马尔康"的得名更来自曾建造于此地的一座历史悠久、规模宏大且名为马尔康的苯教寺院，藏语意思为"火苗旺盛的地方"，引申为"兴旺发达之地"。

除了在散文中旁征博引、娓娓讲述苯教及其寺院的兴衰变迁史，阿来也在小说中对融入藏民族日常生活中的苯教及其精神观念进行了深刻阐释。苯教宇宙观将自然空间看成是神、自然及人三位一体的统一体；宇宙则有三界构成，即上层为天界，中间是人界，下层为龙界（或称魔界）；每一界都有某种神进行管制，天上的神名为"赞"，地上的神名为"年"，地下的神名为"鲁"。因为人界与魔界、人与魔神之间存在矛盾，就产生了沟通两界、解决矛盾的巫人、巫师，他们能够为人们问神卜卦、预测吉凶、驱鬼治病等，而且受到人们普遍的尊崇和敬仰，"重鬼右巫"、尊巫师、重巫术也就成为

① 拉巴次仁：《藏族先民的原始信仰——略谈藏族苯教文化的形成及发展》，《西藏大学学报》（汉文版）2006 年第 1 期。

② 阿来：《大地的阶梯》，云南人民出版社，2000，第 66～68 页。

藏族人世代相传的重要习俗。

《尘埃落定》中有一位在麦其土司家族各种重大事务中发挥过重要作用且具有较高地位的苯教巫师——门巴喇嘛，《空山》中也有一个用奇特的方式为机村人做好事的多吉巫师。疯长的灌木覆盖了人们放牧的牧场且接近荒芜，为了让昔日绿草如茵的牧场重新恢复生机，巫师多吉施展法力、放火烧山，跃上了一块巨石的多吉呼唤着风之神、火之神以及本尊山神的名字，手中的铁火镰与石英撞击的火花引燃火绒草以及早已准备好的火堆，他因此进过几次牢房，监狱的犯人因听说他是一位能够呼风唤雨的巫师而对他敬而远之。在神灵被冷落甚至被忘却的年代，多吉却以一种奇特的方式为村里人排忧解难并依然受到人们的尊敬。"他为全村人做了一件好事。这件好事，只有他可以做。""特别是到了今天，很多过去时代的人物，土司、喇嘛们都风光不再的时候，只有他这个巫师，还以这样一种奇特的方式被机村人所需要。""不要打搅我，我跟你们不一样，不会跟你们做朋友。"[1] 这是人们对他的普遍认可与赞许，更是多吉认为自己无罪且有别于牢房中其他人的地方，所以他在牢房中能够欣然用餐、安然入睡。巫师多吉的死亡仪式更是神圣庄严，熊熊的森林大火烧过了他藏身的山洞，整个森林为多吉进行了一次盛况空前的"火葬"。直到他死后多年，机村还流传着关于他的种种传言：村里气候反常是因为多吉死了，风也就转向了；猛烈的火势被逆风压住了，是因为能够在人界和魔界自由往来的多吉做法唤来北风神压倒了火头。深谙本民族文化心理的阿来还原出真实的藏民生活图景，即苯教的仪式和活动依然留存在人们的日常生活中，与每个人的实际利益密切相关的巫师一直在民众心目中占据着重要地位。

----

① 阿来：《空山——机村传说壹》，人民文学出版社，2005，第144～145页。

　　同时，藏民族又是一个想象力丰富且极度崇敬大自然的民族，因此"万物有灵论"就成为原始苯教文化的生命之源，万物同源共生、相互依存、互为因果，怜惜世间生灵、神山圣湖崇拜是藏民族能够保持神圣雪域自然生态平衡的思想根基。既然"万物有灵""灵魂不灭"，所以藏族的先民认为并不是只有当人死了以后灵魂才会离开肉体，而是在人活着的时候，他的灵魂照样可以离开肉身寄托到另外一些有生命或无生命的动植物及物体之上，这就产生了原始氏族时期就已经存在且也是苯教重要观念的寄魂物。灵魂、寄魂物与人的生命之间是荣辱与共、共生共存的关系，因此，敌对的一方常常会将寄魂物作为攻击与破坏的目标，从而达到克敌制胜、取得胜利的目的。阿来在《格萨尔王》中再现了藏人的灵魂崇拜观念，亚尔康国身形巨大、法力高强的鲁赞魔王掳去了格萨尔美丽的王妃梅萨，为报夺妻之恨，格萨尔只身来到魔国并从梅萨那里得知：魔王的寄魂海是藏在密库中的一碗血，其寄魂树需要用金斧头才能砍断，寄魂牛则要用纯金箭头方能射死。格萨尔采取弄干鲁赞魔王寄魂海、砍断寄魂树、射死寄魂牛的方式占得了先机，"再回到宫前向已经魂魄失所的魔王挑战。几个回合下来，鲁赞魔王已经心智大乱，被格萨尔一箭射在额头中央，一命呜呼了"[1]。

第三节　无所不在的藏传佛教

　　公元 7 世纪，吐蕃社会进入了政治、经济、文化发展的黄金时期，特别是松赞干布继任赞普以后，他审时度势实施了一系列开放

---

① 阿来：《格萨尔王》，重庆出版社，2009，第 152 页。

的政策，宣扬国威、结好友邦，并有效地促进了邻邦先进科技文化传入藏地，这里也因此有了能够传承文明、记载文化的重要工具——藏文。在松赞干布的鼓励与推动下，藏文迅速在藏区得到传播和普及，使得藏民族进入了有文字的全新发展时期，他自己也成为第一位精通藏文字的吐蕃国王。尤为重要的是，藏文的创制也为佛教传入藏区奠定了坚实基础，即佛经的翻译介具备了可能性。且在藏王松赞干布的推动下，于7世纪中叶开启了佛经翻译的历史帷幕。适逢开明盛世，大量的佛教供品开始进入吐蕃地区，松赞干布在迎娶尼泊尔赤尊公主的同时也迎请进了8岁等量不动金刚佛像，在迎娶唐朝文成公主的同时也从汉地迎请到了12岁等量释迦牟尼佛像，加之从印度南部迎请到的11面观音像，来自尼泊尔、汉地和天竺的三尊佛像为佛教在雪域藏地的生根发芽以及发展兴隆准备了条件，松赞干布还专门斥资修建了供奉佛像的大昭寺和小昭寺。但佛教在雪域大地的传播之路也并非一帆风顺，也曾遭到苯教的反对、抵抗和阻挠，松赞干布建造佛殿之举就多次受到来自以苯教为主体文化心理的民众排拒与抵制，赤松德赞在位时还发生过驱逐外僧事件以及规模空前的反佛运动。经过一个世纪的艰辛波折，至8世纪中叶，即赞普赤松德赞时期，佛教得以真正在吐蕃立足，藏传佛教开始形成。

至吐蕃国王赤祖德赞时期（公元816～838年），藏传佛教发展进入鼎盛时期，僧侣地位也达到了前所未有的高度。每7户人家供养1名僧人，恶视僧人抉其目、恶指僧人断其手以及恶言僧人割其舌等措施自然会引起一些臣民的不满，最终出现了藏传佛教历史上最黑暗与血腥的"朗达玛灭佛事件"。继任赞普之位的朗达玛发动了史无前例的毁灭佛教运动，藏传佛教历史也因这一事件而被后来的史学家划分为"前弘期"和"后弘期"，前弘期是指松赞干布（7世纪中叶）到朗达玛灭法（9 世纪中叶）的 200 年时间，后弘期则是藏传佛教的复兴与发展时期，时间跨度更大，大体上指的是 10 世纪末至 15 世纪初格鲁派创立的近 500 年，藏传佛教在这 500 年中无论是传播范围还是信徒的信仰程度都达到了前所未有的高度，同时也形成了众多互不隶属且各具特色的宗派，如噶当派、萨迦派、噶举派、宁玛派等。

格鲁派虽然是藏传佛教诸多宗派中最后形成的教派，但却后来者居上且逐渐在藏传佛教中居主导地位，成为藏区实力最强、影响最广的重要宗派。创始人宗喀巴大师倡导教派僧众严守佛教戒律、遵循学经次第，即学经应该走一条循序渐进、先显后密之路，先用显宗的道理论述，再用密宗结束。同时，他还建立了相对完善的寺院机构以及僧侣教育制度，藏传佛教也在他倾尽毕生心血的努力与付出中走上了振兴与繁盛之路，甘丹寺、色拉寺、哲蚌寺、扎什伦布寺、塔尔寺以及拉卜楞寺六大格鲁派寺院，达赖、班禅、章嘉和哲布尊丹巴四大活佛转世系统，都是影响广及蒙藏甘青滇川地区的格鲁派势力与权威的象征。格鲁派佛学思想的核心是"缘起性空"，即"宇宙一切万法皆为缘起性空，假立安名，从而否定恒常不变、绝对本有的事物"[①]，宇宙间的万事万物都是无始无终、不生不灭、无限循环的，皆是因缘而和、因缘而散的，散后又会转化为其他事物，所以生死轮回和因果报应等都是佛教中的重要观点，而且只有当人们彻底证悟缘起性空之理，才能摆脱生死流转之苦，达到不生不灭的极乐境界。同时，以"缘起性空"观为根基，派生出了"万物一体，依正不二""诸法无我，自他不二""业报因果，自作自

---

① 尕藏加：《雪域的宗教》，宗教文化出版社，2003，第 501 页。

受""众生平等、慈悲博爱""心物合一，心色不二"等对藏民族的文化心理、思维习惯与行为方式具有重要影响的基本伦理规范。

尽管阿来曾多次表达过他自己对于宗教的认知和困惑，"我的宗教观我觉得永远面临着困境，一方面我觉得我自己有着强烈的宗教感，但是我从来不敢说我是一个信仰什么教的信徒，比如说佛教"①。在他看来，每一个信仰宗教的人都无法直接跟神进行对话与交流，其中需要穿越的第一道屏障就是作为神佛代言人的神职人员和僧侣阶层，而由于政治、历史、经济、文化等种种原因，与普遍荒凉贫瘠的广大藏区形成鲜明对照的是，寺院和僧人却是大部分财富的拥有者，时刻关注本民族发展历程的阿来因此质疑其是否能够真正履行应该担负的神圣职责。此外，人们是否能够从那些能够带来内心神秘体验的宗教仪式中领略教义的真谛也是阿来深表怀疑的方面。作为一个深受本民族文化濡染的少数民族作家，提出这样的在一些人看来有些"离经叛道"的观点，确实需要足够的勇气，但这也恰恰是阿来思想的深刻之处，因为他不会像一个异文化进入者那样沉迷于笼罩在宗教信仰上的神秘气息，他是从藏族文化的内部往外看，因而便拥有了外来者无法得到的内省视角和悲悯情怀，将笔触直抵民族心理深处，叙写着内化于人们日常生活中的佛教基本教义的真正内涵。

一　"众生平等、慈悲博爱"与命运的关注

综观阿来的作品，慈悲、宽恕、悲悯、博爱等佛教教义的参透

---

① 夏榆：《多元文化就是相互不干预——阿来与特罗亚诺夫关于文明的对话》，《花城》2007年第 2 期，第 199 页。

与领悟是一以贯之的精神取向。慈善、怜悯思想体现了佛教教义的全部道德含义，进而衍生出的平等思想、和谐思想更是调节人与人、人与自然以及人与自身关系的重要原则，"人民和顺不相克伐""欢悦和谐犹如水乳""一切众生慈心相向，甚有爱意，皆悉和顺""众生平等""普度众生"等都是平等、和谐思想的直接体现。不伤害其他生灵包括自己的同类是人们应该遵守的基本法则，生活在世间的人们更应该互相尊重、长幼有序、上下相敬，但随着历史的发展、时代的变迁，这些思想却遭遇了危机甚至是部分失却，阿来在小说中表达了他深沉的忧患意识和惋惜之情。

《空山》中懵懂地经历着世事沧桑变化的机村人失却了原有的宽容、宽恕与悲悯之心，眼神不再清澈、心灵不再平和的他们甚至不肯将悲悯"施舍"给一个柔弱无助的孩子格拉。格拉自幼与母亲桑丹相依为命，是村里人眼中有母无父的野孩子，而看似呆傻的桑丹从来都不参加生产队的集体劳动，孤儿寡母的生活自然就过得异常艰辛，只能靠好心人的帮扶与接济勉强度日。令人痛心的是，就是这样一个孤苦无依、与世无争的孩子却不能容于机村这个小小的藏族村落，不仅同样是孩子的汪钦兄弟、柯基家的阿嘎与洛吾东珠家的兔嘴齐米将格拉看成是欺侮与凌辱的对象，就是心智健全的大人们也想当然地将恩波之子兔子生病之事归罪于格拉，这个孩子成为机村人发泄不满和仇恨的工具。在那个月朗星稀、静谧安详的夜晚，发生的事情却是那样不同寻常，花妖鬼魅等早已被破除的东西此时都悄然复活了，那些在时代的洪流中扮演积极分子角色的共青团员、生产队干部、民兵以及普通村民内心中的偏执与狂暴瞬间达到了顶峰。"单瓣的，红的，白的风信子被一群脚践踏入泥中。""喇叭一样漂亮的仰向天空的百合被众人的脚践踏为花泥。""还有蒲公英，还有小杜鹃，还有花瓣美如丝绸的绿绒蒿，那些夏天原野上所有迎风招扬的美丽，都因为据说有一个魅人的花妖寄居而被践踏为泥了。"① 同时被践踏的还有一个弱小生命的人格尊严与生活希望，机村人阻断了一个弱者寻求融入群体的路，他们对生命的尊重和怜惜都已不复存在，大家一起陷入了愚昧、冷酷、疯狂的"集体无意识"，但也为他们留下了永远无法消除的精神重负。

"踩踏花妖事件"之后，格拉与母亲桑丹不得不离开机村，踏上了背井离乡之路。当他们同样无法在机村之外的世界生存并再次返回时，心存愧疚的人们用送来食物和其他生活用品的方式表达着歉意。之后，兔子不幸被鞭炮炸伤并死亡的噩耗再次将格拉推向了舆论和谣言旋涡的中心，人们的猜忌、冷漠与谣言最终使得格拉与温暖慈祥的额西江奶奶一起死去，"随风飘散"的孩子审视与拷问着每个人的内心与灵魂：世代信奉佛法，时刻不忘为天下众生祈福，相信生死轮回与因果报应的人们为什么不能以博大胸襟和宽恕之心对待一个幼小的孩子？机村难道真如额西江奶奶所说已经是一个无法生长笔直大树的烂泥沼吗？莫非这一切都要归因于是疯狂迷乱年代来临的前兆吗？阿来给出的答案是否定的，因为时代文明只是从藏族村庄生活表面流过的洪水，起主导作用的依然是潜隐在下层的水流，如果人们不能从源头与根本上消除人性之恶与思想劣根性，信仰也无法拯救精神的虚空和内心的脆弱，这样的定律既适合小说中的机村也适合整个人类。阿来努力使自己的叙写与反思具有广泛性和普世性，并用独到深沉的历史感和命运感让自己的"声音"成为能够被更多人听见的"大声音"，因为"文学的本质就是通过特殊的事物来反映普遍的情感跟价值观，文学从来就是这样——用特殊来表达普遍，讲的是一个人的命运，但往往映射的是一大群人的命

---

① 阿来：《空山——机村传说壹》，人民文学出版社，2005，第23～24页。

运；讲的是一个民族的遭遇，但放眼整个世界，不同的民族在不同的发展阶段有类似的遭遇，也就是说反映一种普世的价值观"①，到达天际且能够被很多人听到的"声音"也必定是发自肺腑、真诚深邃的，其中浸透着一个作家全部的生命体验和人生思考。

二 "心物合一、心色不二"与欲望的表达

社会主义时期的藏族文学打破了只为上层社会、只为贵族以及僧侣阶层服务的界限，作家们可以将目光投注于广大的民众，阿来就关注着一个个生活在社会底层的小人物的生存状况，对他们无力把握自己的命运寄寓了深深的同情，佛教义理的领悟在他的小说中是一种思想追求，更是一种高洁的人生态度。除此之外，对人的欲望的表达与阐释也是阿来感悟人生、参悟佛理的重要方式。

欲望是一个与个人及社会相生相伴、密不可分的重要名词，也是任何一种文化的发展都必须正视的概念，人们在很多时候都用"灵与肉"比对文化和欲望之间的关系。无论是西方文化中的"逃避逻各斯（理性）中心主义"反抗现代性历史，还是中国文化中对本能、理性的关注与阐释，都离不开对"欲望"的认识和定位。有学者这样论述"欲望"及其对社会与人生的影响："欲望，不论物质的，还是精神的，其最大特征是永远追求满足。这就使欲望成为这样一个怪物：首先，它是对生命的肯定。没有欲望就没有生命，没有人的欲望就没有人的生命；没有了人的生命，世上的一切都将失去对人而言的价值和意义。不仅如此，欲望还与创造力、活力紧密相连。欲望追求满足的过程，就是创造力产生的过程。于是，有

---

① 易文翔、阿来：《写作：忠实于内心的表达——阿来访谈录》，《小说评论》2004 年第 5 期，第 19 页。

了欲望，生命与社会就有了活力，欲望越强，活力越大。但是，欲望的寻求满足也会走向自己的反面。它会给生命带来痛苦，会破坏社会秩序。它会让心灵不知所归，让社会无法正常发展。"①

也就是说，最大限度地减少甚至消除欲望对社会和个体生命的破坏力，力争营建良好的社会氛围，进而为人的心灵寻找到诗意的栖居地，是摆在人类面前亟待解决的重大课题。众所周知，先进的科学技术能够为人类提供优质的产品、便捷的服务以及舒适的生活，但科学无法解决心灵和精神的问题，也无法对人的生活进行指导，"科学与民主并不能建立心灵的终极价值，科学是有用的，但唯其有用，它更多地表现在技术操作层面。民主也是有益的，但民主是一种制度而不是目标。人，尤其是文化人的心理需要更深层的生存意义来填充，更需要玄虚的人生价值来实现，也更需要一种脱离了具体的实用的生活的平静心境来支撑"②。这种玄虚的人生价值和平静心境来自人们对文明根脉的守护以及对信仰的敬畏与尊重，来自每个人对澄澈心灵和纯洁灵魂的执着坚守。

"心"理的参透是佛教中的重要内容，"万法唯心""心外无物""若菩萨欲得净土，当净其心，随着其心净，则佛土净。"③所以，只有人心清净，人们生活的世界才会和平宁静；相反，如果人心浮躁、杂秽，则社会就会混乱杂烩无比。环境优美的前提是净化社会，社会清净的前提则是人心灵的净化与荡涤，只有当人们恪守善良与道德之本，心地坦荡且长存悲悯之心，我们所处的世界才会稳定和谐，作为社会主体的人也才能消除烦恼、康乐幸福。

---

① 程文超等：《欲望的重新叙述——20 世纪中国的文学叙事与文艺精神》，广西师范大学出版社，2005，第 3 页。
② 葛兆光：《难得舍弃，也难得归依——现代作家的宗教信仰困境》，《东方文化》1997 年第 7 期。
③ 南文渊：《藏族生态伦理》，民族出版社，2007，第 166 页。

　　阿来小说中那些欲望非常活跃甚至过度膨胀的人物从反面印证着"净土唯在心"的深广内蕴，是心魔导致社会动荡不安、个人沉沦的最好例证。《尘埃落定》中的"我"父亲麦其土司和"我"哥哥旦真贡布悲剧命运的直接诱因就是欲望的膨胀，麦其土司为了得到大片的土地而发起与汪波土司的战争；为了扩充势力、抢夺地盘，他借助黄特派员的帮助、种植鸦片而大发横财，使得麦其家族仓盈库实、雄霸一方；借助装备着现代枪械的部队，麦其土司发起一次次边界战争且都凯旋；野心勃勃的土司还通过罂粟花战争和麦子战争壮大声威、巩固地盘，使得其他几个土司臣服于麦其家族，他也成为康巴地区有史以来最强大的土司；如果说惨烈的战争满足的是麦其土司日益高涨的权力和征服欲望，杀死敦厚忠诚的查查头人并夺走头人漂亮的妻子央宗，既使他的情欲得到了满足，同时也酿就了一桩不解的世仇，"杀人夺妻"事件让土司的两个儿子一生都无法摆脱"被复仇"的阴影与梦魇。麦其土司的长子旦真贡布对受到万人敬仰的土司之位具有与生俱来的渴慕与期盼，他的权力欲望在得到土司之位的明争暗斗中达到了顶峰，傻子弟弟的妻子塔娜是他猎获的"目标"，也是他缓解内心紧张和精神焦虑的一种方式，"你能等，你不像我，不是个着急的人。知道吗？我最怕的就是你，睡你的女人也是因为害怕你"①。为了能够在与弟弟的权力争斗中占得先机，面对麦其家族土地上是继续种植罂粟还是种粮食的重要问题，旦真贡布好高骛远地主张"种罂粟"；粮食喜获丰收之时，原本应该是养精蓄锐的关键时刻，他却将粮仓作为堡垒接连攻打临近的土司，滥杀无辜、不得人心，物欲、肉欲、权力欲充斥着旦真贡布短暂的一生，他至死也没有达到目的，他成为家族仇人复仇的首要目标。

---

①　阿来：《尘埃落定》，人民文学出版社，1998，第316页。

《尘埃落定》以上层社会人物命运的起承转合串联起土司家族的兴盛衰亡史，无法抑制的权力欲望、不可遏止的生理欲望以及永难满足的物质欲望伴随他们走向了生命的终点。《空山》中的普通人仍然无法摆脱欲望过度膨胀的桎梏，山中没有了森林、流水和鸟兽，谓之"空山"，是过度砍伐、生态严重破坏的表现，是人类放纵物欲、轻视自然规律的恶果。《空山——机村传说贰》中的机村人在大肆砍伐周边群山上的森林之后，将目光转向了能够带来更多物质利益的猴群，他们向与其订立了沉默契约、已融洽相处上千年的猴子举起了猎枪，一只只猴子应声倒地的瞬间，阿来让我们感受的是来自灵魂深处的战栗和发自肺腑的沉重叹息。"经过这个冬天，每个人的心肠都变硬了。每个人的眼神里都多了几丝刀锋一样冷冰冰的凶狠。"[1] 当世代虔信佛教的人们逐渐丧失宽恕与慈悲之心，社会的变革与秩序的调整就成为势在必行之事，否则"空山"还会进一步成为贫瘠苍凉的"荒山"。

阿来同样将"净土唯在心"的佛理意识渗透在《格萨尔王》的字里行间。神子觉如降生之前的岭噶是一个妖魔横行、民不聊生、混乱动荡的地方，这一切都是难以消除的心魔所致，因为"世界上本来没有魔。群魔乱舞，魔都是从内心里跑出来的"。"岭噶的人们内心被欲望燃烧时，他们明亮的眼睛就蒙上了不祥的阴影。""善良的人们露出邪恶的面目，再也不能平和友爱。"[2] 阴霾重重、人魔难分的岭噶无力自救也无法洁净人们的内心，天降神子为其解忧，岭噶人却再一次违背天意、背弃了觉如，觉如和母亲不得不离群索居地生活在遥远清冷的黄河滩涂上，当他再一次敞开胸怀接纳了因灾流亡至此地的岭噶百姓时，众位首领们由利益分割而起的口舌之争

---

① 阿来：《空山——机村传说贰》，2007，第128页。
② 阿来：《格萨尔王》，重庆出版社，2009，第3～4页。

让他感到了前所未有的疲倦、失落与悲伤。"他们的声音却愈发兴奋，愈加高涨，让觉如想起大群的候鸟刚刚降落在吃食丰富的湖上那震耳的聒噪。"① 战无不胜、功勋卓著的格萨尔最终建立了强大的岭国，岭国人过上了祥和平静、幸福安康的生活，但渴求权力、向往财富以及垂涎美色的"心魔"依然没有消除，人们的眼神还会在某些时刻变得浑浊凶恶、阴森可怖。"财宝向少数人聚集，由此人们不再和睦相处，相亲相爱。狩猎的刀枪转用于人类之间相互的杀戮。"② 就连大地也会无法承受人世间无休无止的争斗与杀伐，更何况在欲海中苦苦挣扎的世间众生，所以安享太平的人们依然没有获得真正的幸福，这正是神子格萨尔王深感困惑与痛苦的地方。总之，阿来在重述神话的同时，也诗意地诠释着藏传佛教"心"理的基本要义，在物质需求得到极大满足的今天，人们的思维日益被科学理性与逻辑精神所固化，精神层面的提升依然是亟待解决的重要社会命题，阿来的思考与阐释可以说是正当其时。

三　"业报因果、自作自受"与生死轮回和因果报应

以"缘起性空观"为核心思想的藏传佛教衍生出了另一个重要原理——业报因果、自作自受，即"宇宙万物无不遵循因缘具足而生，因果相续的规律，归根到底，乃是因果业报的规律"③。世间众生的生灭流转变化都处在天道、人道、阿修罗道、畜生道、饿鬼道、地狱道的六道轮回之中，天道、人道和阿修罗道被称为"三善道"，畜生道、饿鬼道及地狱道则为"三恶道"，在六道中如车轮旋转般流

---

① 阿来：《格萨尔王》，重庆出版社，2009，第73页。
② 阿来：《格萨尔王》，重庆出版社，2009，第98页。
③ 南文渊：《藏族生态伦理》，民族出版社，2007，第164页。

转不已的众生行善就会得善报，行恶则会得恶报，受报的时间会贯通于每个人的往生、现世与来世，一切皆由因而定。

坚信生死轮回和因果报应的藏民族将"积善业""爱利他人"作为道德思想的根基，"我不下地狱，谁下地狱"是佛教"利他精神"的直接体现，也是脱离六道轮回之苦、达到涅槃极乐境界的必经之路。野心勃勃、刚愎自用的麦其土司因贪恋美色杀死了忠诚于自己的查查头人，受命谋杀查查头人的管家多吉次仁也死在麦其家家丁队长的枪下，作为藏族人，土司并没有隐瞒罪恶、逃避责任，当多吉次仁的老婆和两个儿子为复仇来到土司官寨时，他的言行举止就是对因果报应意识的最好注解："土司对下面暗影中的人叫道：'我是麦其，你们要看清楚一点！'""父亲大声发话：'本该把你们都杀了，但你们还是逃命去吧。要是三天后还在我的地界里，就别怪我无情了。'""你是害怕将来杀错人吗？好，好好看一看吧！""父亲站在高处大笑：'小孩，要是你还没来，我就想死了，可以不等你吗？'"① 深知仇家不会为其歌唱的麦其土司宽容地对待仇家之后，平静地等待偿还恶业的时日，他的两个儿子也都无怨无悔地背负着为父还债的人生宿命，直到他们走到生命的终点。

身居社会上层的麦其土司及其子嗣在因果报应的长链上平静地接受着家族兴衰、仇敌复仇、生老病死的命运安排，他们在土司制度行将消亡之际各自走完了自己的人生之路。《空山》中的机村人没有轰轰烈烈的人生起伏与可歌可泣的英雄事迹，他们是在缓缓行进的日常生活中感知命运的凡俗之人，他们同样经历着善恶因果、业报轮回之考验。《随风飘散》中愚昧、偏执的村人将一个弱小无辜的孩子逼上了绝路，也是《天火》《达瑟与达戈》《荒芜》等后续篇目

① 阿来：《尘埃落定》，人民文学出版社，1998，第56~57页。

中的冷酷与狂暴等恶业继续蔓延的前兆，他们懵懂地经受着时代洪流中的种种变化，盲目地拼凑着对世事变迁的有限理解，砍伐树木、炸毁湖泊、恶待同类、毁坏家园，村民们很快发现恶报之日来得是如此迅速，他们已经无法在原本肥沃富庶的土地上种出果腹的粮食，再也无法平静自在地生活在这片世代居住过的大地。

　　满怀着对母族文化的敬畏与热爱之情，阿来将笔触伸向藏文化的深处，在历史与现实的交会点上关注与审视着本民族的心路历程，但他并没有简单地为自己的作品贴上民族与藏地的"标签"，而是致力于发掘这种文化对现实人生的指导意义，诠释其重要的现代价值。因为在他看来，文学是文化的重要组成部分，但不能简单地将文学看成是展示某种文化的工具，"文学所起的功用不是阐释一种文化，而是帮助建设与丰富一种文化"①。慈善、悲悯的着力弘扬，心理的参透，以及因缘果报的警示，都为生活在焦灼之中的人们提供了诸多现代启示，为心态浮躁的当代人开出了缓释的"良方"，也为物欲泛滥、人欲横流等社会痼疾提供了解决的途径。

---

① 阿来：《我只感到世界扑面而来——在渤海大学"小说家讲坛"上的讲演》，《当代作家评论》2009 年第 1 期，第 23 页。

第四章　汉文化：嘉绒之子的
追寻与守望

第一节　道家思想的渗透

后殖民理论创始人爱德华·W. 萨义德说："每一文化的发展和维护都需要一种与其相异质并且与其相竞争的另一个自我（alter ego）的存在。自我身份的建构……牵涉到与自己相反的'他者'身份的建构，而且总是牵涉到对与'我们'不同特质的不断阐释和再阐释。每一时代和社会都重新创造自己的'他者'。因此，自我身份或'他者'身份绝非静止的东西，而在很大程度上是一种人为建构的历史、社会、学术和政治过程。"① 每一个民族的文化都不可能是一成不变、完全封闭、与世隔绝的，都会受到外来文化的影响，也会或多或少吸收其精髓与养分。在异质文化的激发与冲击下，"自我"的民族文化记忆逐步得到唤醒和加强，"一个民族的自我意识和文化记忆正是在一次又一次与外来民族、外来文化的接触、碰撞、冲突的过程中，逐渐凝聚起来并日益丰富成熟的。因此，每个民族

---

① 〔美〕爱德华·W. 萨义德：《东方学·后记》，王宇根译，生活·读书·新知三联书店，1999，第 426～427 页。

的文化记忆都存在某种'杂糅性'，文化内部是永远处于自我与他者的充满矛盾的关系中，即不同民族文化间始终发生着关系，始终相互影响着"①。正因为有了反观自身文化的"他者"存在，人们更容易采取辩证客观的态度分析本民族文化的优势与不足，不断提高其纠错、纠偏能力和免疫系统，也更容易在文化的融会交合中把握民族历史及文化心理嬗变的历程与轨迹。被定位为"边界写作者""边际人"的藏族作家们需要面对跨文化、跨语言、跨族别、跨地域的身份不断转换之痛，也需要适应在两种文化中都无法完全归依之苦，但他们也因此获得了丰厚的资源、宏阔的视野和深厚的精神体悟，既充实与强化了本民族的文化记忆，丰富与延展着藏族文学史，又能够巧妙运用"文化游离"带来的距离感进行自我反思和本土省察。

阿来有一部颇具象征意义和哲理意味的小说——《鱼》，千百年来，不少地区的藏民恪守着不捕鱼、不食鱼的传统，这样的禁忌与古老的丧葬习俗即水葬有关，因为在他们看来，水和鱼都是用来消解灵魂躯壳的，鱼、蛙等水生动物又是龙神的宠物，同时也深受佛教戒杀生观念的影响，所以藏东等地区的居民至今都沿袭着不食鱼的禁忌。随着经济社会的发展和各民族之间的往来与文化互渗，藏族同胞的一些饮食习惯和心理习俗发生了些许改变，但其中所经历过的彷徨、困难与无助也只有他们自己明了。穿行于汉藏文化之间的阿来以一篇短小精悍的小说准确形象地展示了文化冲突与碰撞中"自我"的心理体验，小说中初次钓鱼的"我"经历了惶恐、恐惧、仇恨到逐渐适应的艰难心理蜕变过程，那种来自灵魂深处的悸动与战栗是他彻底战胜自我的不懈努力。"我不知道乌云是什么时候笼罩

---

① 丹珍草：《藏族当代作家汉语创作论》，民族出版社，2008，第124页。

到头顶的。这时上饵、下钩，把咬钩的鱼提出水面只是一种机械的动作了。因为不是我想钓鱼，而是很多的鱼排着队来等死。原来只知道世界上有很多不想活的人，想不到居然还有这么多想死的鱼。这些鱼从神情看，也像是些崇信了某种邪恶教义的信徒，想死，却还要把剥夺生命的罪孽加诸别人。"① 一只只上钩的鱼仿佛深知"我"心，以一种自愿且悲壮的方式帮助其顺利完成了心理考验和文化转换。

《鱼》中的文化碰撞是两种异质文化相遇时一种相当普遍的现象，对本民族文化有着深刻了解和清醒认识的阿来同时也接受着汉文化的滋养与渗透，尽管汉文明并不是他人格理想和价值判断的主要组成部分，但源远流长的汉文明确实充实与丰富着阿来的文化积淀，使他的视野更加宽广，也让他的作品呈现出多种文化杂糅的特点。在两种文化甚至多种文化交汇的"中间地带"，阿来叙写着嘉绒部族的历史文化以及现实命运，并进而将这种思考提升到对人类共同进行普世性体悟的高度。

一　道家生死观的领悟

冬去春来、寒暑相移是自然界的正常现象，岁月流逝、生老病死也是不可更改的人生定律。如何面对生与死这对既对立又统一的命题是值得人们深思的重要问题，因为"生与死凸显了人的存在过程，也因此使人的价值意义得以体现。没有生就没有死；反之，没有死也无所谓生"②。能够做到淡定地面对生、坦然地迎接死也就真正领悟到了生命的价值与意义，中国道家学说就是一种游刃于生死

---

① 阿来：《鱼》，载《阿坝阿来》，中国工人出版社，2004，第111页。
② 詹石窗、谢清果：《中国道家之精神》，复旦大学出版社，2009，第119页。

之间的大智慧、大哲学，道家的很多观点都阐释了独特的生死观，如"死生，命也，其有夜旦之常，天也"（《庄子·大宗师》）、"生之来不能却，其去不能止"（《庄子·达生》）、"死生终始将为昼夜，而莫之能滑"（《庄子·田子方》）、"有乎生，有乎死；有乎出，有乎入"（《庄子·庚桑楚》）等，即生死就如白天黑夜的流转一样，并不以人的意志为转移，出生并非自我能够决定，死亡同样也不是自我能够停止的，不要人为地打破或改变自然秩序，一切都应该顺乎天然、顺其自然。当人们不再恐惧死亡且能够直面死亡时，才能够真正领悟道家"以死解生的达生观"，也才能够面对真正的、自由自在的生。

《尘埃落定》中的"傻子"二少爷身上集中体现了道家自由不羁、洒脱超然的生死观，阿来通过这个形象传达出对命运与生死的深刻体悟。多吉次仁替麦其土司杀死了查查头人，也为自己带来了杀身之祸，他的两个儿子在土司官寨前立下了有朝一日必定替父报仇的誓言，麦其土司、大少爷旦真贡布、"傻子"二少爷都成为这条复仇链上的重要环节。边界市场上，二少爷与仇家不期而遇，出人意料的是，他将随行的妻子塔娜以及两个小厮留在了河那边，似乎是要专门迎接仇人的到来，"我坐的太高了，你够不到，要我下来吗？""一刀下去，什么人都不用担心我，也不用恨我了。哥哥用不着提防我。塔娜也用不着委屈自己落在傻子手里了。"① 麦其家二少爷这样的话语和想法不是对自己生命的放逐，恰恰相反，此时的他才华尽显、政绩辉煌，能够在此时勇敢地正视死亡、欣然地接受死亡，正是对超越生死的道家哲学的本真诠释。小说结尾处，他平静地爬到床上等待仇敌将锋利的刀刃扎进自己的肚皮，灵魂如尘埃般

---

① 阿来：《尘埃落定》，人民文学出版社，1998，第242页、第244页。

飘落进了悠长的时空隧道，与逐渐成为远去传说的土司制度一道汇入奔流不息的历史长河。

在《旧年的血迹》中，我父亲若巴雍宗则从另一个层面诠释了道家的生命观，这是一个富有心理深度的重要形象。庄子所定义的生死包含两重意义，第一重就是通常意义上所说的生理上的生死，也即自然生命机体的存留及消亡，是受制于自然规律且无法抗拒、无力改变的生死；第二重意义上的生死则是指精神层面的生死，只有保持精神的独立、心灵的自由才不至于陷入人生的"囹圄"，不会成为"行尸走肉"，因为"生命的最大悲哀不是形体的丧失，而是心灵的麻木、精神的沉沦。心灵与精神如果丧失，则生与死毫无两样，甚至是生不如死"①，就如孔子所说的"夫哀莫大于心死，而人死亦次之"（《庄子·田子方》）。父亲若巴雍宗本是若巴头人出身，他始终保持着头人后裔应有的刚正不屈与桀骜不驯，家中的黑狗追风甚至与同村其他的狗格格不入，自视高贵的父亲身穿日益破旧不堪的单军衣风雨无阻、坚毅执着地穿过凄凉空旷的广场。世事变迁、社会更迭，头人家族昔日的风光与荣耀到我父亲这里早已荡然无存，他理所当然地成为村里"四类分子"的不二人选，贫穷、艰辛、苦难及政治压力等都不能使他低下高贵的头颅。但是，那把若巴家族昔日行凶的、刀口寒光闪闪且沾满黑血的刀，以及猎狗追风死于非命的残酷事实，却让宁折不弯的父亲瞬间崩溃，难以抗拒命运的无力感完全改变了父亲的人生信念，"如果说身负'命运'是悲哀，那么认识到'命运'的不可抗拒则是更大悲哀"②。他彻底丧失了与命运抗争的勇气和生活的信心，更无力为那些陌生遥远的祖先们赎

---

① 付粉鸽：《自然与自由——老庄生命哲学研究》，人民出版社，2010，第255页。
② 刘中桥：《"飞来峰"的地质缘由——阿来小说中的"命运感"》，《当代文坛》2002年第6期，第26页。

罪，色尔古村庄里传奇般的人物最终低头认"罪"、束手服"命"。

二 大智若愚的"傻子"

如前所述，老庄哲学在生死观念、人生价值等方面为人们提供了诸多指导与启示，但是"道家虽然看到了人世间的生死现象，并且承认生死的客观性，但这并不意味着他们只是关注生死。其实，道家最重要的生存智慧在于他们超越了生死，形成了独特的人格理想"①。

《老子》生动形象地了描述圣人、得"道"之人与凡俗之人之间的差异："唯之与阿，相去几何？善之与恶，相去何若？人之所畏，不可不畏。荒兮其未央哉！众人熙熙，如享太牢，如春登台。我独泊兮其未兆，如婴儿之未孩；累累兮，若无所归。众人皆有余，而我独若遗。我愚人之心也哉！沌沌兮！俗人昭昭，我独昏昏。俗人察察，我独闷闷。澹兮其若海，飂兮若无止。众人皆有以，而我独顽似鄙。我独异于人，而贵食母"（《老子》第二十章），具体含义为：违逆与顺从、肯定与否定之间能有多少差别？善良与凶恶、美丽与丑陋之间又存在多少距离？所有这些其实都不必太过于执着。众人所担心害怕的事，我不能不畏惧。以此类推的事情真是不胜枚举！别人都兴高采烈就如参加热闹盛大的宴会，又像是春天出游登台眺望，仿佛一切尽在自己心中。我（得道之人）却是一副混混沌沌、淡漠清净无所作为的样子，就好像不知世事为何物的婴儿；众人好像通晓明白所有事情，我却仍然是混沌未开；众人都以有余为乐，我则总是觉得有所不足所以谦逊恭顺。世人都清醒、聪明，唯

---

① 詹石窗、谢清果：《中国道家之精神》，复旦大学出版社，2009，第133页。

有我（得道之人）愚笨、糊涂；世人都在为自己打算忙碌，我则昏庸无能。得道之人与世人完全是两种不同的人生状态，其胸怀像大海一样宽广浩渺，神志像风一样超脱飘逸。世人大都夹杂在熙熙攘攘中追名逐利，有多少人明白清净淡泊的真谛呢？得道之人看重的却是向大道求取最纯正素朴的德，就像婴孩只懂得向母亲求取食物一样。

因为对宇宙大道了然于心，且深知再深刻的认识都有其局限性，所以圣人们往往表面上看起来愚钝无知，事实上，他们是"以知为不知、以不足体现内在的充实，是大智若愚，'大直若屈，大巧若拙，大辩若讷'（《老子》第45章）"①，他们都心如明镜且具有最高智慧。《尘埃落定》中的二少爷是大家公认的"傻子"，小说开篇就已将他的独特身世和盘托出："在麦其土司辖地上，没有人不知道土司第二个女人所生的儿子是一个傻子。""土司醉酒后有了我，所以，我就只好心甘情愿当一个傻子了。"② 他是土司父亲与汉族女人生的孩子，也是汉藏两种异质文化融合的产物，就是这位二少爷被阿来塑造成了一个表面愚痴呆笨、昏沉不察但本质上却富有大智慧的"得道之人"，更是阿来理解与体悟到道家人格理想内蕴的具体体现。表面看来，二少爷的言谈举止和行为方式的确异于常人，但是他从来都没有停止过深邃的思考，这些思索都关乎麦其土司家族的内部稳定和领地兴盛。为了能够满足侍女卓玛提出的将自己许配给银匠的请求，他脑海中有了篡夺权力成为万人之上的土司的想法，但这样的想法却如泉水之上的泡沫一样转瞬即逝；当与母亲骑马行走在土司辖地上并接受人们虔诚的致敬时，他也曾产生过弑父的念头；他也逐渐明白当不当土司已不仅是他自己的事情，同时也牵涉身边

---

① 付粉鸽：《自然与自由——老庄生命哲学研究》，人民出版社，2010，第305页。
② 阿来：《尘埃落定》，人民文学出版社，1998，第3页。

的许多人，如母亲、妻子、奴仆等。但土司的二儿子时刻提醒自己：大家公认的傻子不能有成为王者的想法，也绝对不可能当上万众敬仰的土司，所以即便是没有舌头的书记官翁波意西再次开口说话的奇迹发生时，在被兴奋欢呼的人群扛上肩头时，只要他指明方向、做出明示，就能够让麦其土司让位，他却让奇迹如流水一样被冲走了。古往今来，父子反目、手足相残已是王位争夺中屡见不鲜的人间悲剧，已经居于高处的二少爷没有为喧闹激动的人们指出方向，历史上曾经出现过的"举肩即位"壮举没有再次上演，"本是同根生，相煎何太急"的惨剧也同样没有发生，他完整透彻地演绎了"俗人昭昭，我独昏昏；俗人察察，我独闷闷"的圣人为人处世之道。

土司二少爷忠实地扮演着除亲生母亲之外大家都喜欢的"傻子"角色，但偶尔闪现的智慧灵光已足以证明他的远见卓识。罂粟花的种植为麦其家族带来了数不清的财富和无法撼动的霸主地位，在继续种植罂粟还是种粮食的问题上，他提出了与哥哥旦真贡布完全相反的主张，即在领地内全部种上粮食；小麦丰收、玉米丰收之时，他又石破天惊地想出了免除百姓一年贡赋的想法，因为他知道土司永远不能成为国王，拉萨和南京方面都不会允许只有一个土司在这片土地上"一枝独秀"，真正为百姓谋取福利才是志得意满的土司此时能够做到的重要事情。阿来也借小说中人物之口表达着自己的想法和意图，骄傲正直的翁波意西说："都说少爷是个傻子，可我要说你是个聪明人。因为傻才聪明。"[1] 二少爷家一个有写作癖好的祖先曾说："要做一个统治者，做一个王，要么是一个天下最聪明的家伙，要么，就干脆是一个傻子。"[2] 因为上苍是为了达到让他能够看见、听见、置身其中却又超然物外的目的，所以让他表面上看起来

---

① 阿来《尘埃落定》，人民文学出版社，1998，第 147 页。
② 阿来《尘埃落定》，人民文学出版社，1998，第 94 页。

像一个傻子，大巧若拙、大辩若讷，在"傻"的表象掩盖下，他取得了常人无法达到的成就。

三 "弱者"的生存哲学

在字典的解释中，"强"字因其读音不同而有诸多含义，但基本都围绕着有力、强硬、强盛、势力大等展开；作为"强"的反义词，"弱"则跟势力差、脆弱、软弱等相关。强大与弱小、柔弱与刚强的辩证关系同样也在道家学说中得到了透彻阐释，该学派的创始人老子自人生经验中体悟到："人之生也柔弱，其死也坚强。万物草木之生也脆脆，其死也枯槁"（《老子》第七十六章），提出了"守柔曰强"的观点，其基本含义就是指能够守柔才是真正的强者，才能够达到"柔弱胜刚强"，所以为人处事应该"贵柔主静"，要做到"七善"，即"居善地，心善渊，与善仁，言善信，正善治，事善能，动善时"（《老子》第八章）。其中，"居善地"的意思就是要处下，懂得处下之人方能处上；能够自知且能够容纳不同意见并不断克服自身的"自是""自贵""自矜"等弱点就是"心善渊"；"与善仁"强调的是如何构建有效、稳固的人际关系，要心胸宽广，要有爱心，要懂得成人之美，方能成就自己，即"夫慈，以战则胜，以守则固"（《老子》第六十七章）；"言善信"指的是言语谨慎、慎言慎行，且要言必行行必果；若坚持不投机取巧且对正当之事处理得当就是"正善治"；"事善能"是指"事情要善于人尽其能，物尽其用，其关键是以不争成就其'天下莫能与之争'之功效，凡事不显山露水，坚定不移地为自己的目标而奋斗。"[1]；"动善时"的基本含义是行动

---

① 詹石窗、谢清果：《中国道家之精神》，复旦大学出版社，2009，第 78 页。

要掌握"火候"、把握时机。庄子的观点与老子一脉相承，如"进不敢为前，退不敢为后；食不敢先尝，必取其绪""直木先伐，甘井先竭"（《庄子·山木》）等。总之，以柔弱退让、随顺谦卑的方式处世和接人待物，通晓柔、静乃强大之内核方能于乱世中保全自己并进而成就多彩的人生，才能体现"道"的伟大与功用，表面上"不敢为天下先"却能为"天下首"，方能真正达到"水唯善下方成海，山不矜高自极天"。

　　因为二少爷是人们公认的傻子，哥哥也因为他是个傻子而爱他，土司父亲也因此没有后顾之忧。但事实绝非如此，有时候就连麦其土司自己都无法真正理解自己的两个儿子，因为"聪明的儿子喜欢战争，喜欢女人，对权力有强烈兴趣，但在重大的事情上没有足够的判断力。而有时他那酒后造成的傻瓜儿子，却又显得比任何人都要聪明"①。在强势的哥哥跟前，"傻子"二少爷并没有像旦真贡布那样争强好胜，也没有为了土司之位而放任欲望的过度膨胀。在争夺土司之位的明争暗斗中，他似乎永远都是一个弱者，获得的成果却令强者和聪明人心生畏惧。旦真贡布将南方边界的粮仓作为扩充地盘、夺取牛羊百姓的堡垒，北方边界却在他的手中变成了商贩云集、人潮涌动的贸易市场，为偏僻沉闷的藏区带来了新鲜的空气。阿来以具象化的方式诠释了道家学说着力倡导的生存哲学，即柔弱退让、柔弱处下、贵柔主静，大智若愚的二少爷成为深受道家文化滋养的作家思想的承载者，是中国现当代文学人物长廊中独特的"这一个"。

①　阿来：《尘埃落定》，人民文学出版社，1998，第157页。

第二节　汉族文学传统的延续和传承

一　"傻子"文化母题

阿来不仅深得自然无为、贵柔主静的道家生命哲学的真谛，也从汉族文学传统中汲取了丰厚的养分。《尘埃落定》是阿来对已成过往的嘉绒土司历史的诗性呈现，也是在叙事视角、文化视野等方面都取得了突破性成就的典型文本，"《尘埃落定》无论在思想上还是艺术性上，既有传统的渊源，也具现代的前卫观念。而它最突出的贡献就在于它为中国现代'傻子'母题的叙事提供了一种完整意义上的诗学形象"[①]。众所周知，"傻子"文化母题的塑造也是中国文学传统中历来就有的重要传统，战国时期，孙膑遭到嫉贤妒能的同门师兄弟庞涓的陷害，被处以髌刑，为保全性命而装疯卖傻，最终得以在齐国施展其文韬武略并有《孙膑兵法》传世；中国古代四大名著之一《红楼梦》中的贾宝玉"有时似傻如狂、潦倒不通世务、愚顽怕读文章、行为偏僻性乖张"，是很多人眼中的"疯子"或"傻子"，叛逆多情的宝玉以"女儿是水做的骨肉，男子是泥做的骨肉"为信条演绎着封建大家庭里的旷世情缘；曹禺的《原野》中有个身世卑微但绝不是剧中无足轻重角色的白傻子（小名狗蛋），他是戏剧开幕第一个出现、第一个发出声音的人，戏剧进展过程中，他也会无意识地将关键剧情透露给满怀期待的读者；苏童《罂粟之家》中的演义是枫杨树乡地主刘老侠家的白痴儿子，"给我馍""我饿"

---

① 谭桂林、龚敏律：《当代中国文学与宗教文化》，岳麓书社，2005，第161页。

"我杀了你"是他能够说出的最简单话语，整个小说都被沉郁、悲凉的宿命气氛所笼罩；丙崽则是韩少功《爸爸爸》里具有浓厚象征意味的形象，呆傻的丙崽只会讲两句话，高兴的时候，见到谁都会亲热地喊一声"爸爸"，不高兴之时，他就会骂一句"×妈妈"，他先被看成是鸡头寨的灾星并充当祭祀谷神的"人祭品"，后来又戏剧般地被村人奉为能够预测吉凶的"丙仙""丙相公""神人"，心智不健全、外形如同三岁孩童的傻子被鸡头寨人当成是能够呼风唤雨的先知。

在众多作家塑造出的傻子群像中，有古代文学中的装疯卖傻或难得糊涂型，也有现代和当代文学中心智发育不全但却具有明确价值指向的傻子形象，《尘埃落定》里的"傻子"二少爷由于其丰厚的文化意蕴而成为 20 世纪中国文学中原创性的文学形象。之所以被称为"傻子"，是因为这些人原本就是非常态的人群，而且"作为人类个体，其生命的起源便具有了某种偶然性、荒诞性以及注定被常态社会拒弃的悲剧性"[①]。演义是父亲刘老侠乱伦的产物，丙崽的出生则是因他的母亲弄死一只蜘蛛、冒犯神灵而遭到了报应，麦其二少爷是醉酒后的土司与汉族太太的情爱"结晶"，这一跨民族、跨文化的产儿却成为一个"傻子"，其中含义甚是丰富。就是这个被所有人当成傻子的少爷成为阿来小说的叙述人，是作家写作意图的直接体现者，是一个既含混又确定、既突显又深刻的本体意象，"既是对中国文学传统中的'傻子'母题叙事学的一种充实与发展，也是对汉藏文化渗透与交融的历史现状与发展趋势的深刻把握"[②]。化为历史烟尘的嘉绒土司制度是故事发生的时代背景，虽然已经是强弩

---

① 张艳玲：《中国现当代小说中的傻子形象分析》，《乐山师范学院学报》2007 年第 6 期，第 18 页。
② 谭桂林、龚敏律：《当代中国文学与宗教文化》，岳麓书社，2005，第 162 页。

之末，但那段岁月里的人、事都以其努力不懈的姿态或在场的独特性参与了时代前行的进程。用"傻子"的眼光感知过往、品评历史，少了虚伪与矫饰，过滤去了太多的功利色彩和意识形态重负，还原了历史事件的本来面貌，所要表达的历史意识也更加切近人性及灵魂深处。与大少爷旦真贡布相比，二少爷没有自己的正式称谓，人们都管他叫傻子或麦其家的傻子少爷，但就是他以单纯质朴的心灵感知到罂粟花盛开的土司领地上潜藏的重重危机，土司三太太央宗不为人知的无奈与悲伤，广大百姓希冀衣食充盈、太平安康的强烈渴望，父亲和哥哥保持与争取权力的斗智斗勇，母亲希望"母凭子贵"的煞费心机，以及土司制度必将走向完结的苍凉与悲壮。在"傻子"二少爷的叙述与引领下，人们以一种全新的方式和别样的视角审视那些早已固化或习以为常的事物，"陌生化"的审美效应使得大家能够对庸常的世界多一分理解和关注。

二 人的本质与价值的追问

阿来笔下以柔克刚、以静制动的傻子二少爷不仅深得道家文化真传，同时也高扬肯定自我、尊重自我的人文大旗，他时常会发出"我在哪里""我是谁"的疑问，这样的追问体现出身处茫茫雪域高原的人们试图确认自身存在，并进而寻求安全感与归属感的不懈努力，"也与现代哲学思潮中人性异化的心灵焦虑相吻合"[①]，更是五四启蒙主义文学在当代的延续和回响。同样对自身的本质与价值提出质疑与追问的还有《格萨尔王》中相貌、衣着破旧的仲肯晋美，说唱神王格萨尔的故事是一代代仲肯的事业与荣耀，他却提出了这

---

① 谭桂林、龚敏律：《当代中国文学与宗教文化》，岳麓书社，2005，第161页。

样的疑问："自己真的要像那个刚刚离去的老艺人一样，艰辛备尝，背负着一个天降英雄的古老故事四处流浪吗？"① 《行刑人尔依》里的岗托土司和父亲对尔依说出了大致相同的话，即作为一个恪尽职守的行刑人，他既不需要心存悲悯，更不需要心生仇恨，甚至在土司看来，取人头如同取羊头，挖眼睛就像摘草莓，这些人唯一需要做的就是保持沉默与无条件服从。虽然他们的职业在大多数人眼中同肢解逝者身体的天葬师无异，但我们分明可以从小尔依的困惑和疑虑中感受到意欲打破现状、确立自身价值以及改变命运的潜藏力量。因此，在与贡布仁钦喇嘛相处的日子里，尽管他们无法用言语进行正常交流，但尔依却获得了前所未有的满足感和幸福感，"有了一个没有舌头的人做朋友，日子当然要比天葬师好过一些"②。

也就是说，无论是出身贵胄的土司少爷、身世坎坷的说唱艺人还是地位卑微的行刑人，他们在人的觉醒、自我尊严与价值的肯定等问题上的认知是基本一致的，这样的认知与五四文学的紧密关联更是不言自明。众所周知，五四文学的基本主题就是批判封建主义、反对宗法礼教、提倡个性解放、破坏旧我、重塑新我等，忧愤深广的鲁迅致力于揭示封建礼教的吃人本质，将批判的锋芒直指愚昧麻木、懦弱苟安的国民性，并对"中国脊梁"式的人物给予了充分肯定；热情洋溢的郭沫若讴歌光明和强大的自我，那把月来吞了、把日来吞了、把一切的星球和全宇宙都吞了的"天狗"就是打破陈规、极富创造力的自我的象征；敏感智慧的郁达夫状写出漂泊异国游子内心的苦闷与焦虑，这些迫切渴望祖国强大、想有所作为但又找不到出路的"多余人"并没有完全丧失生活的希望与信心，而是以"困兽犹斗"的决绝姿态与残酷的现实进行不屈的抗争；巴金更以其

---

① 阿来：《格萨尔王》，重庆出版社，2009，第62页。
② 阿来：《阿来文集·中短篇小说卷——行刑人尔依》，人民文学出版社，2001，第309页。

"激流三部曲"为作为民族希望的青年一代勾勒出了冲出牢笼、走向新生的宏伟蓝图；等等。不管中国的现代化进程经历过多少波折、反复甚至"倒退"，但对"人"的问题的关注与思考从来就没有间断过。从中国文学中获得大视野的阿来，通过作品人物命运的跌宕起伏表达他对个体意识自觉、自我身份定位与认同等问题的深沉思索，"我是谁""我在哪里""我为什么选择这样的人生道路""我的归属究竟在何处"等问题，是藏民族乃至整个人类的普遍困惑。

三　国民性问题的反思

中西方文化史都对知识分子在文化与思想的传承和创新中的重要地位及价值进行探讨与定位，尽管在历史变迁、宗教传统、文化背景等方面有着许多差异，但中西方的人们对"知识分子"这样一个特殊的阶层却有着大体相似的期许。知识分子在如今的西方社会一般被人们誉为"社会的良心"，能被称为社会良心的知识分子自然也就被加上了诸多限定条件，即他们不仅是在自己的专业领域具有较高建树的精英，同时要时刻关注社会家国之事，具有强烈的社会责任感和担当意识。中国文化史中为具备以上条件的知识分子赋予了一个专有名称——"士"，自孔子开始到光绪年间科举制度废止的两千多年中，"士"及其他们致力于使"天下有道"的不懈追求形成了一条绵延不绝的传统，"士志于道""士不可以不弘毅，任重而道远""无恒产而有恒心者，唯士为能""士当先天下之忧而忧，后天下之乐而乐"等，都是士、士大夫在维护社会基本价值、促进社会秩序走向规范中所起作用的具体体现，修身齐家治国平天下是一代代炎黄子孙的人生准则和不懈追求。

近代以降，中华民族历史翻开了不同篇章，中国社会性质与结构都发生了一系列的变化，"士"传统虽然表面上处于断裂或消失状态，但"'士'的幽灵却仍然以种种方式，或深或浅地缠绕在现代中国知识人的身上。'五四'时代知识人追求'民主'与'科学'，若从行为模式上作深入的观察，仍不脱'士以天下为己任'的流风余韵"①。中西方文明碰撞交汇、时局动荡不安，现代知识分子的命运轨迹与家国兴衰密不可分，"士"的传统以更为切近的方式体现在他们的人生追求中，妙手著文章的文人以手中之笔作为投枪和匕首践行着"铁肩担道义"的社会使命，意在唤醒沉睡的国民，促使他们惊醒起来、振奋起来，为自己争得在这个世界上的生存权利，为民族的振兴、国家的崛起而抗争和奋斗。更为重要的是，作为"社会良心"的他们将笔触深入民族心理的深处，从封建痼疾、"集体无意识"及国民心理等方面反思国民性，国民性问题从梁启超、鲁迅开始就备受关注，而且直到今天还是困扰现代化进程的重要问题之一。

目睹当时中国积弱积贫局面的梁启超认为欲维新国家必先维新国民，鲁迅则直接提出了"改造国民灵魂"的命题，发现民族灵魂并进而重铸国民灵魂是贯穿近一百年中国历史的重大主题，也是中国现当代文学中被作家们不断阐释的文学母题。鲁迅以坚信"精神胜利法"的阿Q、麻木的闰土、冷漠的看客、愚昧的华老栓等人描画出了一幅幅震撼人心的国民心理百态图，将"哀其不幸、怒其不争"的深刻悲悯渗透在小说的字里行间。新时期以来的伤痕文学、反思文学、寻根文学以及乡土小说等，对国民性中的奴性心理、官本位意识、皇权意识、青天意识等进行了深刻的揭示和反思，《陈奂生上城》中的主人公陈奂生沉浸在被领导干部关照的极大心理满足

---

①　余英时：《士与中国文化》，上海人民出版社，2003，第6页。

中，他在招待所中一系列使人忍俊不禁但又感觉心酸落泪的行为以及回家前的一番心理活动，分明是阿Q的"精神胜利法"在当代的延续与回响；王安忆笔下的小鲍庄村民恪守"仁义"传统，但又不时地暴露出他们性格中阴冷残酷、愚昧暴戾的一面；韩少功则刻画出了一个心智不健全却长生不死的独特存在——丙崽，深入挖掘在民族心理中沉积了几千年的民族意识和民族无意识。

阿来是深受汉文化影响的藏族知识分子，"士以天下为己任"的人文精神是他人格理想的重要构成，他对藏民族心理的挖掘与剖析不仅是对藏传佛教要义的坚守，也是对从鲁迅开始的反思国民性文学传统的延续和传承。《空山》是名为"机村"的藏族村落近半个世纪的艰难蜕变史，也是道德缺失、人性沉沦的凄清挽歌。慈善的额席江奶奶犹如一位看穿世事、洞察人心的智者，一席话道破了机村严酷的现实："你们知道我们机村是什么吗？一个烂泥沼，你们见过烂泥沼里长出笔直的大树吗？"① 泥沼中不会长出直刺云霄的参天大树，却滋生了愚昧、偏执、狂暴等国民劣根性。小说中可怜孤苦的孩子格拉以他短暂的生命历程映照了机村人的蒙昧、空洞的内心，他的人生遭际折射出阿来试图深挖痼疾、重塑理想国民性的不懈努力。有论者指出，十年"文革"爆发的原因纵然可以归结出千万条，但最根本的一条便是"封建主义意识的一次恶性爆发"②。"文革"前的机村，村民的蒙昧、暴戾及凶残开始集中显现，因为祈祷、诵经、烧香、拜佛等活动被贴上了"封建迷信"的标签，无处皈依灵魂的村里人通过"惩治"一个孩子获得了心理释放与解脱，他们将莫须有的"罪名"强加给了一个没有任何反抗能力的弱者，分明是阿Q欺凌弱者、自欺欺人等"精神胜利法"在藏族村庄中的真实演

---

① 阿来：《空山——机村传说壹》，人民文学出版社，2005，第19页。
② 曹文轩：《中国八十年代文学现象研究》，作家出版社，2003，第26页。

绎。阿来以饱蘸忧患之笔直抵民族性格和民族心理深处，接续了中国现当代文学中绵延不断的国民性问题探索传统，意在揭示病苦且引起疗救的注意。

四　传统小说形式的过滤与接受

在绵延深厚的中国文学发展史上，有一类小说体式经久不衰、佳作频现，形成了一条作家人数众多且作品内蕴深厚的发展脉络，这类小说就是家族小说。"家族小说"历来都是中外文学中表现复杂历史与丰厚人文内容的重要方式，且大都以重大历史事件为背景，以具有封闭性的家族生活场景为主，以几代人的奋斗挣扎、悲欢离合为主线，其中还渗透进了浓重的家族观念和文化反思意识。经典家族小说《红楼梦》规模宏大、结构严谨，以贾、史、王、薛四大家族的兴衰史串联起了时代的运转变迁和众多人物的命运遭际，不仅在写法上"创新了家庭家族在叙事中的结构功能"[①]，并因其独特的思想艺术价值和厚重的文化信息含量成为中国小说史上的巅峰之作。近现代的中国社会血雨腥风、动荡不安，"国家不幸诗家幸"，启蒙、救亡的双重主题回响在一部部沥血之作中，家族小说依然受到许多作家的青睐。巴金的《家》是探索封建大家族里青年命运与出路的名篇，《憩园》揭示"传财不传德"的封建遗风对年轻一代的戕害，《寒夜》将目光投注在了处在社会底层的普通市民阶层身上，通过简单的人物关系和柴米油盐的日常生活呈现小人物的挣扎与悲号；路翎《财主底儿女们》叙写了一个江南大家族的风流云散和青年一代的心路历程；老舍的《四世同堂》则是北京小羊圈胡同

---

① 赵树勤、张晓辉：《〈红楼梦〉与 20 世纪中国家族小说》，《湘潭大学学报》2009 年第 6 期，第 117 页。

以祁家为主的十几户人家在日本铁蹄蹂躏下的屈辱史、血泪史和抗争史；《金粉世家》（张恨水）、《京华烟云》（林语堂）也都是这一时期家族小说的名篇。新中国成立以后，政治形势深刻影响着文学的走势和格局，梁斌的《红旗谱》是"红色经典"中的代表作品，也是家族小说在"十七年文学"中的典范之作。新时期以来，家族叙事传统依然是构筑文学大厦的重要成员，《古船》《家族》（张炜）、《红高粱家族》《丰乳肥臀》（莫言）、《白鹿原》（陈忠实）、《米》《我的帝王生涯》（苏童）等家族小说从不同层面上阐释着家、国、民族，生存以及文化传统的含义，也"把历史从'载道'式的权威话语中解放出来，成为普通读者可以参与的精神之旅"①。

　　不绝如缕的中国家族小说传统同样是阿来小说中的恒常母题，《尘埃落定》就以麦其土司家族的兴衰史串并起了波澜壮阔的藏地历史，行云流水般的语言、似真还幻的氛围、独到精准的叙事视角以及难以割舍的宿命意识，都使得这部小说散发出撼人心魄的魅力与光彩。同时，《尘埃落定》的深刻之处还体现在："遥远美丽的嘉绒藏区，末代土司们的纠葛兴衰，土司王朝的末世悲剧在政治、阴谋、爱情、巫术和神谕里像滚滚灰尘一样，透过'傻子'少爷慧光离合的脑子，透过'傻子'的眼睛，我们看到的是一个独特地域非常时期的复杂生活，以及那些生活表象之外更为深广的人性的永恒的主题。"② 或许正是因为阿来的创作是从诗歌起步，意象化的叙述方式、丰富的想象力、诗化的语言都成为他小说中的重要元素，颇具悲剧意味的家族衰落史被作家赋予了神性、洒脱、超然等多重色彩。当土司官寨灰飞烟灭、个人生命完结之时，"傻子"二少爷这样总结自

---

① 刘新慧：《中国20世纪80至90年代家族小说的历史情结》，《西北师范大学学报》2009年第5期。
② 丹珍草：《藏族当代作家汉语创作论》，民族出版社，2008，第296~297页。

己的一生："我当了一辈子傻子，现在，我知道自己不是傻子，也不是聪明人，不过是在土司制度将要完结的时候到这片奇异的土地上来走了一遭。"① 嘉绒十八土司、雄伟宽敞的土司院落、貌美如花的女性、火红的罂粟花、拥有现代化装备的武装力量、或聪明或"愚傻"的土司家少爷、出身微贱的家奴百姓等，都随着土司制度终结的"尘埃"落定并归入了大地，"尘埃"再次乘风飞扬必将激荡起崭新的旋律。阿来的过人之处就在于，他不仅使得《尘埃落定》具有"夕阳无限好，只是近黄昏"的挽歌情调，又洋溢着"沉舟侧畔千帆过，病树前头万木春"的乐观向上姿态。

---

① 阿来：《尘埃落定》，人民文学出版社，1998，第402～403页。

第五章　汉藏文化交融中的深沉思索

第一节　"天人合一""缘起性空"
观影响下的生态关怀

高速发展的经济、日渐加快的城市化进程是当今时代发展的主流，休闲、娱乐也逐渐成为人们生活中的重要组成部分，但人与自然关系的紧张与冲突却达到了前所未有的程度，人类与自然界究竟是保持敌对关系还是努力纠偏纠错并做自然界的朋友是一个发人深思的现实问题。

当人们沾沾自喜地满足于取得的种种物质利益时，当人们满足于对自然界的胜利时，殊不知，这些都早已成为大自然的"不可承受之重"。触目惊心的环境污染、满目疮痍的自然生态以及日益减少的耕地面积，都是孱弱疲惫的大地向人类发出的呼救信号，它已经无力承受人类无止境的索取和不断膨胀的野心与贪婪，当人们在某一天发现除了金钱已经没有东西可食用时，人类也就离毁灭和消失仅有咫尺之遥。"当自然与人割裂开来的那一天，人类就永远丧失了和自然分享快乐的和谐。人类在文明进程的凯旋中，一面用所谓的智慧消灭了无数异己，一面在对自然无止境的劫掠中身陷毁灭的困境和危机。"①

解决生态问题首先是改变人们的行为和观念，以正确的指导思想和伦理原则规范人们的言行。与西方哲学中天人相抗、天人对立、人应征服和改造自然的观点不同，中国哲学思想中天人一体观源远流长，《易传》中就有"夫大人者，与天地合其德，与日月合其明，与四时合其序，与鬼神合其吉凶。先天而天弗违，后天而奉天时"（《易传·文言》）、"与天地相似，故不违；知周乎万物而道济天下，故不过；旁行而不流，乐天知命，故不忧；安土敦乎仁，故能爱；范围天地之化而不过，曲成万物而不遗，通乎昼夜之道而知"（《易传·系辞上》），不仅提出了"与天地合其德"的天人合一思想，而且明确提出了圣人顺乎天地之道的行事准则。此外，道家反对"人定胜天"的思想，提出了"天与人不相胜"的观点，倡导"道法自然"，《老子》中有：人法地，地法天，天法道，道法自然，即人效法大地，大地效法上天，上天效法道，道则效法的是整个大自然。万事万物都受其自身规律的支配，都有其本真的自然欲求与本质，人顺应事物的自然欲求就能够与其和谐相处，反之，则会形成抵触甚至是敌对关系。同时，《老子》中的"知常曰明。不知常，妄作，凶"，《庄子》中的"以辅万物之自然而不敢为"、"知足"方能"不辱"等思想都可以作为生态保护的重要指导思想，即人类应当把握自然规律和生态规律，理解"常"的真正含义，做到心中分明；同时，应加强自我约束，要做到"自然无为"，做到不违背自然和不干预自然。

"天人合一"思想是老庄道家哲学体系的重要组成部分，也是孔孟儒家着力阐释的重要观点。孔子、孟子的天、人主张都带有比较

---

① 张薇：《自然的灵性与小说家的选择》，《青海民族研究》2006 年第 1 期，第 16 页。

浓厚的道德色彩，孔子这样定位天人关系，"天生德于予，桓魋其如予何？""天之未丧斯文也，匡人其如予何？"即道德文章皆为天之所予我者，因为我受命于天，所以任何大难都无可奈何于我；孟子认为，人心、人性都以天为本，故"尽其心者，知其性也；知其性则知天矣"，意为人性在于人心，尽心就能知性，而人性是天之所予我者，所以天人是合一的。及至汉代，董仲舒在孔子和孟子思想的基础上，对其做出进一步的延伸与拓展，"'人副天数'不仅重申了天人的预定和谐，而且指出了人上同于天地可行性。在此基础上，通过天人想与、天人感应，他进一步加大了对人与上天合一的强制性，同时使人与天合一的方法具体化"①。宋明理学家从更深的层面上发展了"天人合一"说，张载这样阐述宇宙的秩序："乾称父，坤称母，予兹藐焉，乃浑然中处。故天地之塞，吾其体；天地之帅，吾其性。民吾同胞，物吾与也"，"大其心则能体天下之物。物有未体，则心为有外……圣人尽性，不以见闻梏其心，其视天下无一物非我"。圣人因为拥有能够"体天下之物"的"大心"，所以也就达到了消除人与人、人与物之间的隔阂且体悟天、人以及万物一体之境界。程颢则提出了"仁者以天地万物为一体"的论断。总之，"天人合一"是与西方文化中的"天人相分"截然不同的学说，是中国古代哲学的根本观念之一，也是中国传统文化资源库中的重要财产，深刻影响着社会的伦理道德、思维习惯、审美意识、生活方式等各个方面，更为人与自然万物之间的和谐相处提供了重要的理论参照与行为准则，具有深刻的生态伦理内涵。

同时，世代生活在青藏高原上的藏民族是优雅诗意地居住在大地上的民族，在苯教宇宙观与藏传佛教"缘起性空观"的共同影响

① 魏义霞：《儒家的和谐理念与建构》，人民出版社，2010，第37页。

下，赋予了高寒苍凉的世界屋脊优美大气、神性神秘的色彩，无数人眼中"邮票般"大小的故乡在藏人那里变得更加审美化和艺术化，是他们大美多彩的"精神家园"和"心灵憩园"。由于虔信宗教，他们敬畏自然、尊重生命、敬重万物、善待生灵。"因为有了对自然与生命的敬畏，雪山成为人间神山；因为有了对自然生命的祝愿，草原变得美丽吉祥；因为有了对自然与生命的虔诚，圣湖涌现人间百象；因为有了对自然与生命的向往，千里朝圣道路上每一步土地都是珍贵可吻；因为感恩于自然与生命的博大宽容，高原万物被视为相亲相爱的生命园地。"①更为重要的是，在藏民族心目中具有至高无上地位的佛教为生态保护提供了理论依据，"佛教传入藏区，最根本的意义在于：它在藏区建立了一种人与环境同生共存的系统思想，从理论上对人与环境的关系作了阐述，从而使藏族保护环境的伦理规范纳入了佛教博大的思想体系中"②。作为佛教根本教理的"缘起性空"观从根本上规定着生命与生存环境之间的关系，并衍生出一系列基本的伦理规范，如"万物一体，依正不二""诸法无我，自他不二"等。"万物一体，依正不二"的基本内涵是宇宙万物都处在互相依赖、互相制约的因果关系中，所有生命都是自然界的有机组成部分，离开了自然界也就不会有生命的存在，山河大地、花草树木都有佛性，因此人类要致力于构建与自然界之间共生共存、和谐融洽之境界。"诸法无我，自他不二"则是指世间诸法都是相互影响、共同生长的，外法与一法之间互为增上缘，"人固然对万法施加影响，而万事万物对人也是增上缘"③，所以人的心中要长存报恩于万法之念，其行为不仅要有利于天下众生，也要有利于保护生态环

---

① 南文渊：《藏族生态伦理》，民族出版社，2007，第9页。
② 南文渊：《藏族生态伦理》，民族出版社，2007，第162页。
③ 南文渊：《藏族生态伦理》，民族出版社，2007，第163页。

境以及其他生物的生存权。

中国文学历来都不乏具有鲜明生态意识的作品，在陶潜、王维、李白、苏轼、郑板桥等人的诗歌中寄予着他们希望能够诗意地栖居于大地上的美好理想。自 20 世纪 80 年代中后期以来，生态文学（Ecoliterature 或 Ecological literature）逐渐发展成为当代文学领域中的重要支脉，其中渗透着作家们强烈的人文关怀与社会责任感和使命感，如方敏、张炜、温亚军、徐刚、王治安等。具有汉藏双重文化背景的阿来自觉地摒弃了人类中心主义的自大心理，"自然无为""天人合一""缘起性空"观念早已渗透进他的血液中，他将尊重自然、善待自然等强烈的生态关怀意识熔铸到自己的作品中，坚信人类的利益在大千世界中永远都不可能成为价值判断的终极尺度。

诗歌《信札》是阿来强烈生态保护意识的诗化显现，作为作家思想载体的梭磨河向人类寄出了沉重的"信札"。

> 大片森林已被彻底摧毁
> 富于情感的长歌与饱含树汁的神秘传说
> 都被烈日曝晒在累累砾石中间
> 山坡像一张死兽身上的腐皮
>
> 你知道那个老人
> 和大家一样给最初的卡车备下大堆饲草
> 他家祖孙三代被泥石流埋葬
>
> 百兽已不复存在
> 许多村口却贴上了禁猎的布告
>
> 啊，故乡的河流

你的来信字母中喷吐着焦灼的火焰

我看见你岩石额头上皱纹深深的模样

在下游大河中喝到的水中尽是你的泥沙

这些泥沙孕育过种子的胚芽

被露气浸润后印满百鸟的足迹

啊，这些泥沙现在硌在我的齿缝和大脑沟回中间

神经束中间

硌在我运力的肌腱中间

行走的时候叫我难受①

平等依存的世间万物不再融洽和顺，原本富有生命力与灵性的自然万物与人类之间的关系发生了严重断裂，被摧毁的森林、灭绝的百兽、干旱荒芜的山坡以及沁出硝盐的岩石"审视"着急功近利、欲望膨胀的人们。"大地母亲割断了孩子的脐带，从此也拒绝了人类的牵绊。"②

阿来将从成都平原走向青藏高原顶端的一座座山脉称为"大地的阶梯"，《大地的阶梯》也成为他长篇散文的篇名。《大地的阶梯》是阿来长达数月"故乡之旅"的结晶，他且行且思，且行且感，忠实记录着藏地的地理与人文，在捡拾历史碎片中感悟着藏区的过往和现在，力图将大多数人眼中神秘、遥远、形容词化了的西藏还原成具有实实在在内容的名词。"当我以双脚和内心丈量着故乡大地的时候，在我面前呈现出来的是一个真实的西藏，而非概念化的西藏。那么，我要记述的也是一个明白的西藏，而非一个形容词化的神秘的西藏"③，因为"一个形容词可以附会许多主观的东西，但名词却

---

① 阿来：《阿来文集·诗文卷——信札》，人民文学出版社，2001，第85～86页。
② 张薇：《自然的灵性与小说家的选择》，《青海民族研究》2006年第1期，第21页。
③ 阿来：《阿来文集·诗文卷——西藏是一个形容词》，人民文学出版社，2001，第142页。

不能。名词就是它自己本身"①。所以，阿来笔下的藏地有让心灵澄澈宁静的宗教，有让人怀古思旧的土司历史，更有足以引起所有人警醒与关注的生态问题，散文中大渡河流域、岷江流域以及嘉陵江流域的众多村落都没有逃脱生态遭到严重破坏的厄运，漫山遍野的仙人掌、顺流而下的大树"尸体"，都是不堪重负的大地向人类发出的紧急呼救，作家因此这样警示自己的同类："有一天，我们会突然发现，耳边流动的只是干燥的风的声音，而不是滋润万物与我们情感的流水的声音。先是飞鸟失去了巢穴，走兽得不到荫蔽，最后，就轮到人类自己了。""几乎是所有动物都有勇气与森林和流水一道消失，只有人这种自命不凡，自以为得计的贪婪的动物，有勇气消灭森林与流水，却又没勇气与森林和流水一道消失。"② 阿来曾经这样赞颂宁静美丽的故土草原。

> 摇曳的鲜花听命于快乐的鸣禽
>
> 奔驰的马群听命于风
>
> 午寐的羊群听命于安详的云团
>
> 人们劳作，梦想
>
> 畜群饮水，吃草
>
> 若尔盖草原
>
> 歌声的溪流在你的土地
>
> 牛奶的溪流在你的天堂③

① 阿来：《大地的阶梯·后记》，云南人民出版社，2000，第272页。
② 阿来：《大地的阶梯》，云南人民出版社，2000，第42页、第46~47页。
③ 阿来：《阿来文集·诗文卷——三十周岁时漫游若尔盖大草原》，人民出版社，2001，第115页。

往日四时花香、水草丰美、牛羊健壮的故土此时在作家眼中成为不忍回视的伤心之地，满目疮痍的自然界不再是"天人合一"的人间乐土，也不再是"万法和顺"的佛界圣地。

《大地的阶梯》是行走在故乡大地上的阿来对自然生态的所见、所思和所感，《空山》则是他强烈生态关怀的艺术化体现。小说中的机村是中国千千万万个藏族村落的代表，也是作家反思人与人、人与自身尤其是人与自然关系的重要场域，他"为我们呈现出了一个活生生的机村，还有那荒谬的现实和荒芜的心灵。追问机村人性的迷失、道德的沦丧，人与动物、人与自然的疏远，神灵（天神）庇佑的迷失，文化的瓦解与破碎，乡村的荒芜，人类与宇宙、自然、世界的分裂与对立"①。阿来为小说设置了十年浩劫及其前后的特殊背景，尽管其中有大队长格桑旺堆与他的熊之间相互牵挂、相互思念的"人兽和谐共处"故事，但整个小说都被生态恶化、人性沉沦的悲凉氛围所笼罩。机村村民盲目地与外来者一起毁坏了世世代代生活的家园，他们举起了无比锋利的刀斧，"日复一日，月复一月，年复一年，不是为了做饭煮茶，不是为了烤火取暖，不是为了一对新人盖一所新房，不是为了给丰收的粮食修一所新的仓房，也不是为新添的牲口围一个畜栏，好像唯一的目的就是挥动刀斧，在一棵树倒下后，让另一棵树倒下，让一片林子消失后，再让另一片林子消失"②；机村人精心设计用于表示"忠心"的桦木修建起的"万岁展览馆"没有预期的雄伟壮观与富丽堂皇，却让村里一片曾经繁茂的桦树林不复存在，他们贡献出了森林却失去了土地。几年之后，机村的凋敝与荒芜超出了所有人的想象。暴雨过后泥石流冲刷出的

---

① 王澜：《透视〈空山〉的文化意义——评阿来的长篇新作〈空山2〉》，《当代文坛》2007年第3期，第127页。

② 阿来：《空山——机村传说壹》，人民文学出版社，2005，第211页。

沟槽遍布山坡，裸露在外，闪烁着金属般暗淡光芒的树根"审视"着茫然无措、不知所归的村民，砾石遍布的庄稼地也不能再生长出果腹的粮食，泥石流冲进村庄危及人畜生命安全的事情更是屡见不鲜。机村人毁掉了曾经宁静祥和的家园。在万般无奈之下，人们决定背弃已经遭到天谴的故土并迁移到土地肥沃、气候适宜的觉尔郎峡谷，这是悠远古歌中所唱的辉煌王国的所在地，也是他们希望能够得到神灵护佑的地方。阿来痛心疾首地展示了一个村庄的沉沦与毁灭，展现了天人对立、万法不和的恶果，也警示着人们如果因为追逐短期的经济利益而无限制地向大自然索取，必将遭到严厉的惩罚和报复，敬畏自然、善待自然、关注生态才能做到"人充满劳绩，但还诗意地安居于大地之上"①。

仔细品读小说《蘑菇》，人们仿佛可以听见阿来的故土发出的沉重喘息。在市场经济快速发展的大背景下，嘉绒部族诗意栖居之地上最为平常的蘑菇因日本人的介入而价格不断飙升。在财富欲望的驱动下，首先被改变的是自然生态，蘑菇生长的那些地方都曾被外公赋予了一个个富有诗意的名字，如"仙人锅庄""初五的月亮""镜子里的星光""脑海"等，它们是留存在"我"记忆中的最美好也最温暖的地方，大量地采摘蘑菇自然会带来植被的破坏和水土的流失，同时被改变的还有人与人之间的关系，嘉措与哈雷及启明之间的友情也在这场轰轰烈烈的利润追逐战中经受着严峻考验，人性的善恶交织、生存环境的优劣转变都是作家追问和思考的重要主题。

阿来在篇幅短小精悍的《遥远的温泉》中所揭示出的生态问题同样让人触目惊心、痛心不已。外表丑陋、内心细腻的花脸贡波斯甲给"我"这样描述远方的措娜温泉：梭磨河在群山之间闪烁着粼

---

① 〔德〕海德格尔：《人，诗意地安居：海德格尔语要》，郜元宝译，广西师范大学出版社，2000，第73页。

粼波光，穿流过美丽的绿色草原，温顺的小鹿、蛮力的野牛、健硕的女子以及多病的村民都被吸引到这里来。这里是世外桃源、人间天堂，是人们缓解疲惫、放松身心的最佳去处，是安放人的内心与灵魂的"精神家园"。这样如诗如画的美景却遭到了致命的破坏，县长贤巴进行的不当旅游开发使温泉遭遇了灭顶之灾，呈现在人们面前的是破败的水泥池、干枯的荒草、腐朽的木头以及脱落的墙皮，如此景象不仅让穿越许多时间和宽阔空间来寻梦的"我"火冒三丈。"我来到了这里，来寻找想象中天国般的美景。结果，这个温泉被同样无数次憧憬与想象过措娜温泉美景的家伙的野心给毁掉了。"① 也会让每个读至此处的人心有不甘、愤懑难平。骑着骏马来到措娜温泉的先辈们的生活是舒适自由的，当小汽车鱼贯而入、草原上人声鼎沸的时候，人们却忽视了自然规律并在某种程度上"禁锢"了自己，进而失去了永难忘却的心灵憩园。

第二节　"仁""众生平等"与和谐人际关系

"和谐"是现今社会的重要关键词之一，当地球上的人们能够互相尊重、互相帮助时，世界就会和谐；当国家内部各民族友好往来、互通有无时，国家也会随之稳定和谐；当家庭内部成员之间相亲相爱、共勉共进时，家庭就会和睦团结、家和万事兴。也就是说，大到世界和平、国家兴盛，小到家庭和睦，都需要人们之间的理解、包容与礼让。

从古至今，人们都致力于提倡和建设正义公平、和顺康乐的社

---

① 阿来等：《瓦城上空的麦田》，知识出版社，2003，第179页。

会。孔子很早就明确提出了建立大同社会的主张："大道之行也，天下为公。选贤与能、讲信修睦，故人不独亲其亲、不独子其子，使老有所终、壮有所用、幼有所长、矜寡孤独废疾者皆有所养。男有分、女有归、货恶其弃于地也，不必藏于己，力恶其不出于身也，不必为己。是故谋闭而不兴、盗窃乱贼而不作，故外户而不闭，是谓大同"（《礼记·礼运》）。同时，中国传统文化尤其是儒家文化历来就将"仁"作为其思想体系的核心，汉代许慎在其《说文解字》中对"仁"字做出了这样的解释：亲也，从人二。清代语言学家段玉裁同样认为"仁"表示的两人之间的亲密关系。即从语言学的角度来讲，"仁"指的是两个人站在一起，是两人之间的互助、互爱以及互信。如果从文化史、思想史以及哲学史的角度来看，"仁"就是考量一个人的德行操守、道德境界的重要标准之一，众多思想家、政治家以及文学家等都对其进行过阐释。尽管在孔子之前，"仁"的概念就已经存在，即春秋时期，人们就将仁与忠、孝、信、义、爱、敏等并列，尊亲敬长、忠于君主、爱及民众以及仪文美备等都被称为"仁"，但孔子在前人观念的基础上，进一步将其发展成系统性、理论性的学说，着力彰显"仁"的伦理道德意义，提出了一系列对后世产生着深远影响的观点，如"仁者安仁，知者利仁""夫仁者，己欲立而立人，己欲达而达人""仁者先难而后获，可谓仁矣""知者不惑，仁者不忧，勇者不惧""己所不欲，勿施于人""能行五者于天下，为仁矣"（五者即恭、宽、信、敏、惠），"克己复礼为仁。一曰克己复礼，天下归仁焉。为仁由己，而由人乎哉？"等。孟子继承孔子的主张并提出了"仁政"学说，"民为贵，社稷次之，君为轻"，规劝统治者能够宽厚待民、争取民心；孟子还主张"性善论"，即"恻隐之心人皆有之"。宋明理学家们同样推崇"仁""仁学"，提出了"学者须先识仁"（程颢）、"明道之学，以识仁为主"

（黄宗羲）、"仁者圣学之枢，而人之所以为道也"（张栻）等主张。总之，对中国人的思维习惯、价值观念、行为方式等具有重大影响的"仁学"观念的核心就是要"爱人""仁爱""和善""宽厚"等，它将社会主体的人作为重要考量元素，并将和谐人际关系的建构、安定康乐社会环境的营造作为其重要目标。

综上所述，中国传统文化本质上来说就是关于"人"的学问，"重视现实的人与人生问题是其最根本的特质。作为中国文化之主流的儒学，更是注重探讨人之所以为人的本质、人性、人的价值、人的理想（理想人格）、理想人格的实现以及人的生死与自由等等"①。人与自然万物之间要达到"天人合一"，与同类之间更应该践行"一体之仁"观，应该互相关照、互相爱护、融洽共处。

人与人之间关系的探讨不仅是中国传统哲学思想中的重要命题，也是各种宗教文化着力探究的主要问题，已经是藏民族生活中不可或缺部分的藏传佛教就极力倡导"众生平等"。"众生平等的提出，不但是为了打破人类与其他动物界的对立，也是为了冲破人类各阶层之间的等级差别。由于藏传佛教同时承认了六道存在的合理性，所以，众生平等在实践层面上主要还是提倡人与人之间的彼此尊重。"② 人们之间要真诚友善、彼此亲近、相互尊重、相互帮助，要做到长幼和顺、上下相敬，要博爱、悲悯；"要以自我献身的精神救度众生，甚至要以善报恶，以德报怨，以爱报恨，以怜悯报凶残，舍弃自我，救度众生"③；将作为藏传佛教教义集中体现、大乘佛教核心内容的"菩提心"作为思想要则与行动指南，要长存发愿利益众生令众生成佛的"愿菩提心"，以及用实际行动（即六度，六种

---

① 洪修平：《中国儒佛道三教关系研究》，中国社会科学出版社，2011，第77页。
② 赵永红：《文化雪域》，中国藏学出版社，2006，第271~272页。
③ 赵永红：《文化雪域》，中国藏学出版社，2006，第397~398页。

救度众生的途径，布施、持戒、忍辱、精进、禅定和智慧）恒常利益众生的"行菩提心"。唯有如此，人世间才能少一些干戈相交的纠纷、战火纷飞的暴行以及生灵涂炭的惨剧，才能真正达到平安和顺、安乐幸福的和谐境界。

阿来早期小说《生命》的主人公只有三个人：长发汉子、和尚及邮递员，三个素昧平生的人在暴风雪中演绎了一段感人肺腑的"生命传奇"。在大千世界里，人们极易发出这样的疑问：到底是活容易还是死容易？阿来通过小说中人物的命运遭际告诉我们：活着不易，死也不容易。疾风劲吹、飞雪漫天的山区，邮递员用大衣保护着要送到寨子里的报纸和邮件，自己却被冻僵而接近死亡，纯朴的长发汉子与和尚搭救了他，但在严酷的自然环境中，这三个人依然面临着死亡的考验。已经有过两次濒死经历的和尚和长发汉子此刻悟出了这样的道理：热爱生命、关心他人，虽死犹荣，生命的价值会在帮助别人的过程中得到体现和延续，正所谓"授人玫瑰手有余香"。作家将对人生的思考、人性的追问以及生命的体悟渗透进了普通人的生活中，因为互相搀扶、相互体恤，生命多了"留得青山在不怕没柴烧"的隐忍和豁达，更多了一份"守得云开见月明""阳光总在风雨后"的憧憬与多彩。

作为领地之主的土司告诉"傻儿子"："瞧瞧吧，他们都是你的牲口。"① 土司太太告诫年幼的"我"应该这样对待卑贱的家奴和下人："儿子啊，你要记住，你可以把他们当马骑，当狗打，就是不能把他们当人看。"② 皮鞭抽打在索郎泽郎等奴隶们的身上却如同抽打在"我"的心上，"我"的眼睛瞬间看不到任何东西，索郎泽郎母亲的磕头求饶之声也让尊贵的少爷心生内疚与悲悯。尽管阿来没有

---

① 阿来：《尘埃落定》，人民文学出版社，1998，第 8 页。
② 阿来：《尘埃落定》，人民文学出版社，1998，第 10 页。

在作品中表现明确的道德与宗教旨归，但人们分明从"傻子"二少爷身上看到了仁者爱人济物以及佛教慈爱、悲悯等思想的深远影响，这个在中国当代文学中占据重要地位的形象就是深受汉藏两种文化滋养的阿来人生观和价值观的文学展示。尤为重要的是，在二少爷短暂的生命历程中，这些思想始终伴随着他，因为仁慈地对待下人，他得到了相对于他所处的那个阶级来说异常奢侈和珍贵的友情，还能够自如地出入于行刑人家的刑具室以及盛放死人衣服的阁楼，后来这里也成为他静处冥想、排解苦闷的重要场域；前往北部边界的路上，因为对饥肠辘辘的灾民大发善心、广施善缘，二少爷获得了很好的口碑，也积累了振兴麦其家业的群众基础，一些饥民杀死了仍然忠于拉雪巴土司的头人和各寨的寨首作为归附傻子少爷的见面礼，土司们梦寐以求的百姓、银子、女人及土地的获取对他来说似乎都是"轻而易举"之事。

《空山》中恩波之子——兔子躺在床上抽搐并说着胡话，他说自己原本就来自天上，善良的花仙子要带他离开苦难深重的人间并回归天界。机村人认为一定是有母无父的野孩子格拉让兔子被花妖所魅，"义愤填膺"的他们将所有的怨愤都转嫁到了美丽弱小的蒲公英、百合以及杜鹃等鲜花中，疯狂的人们瞬间将它们践踏为泥。阿来不禁发出了这样的诘问："天上星汉流转，夜空深邃蔚蓝。世界上所有的地方都在同样美丽天空的笼罩之下，为什么有的地方人们生活得安乐祥和，有的地方的人们却像一窝互相撕咬的狗。"[①] 其中流露出作家深深的失望、无奈、忧虑和痛心，当家园不再温馨、和睦，当生活在其中的人们不再相亲、相敬及相爱，"仁"字就缺少了二人并肩而立的默契与和谐，"众生平等"也会变得愈加遥不可及。

---

① 阿来：《空山——机村传说壹》，人民文学出版社，2005，第24页。

　　《格萨尔王》是阿来用现代眼光、现代意识讲述的民族史诗，经过他的全新演绎与阐释，藏人心目中英明勇武的神王格萨尔身上兼具了佛教和儒家两种气质。神子降生之前，岭噶境内群魔乱舞、妖魅横生、心魔作祟、民不聊生，法力高强的莲花生大师曾经到这里降妖除魔、所向披靡，圆满完成体察民情的使命后摆脱轮回、位列天庭，成为护佑雪山苍生的大师。但是，如何建立一个能够让岭噶人安居乐业、幸福祥和的国却仍然是未解的难题。肩负重任降生到人间的格萨尔的确不辱使命，他胆识超群、政绩非凡，却终究未能建成没有战火硝烟、杀伐争斗以及冻饿贫困的人间天堂般的国家，即将返回天宫的格萨尔王认为自己给继任者扎拉王子心中留下了难解的谜团，那就是王者究竟是应该为百姓散尽拥有的钱财还是用它们继续锻造锐利的武器，其实这也是他自己百思不得其解的问题。无论如何，阿来的叙写让读者看到了佛教和儒家智慧的光芒，格萨尔的行为让人们感知到了社会和谐的光明与希望，不仅一些贫困无依的百姓得到了格萨尔的救助，他同时还许下了这样的愿心："我希望遇到一个没有房子的人，就让他拥有一所房子；遇到一个即将出嫁却还没有一串珊瑚项链的姑娘就给她一串，让她感到幸福；给一个生病的人药，给一个光脚的人一双靴子，给无助的人一次惊喜。"①巡行途中，格萨尔因看到很多人食不果腹、流落异乡而感伤不已，在与说唱人晋美梦中"对话"时，他也迫切地想知道自己的将来和岭国的前景。尽管时至今日，贫富悬殊、尊卑有别依然是普遍的社会现象，王权神授、天子下凡时代的格萨尔就已经开始致力于营造公平正义、互助友爱的社会氛围，这是希冀将自己的声音变成"大声音"的阿来的美好心愿，更是所有社会成员共同的心声与殷切的期盼。

---

　　①　阿来：《格萨尔王》，重庆出版社，2009，第277页。

第六章 阿来小说的独特性

西藏，一个天高云淡、地广人稀的地方，一个寺院林立、香气氤氲的地方，一个山岭会歌唱、树木能跳舞、湖泊可以哭泣的地方，一个有着活佛转世、丰厚文化的地方。阿来、扎西达娃、梅卓、央珍、江洋才让、尼玛潘多等藏族作家，以及马原、马丽华、杨志军、范稳、宁肯等汉族作家，都将关注的目光投向了宁静悠远、旷达高洁的西藏大地。他们中有 20 世纪 80 年代就已经取得了一定成就的作家，如马原、扎西达娃；有以文化人类学者的身份记述所见所感的马丽华；有为藏族女性树立了榜样的央珍、梅卓；有以深刻的哲思阐释藏地文化的宁肯；有为拯救信仰和呼唤清洁精神不懈努力着的杨志军；有在文化交汇地带吟唱藏地赞歌的范稳；更有致力于还原真实的西藏、裸呈藏人真实生活图景的阿来。无论是在感悟雪域文化真谛的"他观者"中，还是在深谙本民族文化内蕴的"自观者"群体内，阿来的小说都有其独特性。

第一节　西藏不再遥远

一　朝圣者马原的西藏想象

"我到西藏好像有许多时间了，我不会讲一句那里的话；我讲的只是那里的人，讲那里的环境，讲那个环境里可能有的故事。"[①] 马原在《虚构》中为自己做出了这样的身份定位，客居西藏 7 年的马原最终回到了与西藏相隔甚远的东部地区，开始了他教师、商人、导演等的多样化人生。有论者认为，西藏给了马原一切，而他却没有为西藏留下什么。还有论者说："'汉人马原'是一个以异乡人的身份来到西藏，他在那里奇异地走动，他回到汉文化的语境中向人们讲解他的异乡见闻，其文化上的意蕴透过小说叙述上的现代化转化，为我们构筑了一个西藏迷宫。"[②] 无论有多少种说法，首先要肯定的是，没有西藏就没有马原，西藏成就了马原，马原丰富了西藏文化，马原的藏地小说是西藏当代汉语文学的重要组成部分。

客居西藏 7 年的马原经历了与其他入藏汉人同样的新奇、感动、刺激与震撼，同时也经历了对藏文化由表象感知、虔诚膜拜到试图融入再到无奈返回的艰难历程。他在小说中对藏民、藏域以及藏文化进行了展示，但这种展示更接近于一种美好的憧憬或近似于虚构的"想象"。"冈底斯"，藏语意思为众山之主，马原将喜马拉雅山雪人的传说放置在小说《冈底斯的诱惑》中，幸运的猎人穷布甚至

---

① 马原：《虚构》，载《喜马拉雅古歌》，云南人民出版社，2003，第 2 ~ 3 页。
② 丹珍草：《藏族当代作家汉语创作论》，民族出版社，2008，第 125 页。

看清楚了野人的体貌："你看得很清楚，它的确有他们说的那么高大，那么瘦削，但也看得出它非常有力气。它的皮毛比较稀疏，它的头不像熊那么臃肿，嘴巴也不那么朝前伸出。它的长手指完全像人一样灵活。它大吃大嚼，突然抬头盯住你藏身的地方……刚才是日落前最好的一瞬，落照平射使你能够非常清晰地看到它的整个形象，现在一切都过去了。但你来得及记下它注视你时，眼里射出的完全是你所熟悉的人的表情。"① 雪人在喜马拉雅山区被描述成了体形高大、半人半猿的神奇动物，是引发人们的无限遐想、激起人们勇敢探险的未解之谜，在马原的笔下，它似乎已经成了实实在在地存在，是具有人的神态与情感的动物，有神山——冈底斯山作为依托，一切事情的发生皆有可能。

同样是在《冈底斯的诱惑》中，马原写到了藏族地区具有上千年历史的传统葬俗——天葬。因为心生好奇，姚亮、陆高等人踏上了观看天葬之旅，虽然过程充满了阻力与波折，但这种丧葬方式带给他们的想象、感动与震撼却是异常丰富和深远的。"陆高知道自己和其他人也都是一样的血肉之躯，最终也都不免一死。陆高甚至想过自己死时也采取这种仪式。他不相信关于上天的传说，但是他喜欢这样壮阔的想象，这充满想象的仪式本身让他着迷。"② 天葬仪式的庄严与神圣让小说主人公钦羡不已，但他在这里感知的不是藏族人所认为的奉献、利他精神，只是对在本民族文化中根本不存在的事物的向往与赞慕。

同时，马原还将寻找真正男性的主题放置在壮观神奇的亚洲腹地，这些男性都没有沈从文笔下那些城市男性的"阉寺性"，他们元气充沛、勇敢无畏、敢做敢当、敢爱敢恨。无论是在马原多部小说

---

① 马原：《冈底斯的诱惑》，载《喜马拉雅古歌》，云南人民出版社，2003，第382页。
② 马原：《冈底斯的诱惑》，载《喜马拉雅古歌》，云南人民出版社，2003，第370页。

中（《西海的无帆船》《冈底斯的诱惑》《海边也是一个世界》等）出现过的姚亮、陆高，还是《虚构》中的"我"，以及《喜马拉雅古歌》中的珞巴猎人、《冈底斯的诱惑》中的猎人穷布等藏族男性，他们或者追求真正的感情，或者捍卫男人的尊严，或者救别人于危难之间，都充满着粗犷雄浑气息和强悍的生命力，都是典型的西部硬汉、真正的大地之子。"这些活动在亚洲腹地的男人元气极其充沛，不知道畏缩，不知道恐惧，像那片神奇的土地一样豪迈不羁。"[①]

正是由于对西藏这块雄伟瑰丽、蕴藏着东方人灵气与智慧的土地寄予太多美好的想象，当马原发现自己根本无法融入雪域文化与藏域生活，无法真正走进藏人的灵魂深处时，内心中充满了尴尬、无奈与彷徨，所以在马原的小说中，读者可以感受到一种渗入骨髓的失落和孤寂感。《冈底斯的诱惑》里那个既无法为哥哥减轻劳动负担，又没能实现自己走出封闭故土、看遍世界精彩并因公牺牲的顿月是孤独的；虔诚信佛的尼姆阿爸性格孤僻、内心寂寞，离群索居的尼姆和孩子生活艰辛、心灵封闭，对生活没有过多奢望的尼姆，为自己的幸福所做的最大努力就是和拽羊尾巴长大的儿子与顿珠家的帐篷合在一起。《叠纸鹞的三种方法》中每天在布达拉宫墙外转经的老太太以喂狗、收养流浪狗作为生活的寄托，在做泥佛片、转经、朝圣及喂养狗群之间了却残生，尽管她似乎达到了东方式的独与天地往来的人生境界，但总能让人感觉到一种挥之不去的孤苦与寂寥之感。从来不奢求生活给予额外馈赠和关照的尼姆、顿月、顿珠与转经老太太是孤独的；《虚构》中那个麻风村唯一能够说汉话、与"我"有过几夜激情的女人又何尝不孤独，生病的她依然不改女人爱美的天性，深知病后面容丑陋的女人断然拒绝为其拍照的要求，在

---

① 胡河清：《论阿城、马原、张炜：道家文化智慧的沿革》，《文学评论》1989 年第 2 期，第 77 页。

这个人们都没有任何人生追求的村庄，转经、生孩子就是她最大的生活"乐趣"。

二　扎西达娃寻根之旅中的西藏叙述

1985 年，是中国当代文学史上一再被提及的年份，是一个具有重要意义的年份，也是不同寻常的一年。这一年，受到外来文化强烈冲击的中国文学呈现出别样的风貌，"因为一切似乎都是从这个时候开始的，小说的'爆炸'，观念、技巧、叙事以及语言，种种的变革，都是从这时彰显出来的"[①]；湖南作家韩少功于这一年提出了"寻根"口号。对于扎西达娃，1985 年同样在他的创作生涯中具有承前启后的关键作用。他发表了《西藏，系在皮绳扣上的魂》《西藏，隐秘岁月》这两部在当代文坛具有深远影响的小说，创作风格从早期《沉默》《朝佛》《江那边》《没有星光的夜》《去拉萨的路上》等作品中的青涩、稚嫩走向了持重和旷达。扎西达娃以自己的创作实绩呼应着当时文坛轰轰烈烈的"寻根思潮"，同时又以他独特的民族身份和艺术视角诠释着现代化语境中民族信仰、思维习惯以及生活方式等的真实境遇。他同时也是 20 世纪 80 年代中期"最能够把技术和思想、形式和内容完整地统一在一起的作家。他不但提供和实践了这个年代最'先锋'的艺术形式，而且还最贴合地表达了和这种形式生长在一起的民族文化的观念和思想"[②]。

[①]　张清华：《从这个人开始——追论 1985 年的扎西达娃》，《南方文坛》2004 年第 2 期，第 32 页。

[②]　张清华：《从这个人开始——追论 1985 年的扎西达娃》，《南方文坛》2004 年第 2 期，第 32 页。

海德格尔说："诗人的天职是还乡，还乡使故土成为亲近本源之处。"① 自幼穿梭于汉区与藏区之间的扎西达娃有着深厚的汉文化功底，他能够娴熟自如地运用汉语进行写作，且对藏地之外的祖国内陆以及世界各地文化知之甚多。同时，他又是藏族人的一员，回到"西藏"，就是文化意义上的"返乡"，是对能够切近本原的故乡的"回归"，也是对"精神原乡"的守望与拓展。在瞬息万变的现代化大潮的冲击下，人们享受着先进文明成果的同时也经历着焦灼、迷茫、失落、无助等心理困惑，当众多汉族作家将目光投向散落在偏远边地、规范之外的民间文化，并试图从中挖掘到民族前行力量之源时，扎西达娃也在本民族文化中找寻到了心灵救赎之路，他的小说"把西藏的神话和传说同时代意识糅为一体，充满了象征和隐喻，引发了小说创作的思维中心向民族传统文化的转移，表达了作者与西藏文化血脉相连的关系，以及回归民族文化母体的渴望"②。

"归来"的扎西达娃以写实与虚构相互映衬的方式追寻和坚守着藏民族的文化之根。《西藏，系在皮绳扣上的魂》是一则寻找文化根脉、谛听梵音佛语的民族精神"寓言"，扎西达娃将深刻的宗教意识渗透在这部小说中。两位主人公塔贝和琼虽然出发点与目的不同，塔贝矢志不渝地找寻着人间净土香巴拉，他手持檀香木佛珠、目光坚定、昂首阔步，是一个始终"在路上"的朝圣者；琼则是因为不满现状、决意离开了无生气的土地而成为塔贝的追随者，她挂在腰间皮绳上的一个个结记下了她与塔贝一路上的风餐露宿和顶礼膜拜。琼后来还因为被拥有电子表、计算机、放声机以及民航站等现代化装备和设施的甲村吸引而不愿继续前行，目标明确、坚毅执着的塔

---

① 海德格尔：《人，诗意地安居：海德格尔语要》，郜元宝译，广西师范大学出版社，2000，第69页。
② 丹珍草：《藏族当代作家汉语创作论》，民族出版社，2008，第126页。

贝则一直往前，走到了喀隆雪山，走到了传说中莲花生的掌纹地带，消融在悠远神秘的巨大永恒之中。虽然他最后听到的所谓"神的话语"是在美国洛杉矶举行的第23届奥林匹克运动会开幕式的转播盛况，但作家却并没有从根本上否定塔贝执着寻求的终极意义。因为，这样的坚持与守望正是生活在自然地理条件极端恶劣的青藏高原上的藏民族世代传承的生活方式，他们物质匮乏但精神富有，虽然今生受苦但他们坚信来生会更好，皮绳扣上的结承载的是他们隐忍、豁达、善良又苦涩、心酸的民族成长之路。"他把我的心摘去系在自己的腰上，离开他我准活不了"，是离开甲村的琼耐人寻味的肺腑之言，更是对藏民族守护了千百年的精神信仰的最好注解，他们因此不会有历史及文化断裂的虚无感。

长篇小说《骚动的香巴拉》是对《西藏，系在皮绳扣上的魂》中"追寻"主题的延续与深化。藏传佛教徒孜孜以求的理想净土、极乐世界——"香巴拉"（香格里拉）也直接成为小说标题中的关键词。作品以1959年的西藏民主改革以及"文革"十年作为背景，以显赫的贵族之家——凯西家族在20世纪后半期的兴衰变迁串联起整个故事，这个贵族世家的家奴达瓦次仁是诸多事件的亲历者或见证者。小说中人物众多，有凯西家族的中心人物才旺纳姆、她的丈夫晋美旺杰、管家多吉次珠、少爷次旦仁青、大女儿德央、二女儿梅朵、才旺纳姆昔日的恋人亚桑·索朗云丹、琼姬等。一个个鲜活的人物各自都有着一颗"骚动不安"的心灵，他们都在苦苦寻找，或是致力于重振家族雄风、恢复昔日荣耀，如凯西公馆的主人才旺纳姆；或是仍然冥想着能够为已经垮台的噶厦政府效力，如老爷晋美旺杰；或是试图在社会中找到自己位置却毫无收获，如凯西家族的少爷次旦仁青；或是苦苦找寻着自己的人生目标，如德央和梅朵；等等。遭遇现代文明冲击的西藏大地经历着艰难的蜕变，生活在这片早已不再宁静的土地上的人们苦苦寻觅着心灵的家园与灵魂的归宿，尽管找寻的过程中充满了艰辛和波折，而且琼姬变成了千年巨蚊回到了"它"自己的世界，二小姐梅朵也在中秋月圆之夜飞升上天、回到了神话国度。但是，扎西达娃却为小说设置了光明的结尾，在那场规模宏大、万人空巷的祈愿大法会上，支撑西藏人面对困境、咀嚼苦难以及战胜磨难的宗教信仰，彰显着其慰藉人心、洁净心田、救赎灵魂的重要作用，因为有神佛照看心灵，他们永远都不会孤单，永远都是"精神贵族"。

有学者这样论述扎西达娃的创作："人们最惊异的已经不是作家运用新的艺术形式、新的艺术技法的娴熟程度，而是作品所造就的那个飘忽不定的魔幻般的世界与西藏高原那由神话、传奇、宗教所构织而成的神秘氛围的吻合。"[①] 作为 20 世纪 80 年代"高原魔幻现实主义"的领军人物，穿梭于汉藏文化之间的扎西达娃为自己找到了展现民族文化、解决内心困惑的最佳表现方式，"构建了一个奠基于民族宗教文化之上，并永存于民族宗教文化之中的西藏"[②]。具有汉藏文化双重背景的扎西达娃在"舍弃"与"归依"之间艰难取舍，且最终用一系列作品回应了这个两难的命题。

三　阿来的名词化西藏

马原笔下的西藏是一个有着独特景观、能够激发人的丰富想象以及探险欲望的形容词，是承载着很多人远离尘嚣、返璞归真梦想的"世外桃源"。扎西达娃眼中的西藏是一个过往与现今、传统与现

---

① 丹珍草：《藏族当代作家汉语创作论》，民族出版社，2008，第 267 页。
② 丁增武：《"消解"与"建构"之间的二律背反——重评全球化语境中阿来与扎西达娃的"西藏想象"》，《民族文学研究》2009 年第 4 期。

代杂糅共生的"复合体"，他聆听着悠远深长的母族文化足音，找寻着藏人的生命之根。西藏对阿来而言只是一个名词，"它是什么样就是什么样。但是，对于很多人，西藏是一个形容词，因为大家不愿意把西藏当成一个真实的存在，在他们的眼里，西藏成了一个象征，成了一种抽象的存在。我写《尘埃落定》、写《格萨尔王》就是要告诉大家一个真实的西藏，要让大家对西藏的理解不只停留在雪山、高原和布达拉宫，还要能读懂西藏人的眼神"[①]。

　　阿来将许多人眼中神秘、遥远及蛮荒的西藏还原成了一个具有实在内容的名词，对马原、扎西达娃等人精心建构的神性西藏进行着"消解"和"解构"，向读者呈现出了真实、具象、可感的西藏。他笔下的西藏有孤傲不羁的银匠、桀骜不驯的头人后代和落寞痛苦的行刑人，有巍峨豪华的土司院落与官寨，有命运悲苦、"随风飘散"的孩子格拉，有在追求纯美爱情的路上迷失了自我的猎人达瑟，有"蜗居"在"树屋"冥思苦想却始终不得其解的读书人达戈，有无法跟上时代"前进脚步"却能够与熊像朋友或兄弟一样交手并互相牵挂的大队长格桑旺堆，有在社会洪流中试图实现自己宏大的政治梦想却时运不济的民兵排长索波，还有如普通人般功过皆有且要无助地面对生老病死之无常的格萨尔王，更有部落之间的矛盾与征伐，有普通藏族村落中普通人的琐碎人生，以及切近现实与本真的人性的思考和追问。阿来讲述着嘉绒土地上强与弱、大与小、神圣与凡俗、聪明与愚钝之间的自然辩证法，阐释着民族历史文化嬗变与现代化进程之间的反差，叙写着雪域文化的神性与现实人性之间的聚合或离散。

　　《尘埃落定》的开头有这样的段落："我的父亲是皇帝册封的辖

---

　　①　燕舞：《阿来新书〈格萨尔王〉还原真实西藏》，《新民周刊》2009 年第 36 期。

制数万人的土司。""顺着河谷远望，就可以看到那些河谷和山间一个又一个寨子。他们依靠耕种和畜牧为生。每个寨子都有一个级别不同的头人。头人们统辖寨子，我们土司再节制头人。那些头人节制的人就称之为百姓。……家奴是牲口，可以任意买卖任意驱使。"①土司→头人→百姓→科巴（信差）→家奴，每一类人的地位逐级递减，另外加上地位随时会发生变化的巫师、说唱艺人、手工艺人、僧侣等，构成了较为完整的社会人物谱系图，经过"傻子"二少爷之口对特定历史时期藏区的土司制度进行了简要介绍。需要强调的是，土司制度的渊源、内涵、形成时间、分布地域、承袭和奖惩制度等都是一个复杂的、需要大量史料进行厘清和研究的问题。但是，在阿来的小说中，众位土司与其头人、百姓、家奴之间的等级关系异常清晰，他们各居其位、各司其职，在领地上繁衍生息、面对生活的种种悲喜、机遇和挑战。

在六卷本的《空山》中，阿来将目光投向了普普通通的藏族村落，以史诗的笔法描摹一个名为"机村"的藏族村庄在"文革"前、"文革"中以及"文革"后相当长的一段时期内所经历的翻天覆地的变化。小说中的机村就是中国千千万万个村庄的缩影，"这些自给自足的村庄从五十年代起就经受了各种政治运动的激荡，一种生产组织方式、一种社会刚刚建立，人们甚至还来不及适应这种方式，一种新的方式又在强制推行了"②。机村人与那个时代所有的中国人共同经历着旧有秩序瞬间被打破、新的秩序尚未建立的困惑与迷茫，同时也经历了无法找到安全感与归属感的心灵煎熬与精神磨砺。长篇小说《格萨尔王》中的神王格萨尔也被阿来赋予更多的凡

---

① 阿来：《尘埃落定》，人民文学出版社，1998，第4页、第13页。
② 阿来：《我只感到世界扑面而来——在渤海大学"小说家讲坛"上的讲演》，《当代作家评论》2009年第1期。

俗色彩，成为一个有爱有恨、有苦有乐、有烦恼有喜悦的"平民"英雄。

满怀着对嘉绒大地、嘉绒部族、雪域高原、藏域文化的深沉热爱，致力于为读者展现真实西藏的阿来为自己选择了一条异常艰辛的创作之路。这条路上有荆棘、痛苦、寂寞与孤独，也有鲜花、肯定、欢笑与欣慰。无论如何，他的努力确实拉近了西藏与外界、作者与读者之间的距离，为读者提供了能够了解藏域、走近藏民的重要文本，正如霍拉勃所说："只有当作品的延续不再从生产主体思考，而从消费主体方面思考，即从作者与公众相联系的方面思考时，才能写出一部文学和艺术的历史。"①

第二节　传说就是现实

一　《格萨尔王》——藏族英雄史诗的重述与演绎

阿来的新作《格萨尔王》是"重述神话"出版项目的重要成果之一，他与苏童、叶兆言、李锐等国内知名作家一起完成重新演绎中华民族文化中脍炙人口的神话传说的特殊使命。神话本是人类史前时期的精神创造，在中西方文学中，神话都与文学有着密切的关系。神话是在西方乃至世界都占据重要地位的古希腊文化的宝库，《荷马史诗》取材于神话，三大悲剧诗人的重要成员埃斯库罗斯和索福克勒斯同样从神话中汲取营养，重要作品《奥瑞斯特斯》三部曲

---

① 〔德〕H.R. 姚斯、〔美〕R.C. 霍拉勃：《接受美学与接受理论》，周宁、金元浦译，辽宁人民出版社，1987，第339页。

及《俄狄浦斯王》都取材于神话传说。在浩如烟海的中国文学中不仅有许多作品的素材来源于神话传说，神话甚至直接影响着创作者的思维、表现手法以及受众的接受心理。以神话为创作素材的作品是中国文学大厦中的重要支柱之一，"盘古开天辟地""女娲补天""后羿射日""嫦娥奔月""孟姜女哭长城"等老少皆知，《逍遥游》《柳毅传》《西游记》《聊斋志异》《封神演义》等散发着永恒的艺术魅力。

时代发展、技术创新，史前时期人类的思维与今日不可同日而语，享用现代文明成果的人们能够以更为科学和理性的方式解释世界本原及眼前的现象，人们的关注对象也从神转向了人自身，神话在文学中的地位也就显示出了渐趋衰微的趋势。但是，被希腊人命名为"逻各斯"的思维方式重视的是科学性、逻辑性与实效性，也正是生活在现代社会中的人们的思维方式，这种思维方式的盛行解决了速度、效率、技术等方面的问题，但却无力解决人们的内心困惑、精神焦虑和心灵痛苦，而那些代代相传的神话故事、神话传说则会在某种程度上起到缓解人的心理紧张的作用，"它表现并塑造了我们的生活——它还探究我们的渴求、我们的恐惧和我们的期待；它所讲述的故事提醒着我们：什么才是人性的真谛"①。

《格萨尔王》是在藏族民间流传了千余年的英雄史诗，经历了从口头传唱文学到文人创作文学的漫长演变，承载着藏民族沉甸甸的历史、自由不羁的想象力与创造力，早已成为他们生活中不可或缺的部分。阿来以此为题材进行"重述神话"的文本创作，考验的不仅是他对难以计数的民间史料的熟练掌握程度，还有他的叙事技巧以及对母语之外的驾驭汉语的能力，因为"格萨尔王这个附着在藏

---

① 〔英〕凯伦·阿姆斯特朗：《神话简史》，胡亚豳译，重庆出版社，2005，扉页。

族语境里的遥远的史诗，从来就不仅仅是一个故事。它的背后，有藏族千年历史的血肉和灵魂，这需要依赖一个藏族作家接近过西藏灵魂似的表述底蕴；历史的重述是为了更深远的传播，这要求作者用精纯的现代汉语来一次成功的语境转移"①。同时，神话的讲述不仅是对民族历史地回视与叙写，还要展现其对现实人生的重要启示意义和指导作用，因为"它的真理价值必须要在实践中得以揭示——无论是仪式性的还是伦理性的。如果它被视为纯粹理性的假说，那么，它将离人类日渐遥远，而且变得越来越难以置信"②。

阿来的《格萨尔王》是传统和现代两条主线并行演绎，一条以格萨尔的成长历程为主，围绕着神子降生、赛马称王、雄狮归天等重大事件展开；另一条则讲述"仲肯"、说唱艺人晋美的人生经历和所思所想。阿来将自己对人性、对战争的理解与思考倾注到小说中一个个鲜活人物的命运轨迹中，他们的喜乐悲愁、斗智斗勇以及作为社会人的内心挣扎与焦虑，都如此贴近世俗生活中普通人的生活。王妃珠牡、梅萨等人同凡俗女人一样争宠斗艳、争风吃醋，王后珠牡的妒忌带来了痛苦、死亡及战争，美丽的梅萨为得到王的专宠而不顾及霍尔国大兵压境的危机，竟然用健忘酒迷惑格萨尔的心智；觉如的叔叔晁通扮演着嫉贤妒能、昏聩残忍的角色。民族英雄格萨尔王则褪去了"神性"的光环，他英明果敢、斩妖除魔，门岭大战、伽地灭妖、地狱救妻、讨平四大魔王，战功显赫并建立了强大的岭国，但他同样有厌倦感、虚荣心和面对人生苦短、生老病死时的无助感；他厌倦没完没了的战争；他希望演唱自己故事的人是一个仪表堂堂、华丽体面的高贵之人，而不是晋美这样消瘦憔悴、饱经风

---

① 于敏：《一个人的史诗——读阿来〈格萨尔王〉》，《当代（长篇小说选刊）》2009 年第 5 期。

② 〔英〕凯伦·阿姆斯特朗：《神话简史》，胡亚豳译，重庆出版社，2005，第 24～25 页。

霜的平凡汉子。格萨尔认为"那些高贵的族裔应该更记得他，可传诵他故事的人为什么却是寻常百姓？既不身份高贵，也不相貌堂堂"①，国王更无力改变挚爱的兄长嘉察协噶战死沙场的人间悲剧，他也深知有朝一日他身边雍容华贵、国色天香的王妃都会容颜老去、花容不再。他们的故事让人们明白英雄与普通人之间的距离并不是遥不可及，也有助于我们更加了解自我和洞悉自己的内心。

同时，阿来也在小说中表达了自己对战争及其本质的理解。在人类文明进程中，杀伐、战争总是与人们如影随形，无论征战的起因与目的是什么，也不管战争是彰显正义还是维护和平，家园被毁、生灵涂炭、颠沛流离、痛失亲人都会将弱小的生命个体投向无底的深渊，"战争与人性"这个二元悖论的命题历来都是人们关注与争论的焦点。战争中能够产生被人们羡慕和敬仰的英雄，能够显现人类生存中一些众志成城、激荡振奋的时刻，不管怎样，"战争和杀戮永远都不是解决人类终极问题的有效方式。或许在一些历史时期，战争是推动历史进程的唯一方式，但是，战争沉淀下来的依然是血腥和残暴"②。格萨尔南征北战、威震八方，人们传唱的故事中被他征服的国家就可以列出一个长长的名单：霍尔国、拉达克、松巴犏牛国、梅岭金子国、米努绸缎国、象雄珍珠国、穆古骡子国、伽国、白热国等。在现在与过去、现实与梦幻交织的叙述中，阿来通过格萨尔王的所思所想表现自己对和平安宁的殷殷期盼以及人性之善与美的强烈渴望。功勋卓越、战绩辉煌的格萨尔王深刻意识到："我不离开，好像战争就不会停止。"尽管他的征战消灭的是祸害人间的妖魔，"但是，我的战士们还是会死去，他们的母亲和儿子会野狗一样

① 阿来：《格萨尔王》，重庆出版社，2009，第 277 页。
② 梁海：《神话重述在历史的终点——论阿来的〈格萨尔王〉》，《当代文坛》2010 年第 2 期。

四处流浪"①。应该为百姓散尽财宝还是继续锻造锐利的武器是他百思不得其解的问题，也是他留给王子扎拉的难题。战争英雄质疑战争的意义和合理性，这是一种"别出心裁"的构思与设置，更是阿来作品的深刻之处。通过神话的演绎，他对人类个体命运、精神向度、生存价值等问题的普世思考都跃然于纸上，不仅使得神话传说与现实人生之间完成了"完美对接"，更诗性地诠释了将传说看成日常生活一部分的藏民族对生命与生活的理解，同样有助于读者真正了解藏地、走近藏民。

二　《伏藏》——人类精神信仰的拯救与传递

杨志军的新作《伏藏》在选材方面与《格萨尔王》有相似之处，小说的主人公是西藏历史上兼具佛教最高领袖与俗世"最美情郎"双重身份的六世达赖喇嘛仓央嘉措。仓央嘉措与格萨尔一样，都是在藏民心目中具有极高地位的西藏神王。如果说格萨尔的传说象征着藏人对社会安定、生活幸福的强烈渴望，曾经的西藏之王、宗教最高领袖仓央嘉措则是他们知佛性、悟佛理及追求人间真爱的精神导师；仓央嘉措是佛，是人间真爱的化身，是世界以痛待他、他却报之以歌的佛教教主，格萨尔王则是斩妖除魔、荡平世间黑暗的人间英雄。与阿来双线并进、传统与现代交织的叙述思路不同，杨志军采用了悬疑的方式构筑《伏藏》的小说故事，因此该小说有"中国版《达·芬奇密码》"之称。作品分为上下两部，以大学老师边巴教授被暗杀揭开了追查凶手、寻找伏藏的漫长历程，以仓央嘉措遗言及其情歌作为连缀全篇的线索，遗言是悬疑的目标、情歌为

---

① 阿来:《格萨尔王》，重庆出版社，2009，第 276 页。

破译密码。

小说开头，藏学研究者香波王子接到了边巴老师的临终遗言，之后，这个以仓央嘉措转世自居的青年就踏上了挖掘伏藏、拯救布达拉宫与拯救灵魂及信仰的艰险旅途。从北京至拉萨，从雍和宫→拉卜楞寺→塔尔寺→哲蚌寺→大昭寺→布达拉宫，他一路吟唱着仓央嘉措那些情真意切、催人泪下的情歌，用心感知神王在佛俗两界的努力、挣扎与隐痛。"他用自己的血肉填平了凡圣之间的沟壑，让宗教与世俗一马平川；用无所畏惧的生命激情尝试了生佛平等的至高境界，实现了佛性与爱情的水乳交融。"①

由于政教权力之争、佛教内部各派系之间的明争暗斗达到了一触即发的程度，身处风口浪尖上的仓央嘉措一生都没有真正行使过布达拉宫至高无上的权力，但他却用爱情、情歌将人的灵魂与心灵推向了辉煌及永恒；他让藏传佛教格鲁派变得温情脉脉，充满了世俗化与人性化的光辉；他的遗言并没有使圣教面临灭顶之灾，相反，是对佛教走向众生及其内心的美好祝愿。仓央嘉措的一生是凄美短暂的，但他留给后世的启示却是久远的。西藏的权力，在蒙、藏、青、滇、川等大半个中国的地位，以及因转世而长存的命运，对他来说都抵不上爱情的珍贵与纯美，去除杂念与纷扰的"明空赤露"境界是他毕生的夙愿，有爱无恨的世界是他最真的渴求，也是宗教着力建设与营造的人间极乐天地。

杨志军在信仰缺失的年代开启了一次拯救精神信仰、重塑美好情感与人性的伏藏开掘之旅。他让每个人明白：无论是天伏藏、地伏藏、经伏藏，还是意伏藏、火伏藏、水伏藏，伏藏就在每个人的心里，"心"是储藏美好爱情以及真善美的地方，每个人都可以成为

---

① 杨志军在第八届茅盾文学奖对《伏藏》的内容简介，中国作家网，http：//www. chinawriter. com. cn/2011/2011－05－19/97858. html。

虔诚专业的掘藏师；同时，人可以没有宗教但不能没有信仰，有了以仁爱、宽恕、慈善、诚信、悲悯、利他、救渡等为支撑的信仰，世界才会成为人们诗意栖居的美好家园。与杨志军华丽浪漫、环环相扣的叙述不同，阿来《格萨尔王》的讲述则更加平实质朴。本民族宏大瑰丽的英雄传奇在阿来的笔端下具有更多平民化的色彩，他突出了格萨尔作为人而不是神的一面，格萨尔王不再高居云端、居高临下地俯瞰藏地苍生，而是功过皆有且带着强烈的厌倦感和疲惫感归入了天界。同时，阿来也凸显了藏地文化与藏民生活中更加真实的部分，他以自己的写作致力于打破雪域文化的神秘色彩，用真实的西藏破解被人们抽象化了的藏地"符号"。杨志军吟唱的是信仰至上、爱情至上的纯美赞歌，阿来谱写的则是岁月易逝、人生蹉跎的命运交响曲。

第三节　别样的历史观

历史是过去岁月留给现在的印记，不仅表现在那些陈列在博物馆中的艺术品中，更体现在社会成员的深层心理认知中，因为"历史意识作为一种深沉的'根'，既表现在历史维度中，也表现在个体上，在历史那里就是传统，在个体身上表现为记忆"[1]。怎样理解过去、阐释历史体现的是一个社会、一个时代、一个民族以及一个人的真正风尚。何谓历史？历史是对人类社会过去事件和行为的记录、诠释以及研究，能够为今人反观过去、面对当下以及指导未来提供重要参考。记录、研究历史可以获得行事的真知灼见，诠释历史能

---

[1]　王岳川：《后现代主义文化研究》，北京大学出版社，1992，第 238 页。

够在关照过往的同时加入今人的思想情感和价值判断。尤其是作家对历史的文学化阐释和演绎中都渗透着强烈的个人风格与时代色彩，那是因为"历史和小说都是被书写出来的，写历史的小说更是被双重书写双重建构的"①。对自然环境和人文背景都有其独特性的藏地及其历史，汉藏作家们展开了多样化的阐述与叙写。

一　马丽华：　尘封历史中苦难主题的发掘

1911 年，中国大地上爆发了震惊中外的辛亥革命，很快，各省纷纷宣布脱离清政府而独立，英国及英属印度政府也迅速制定出控制与分裂中国西藏的政策。英印殖民政府的名为《关于印度东北边境毗邻国家形势的备忘录》的文件中甚至将中国对西藏的主权改成了"宗主权"。印度总督明托勋爵与早在 1910 年就与逃亡印度的十三世达赖喇嘛进行了密谈，十三世达赖喇嘛随后派遣达桑占东返藏，组织起民军和藏军围攻拉萨及日喀则等地的清朝驻藏军队。噶厦政府于 1912 年 3 月以达赖喇嘛的名义发文告知全藏的营官和喇嘛攻击各地汉军，达桑占东组织起上万人的"西藏民军"首先攻打江孜，后在英国驻亚东商务委员会委员麦克唐纳与尼泊尔驻拉萨官员的"调停"下达成协定，即藏方出钱买下驻守江孜军队的武器弹药，缴出枪械的驻军则由藏军护送出境，取道印度回国。日喀则的驻藏军队也被达桑占东用同样的方式送回了内地。之后，达桑占东便与驻藏代理大臣钟颖及其驻军展开了长达四月有余的战争。鏖战数月后，粮弹俱缺的驻藏军队再一次与达桑占东达成协定：双方停止战争，除驻藏大臣私人卫队外，所有汉族士兵经印度离开西藏。

---

① 闫作雷：《代被劫持的西藏——评阿来〈空山〉》，《西湖》2008 年第 9 期。

这是发生在将近一个世纪以前的历史，涉及的人物除驻藏办事长官钟颖外，还有联豫、郭建勋、赵本立、张子青、张鸿升等。早已作古的他们伴随着纷繁壮阔的岁月化作了历史的烟尘。一部《艽野尘梦》却将清末民初西藏的动荡史完整地呈现了出来，被人们誉为"清末民初西藏实况的珍贵史料""刻骨铭心的爱情经典"以及"蒙尘已久的历险奇书"等。其作者就是戎马一生、经历传奇、命运坎坷的"湘西王"——陈渠珍。1906年，陈渠珍自湖南武备学堂毕业后任湖南新军第四十九标队官，且加入过中国同盟会，后来投靠清川边大臣赵尔丰，入藏平定叛乱并被升为管带。辛亥革命爆发后，陈渠珍率领115人从拉萨跋涉万里回到湘西，这一段永世难忘的经历就是《艽野尘梦》的重要创作资源。

马丽华的长篇小说《如意高地》就从这部记录一代人命运沉浮的传世之作生发开来。曾经走遍西藏的千山万水，真心拥抱生活、生命与写作的女作家被陈渠珍及其同时代人的经历深深打动，他们的遭际、努力与挣扎就是作家要着力状写的"非常经验"，也正是以写"非常经验"为诉求，整个小说都被一种悲凉、清冷的氛围所笼罩。马丽华曾设想过如若自己就是"在场者"，那么她该如何抉择、她的出路又在何方？她最终得出结论：在风起云涌、烽烟四起的时代，每个人都无法预见未来且无力把握自己的命运；在苍茫悠远的历史中，如沧海之一粟的个体感受更多的是迷茫、困惑与无助。因此，"艰辛""苦难"成为《如意高地》的重要主题，无论是古人还是今人都无法摆脱"世间一切皆苦"的命定轮回。而"苦""苦难"也是所有宗教产生的基石，"佛教的理论基石是苦、集、灭、道四谛。而苦乃是四谛之首，其他三种都是由苦谛生发与延展的"①，

---

①　谭桂林、龚敏律：《当代中国文学与宗教文化》，岳麓书社，2005，第98~99页。

"宗教，其实是苦难生活的艺术，是对于苦难人生的艺术化安慰，以及试图超越苦难的指导与努力"①。在藏近 30 年的马丽华在尘封已久的历史中，在当年众生的人生轨迹中发掘着佛教"苦谛"的真正内涵。

西藏是《如意高地》中主人公上演人生悲喜剧的舞台，是他们践行社会使命、实现人生价值的重要场域，也是他们体验无助、咀嚼伤痛的地方。"西藏世界本身就是一种宗教，一种信奉苦难的宗教，一种须得经过困苦磨难才能获得幸福获得财富的宗教。"② 陈渠珍与他带领的 115 人义无反顾甚至是悲壮惨烈地走向了"芃野"——荒远之野、死亡之野，115 人中有 104 人陆续死在了渺无人烟的沿途，他们所经之地拥有多个世界之最："海拔最高，多数行程在五千米上下；路途辽远，不下两千公里；旷日持久，为时大半年；外加寒冷饥饿，艰苦卓绝，导致减员众多。"③ 高寒缺氧、绝望恐怖、暴尸荒野等"极限境遇"考验着每个人脆弱的神经，只因命运如此，别无选择。

在马丽华笔下，走上死亡之旅的陈渠珍等人是无力掌控命运的群体，历史风云变幻中浮沉的其他人同样时运不济、经历坎坷。藏地改革半途而废、政治生命从此终结、怀着家国之痛凄凉悲愤地离藏的联豫，与驻藏文官武弁在持枪藏兵的押送下撤离雪域高原的钟颖，以及无数次梦回西藏的谢国梁等，他们的折戟沉沙、夙愿难圆都不能使滚滚前行的历史车轮放慢脚步。马丽华让沉埋多年的历史以全新的姿态重见天日，让死去的又死了一回，活在当下的人们尚能相约来生再相聚，无法再延续人生的历史人物永远活在了马丽华

---

① 马丽华：《苦难旅程》，中国社会科学出版社，2002，第 11 页。
② 嵇庄：《读解马丽华》，《西藏文学》1996 年第 6 期，第 120 页。
③ 马丽华：《如意高地》，《长篇小说选刊》2006 年第 3 期，第 62 页。

为他们建构的"如意高地"。

马丽华认为，《如意高地》熔铸了她自己对西藏历史的解读和经验、理想与愿望。"一地历史何来？由时间＋空间＋人物事件组成；时空不会断裂，生活必须持续进行。或者反向说来，生活之流不息，历史扬长而去。"① 对"书中书"的叙述是马丽华构建的"历史空间"，对现实人生的思考与解读则是她精心构建的"现实空间"，两种空间关系纵横交错、互为补充。陈渠珍等人是昨天的存在，更是今天的"历史"；司马阿罗、杨庄、罗丹等人是今天的"主角"，也必将成为明天的"历史"。古人、今人，都难离尘世、难脱尘缘、难解尘梦。在文化多元化的时代，马丽华通过对一部史书的深入解读和全新演绎，呈现出一段已经成为过往历史的厚重与苍凉，其中渗透了她这个"异文化进入者"对佛教"苦难"主题的理解和领悟，也融合了她对人的生存状态与生命状态的审视及思考。

二　阿来： 宿命与历史演进的悖论发现

历史小说是被双重书写双重建构的文本，写历史小说的作家自然就是执行双重任务的主体。他们的价值观念、文化背景、民族身份都会影响到作品的文化内蕴与精神追求。与马丽华在尘封已久的历史中发现苦难主题，阐释佛教"苦谛"蕴涵，进而深思个体生命在浩瀚历史中的价值与意义的学者式演绎不同，阿来以一种别样的视角书写出历史变迁中文化所遭遇的困境，以及信仰和秩序所遭遇的挑战。他站在被淘汰、被遗忘的边缘化角度叙述历史，且不是以昂扬乐观的心态为历史吟唱一往无前的赞歌，而是以复杂矛盾的心

---

① 马丽华：《如意高地》，《长篇小说选刊》2006 年第 3 期，第 91 页。

绪、挽歌的笔调叙写旧文化、旧信仰、旧秩序和旧制度在历史进程中的黯然隐退，在因细微平常而被人们忽略的"日常生活"中发现了旧文化和旧信仰的不断坍塌与崩溃，在已成既定事实的制度更替中渗透进了深广的宿命意识。

"有一种观点认为，任何固有的存在都有其内在的合理性。进而言之，我们还可以在文化考察中引进一种社会达尔文主义的观念。从最根本的意义说，我个人也赞同这种观念。但这并不能阻止我面对某种陨落与消亡表现一种有限度的惆怅。"① 这是阿来在其长篇散文《大地的阶梯》中回顾嘉绒土司历史时的有感而发。可以将其理解为"文化溯源""文化怀乡"，也可以阐释为"心灵寻根""历史重述"。瓦寺土司、嘉绒土司们的历史已成为过去时代的记忆，是已经"消隐"的存在，但"缅怀""追忆""怅惘"充斥着阿来敏感的心灵，是他独特的文化意识和历史观念的重要体现。

阿来同样也在小说中表达着自己迥异于他人的历史意识。在"傻子"二少爷看来，他的父亲麦其土司、哥哥旦真贡布、包括他自己以及曾经活跃在这片土地上的汪波土司等人都只是历史的尘埃，腾空而起的尘埃落定后留下了些许凄凉与空寂。任何人都无法阻止滚滚前行的历史车轮，但"这些都是经验表象，小说最实质的张力则是来自历史的嬗变"②，来自个人的努力无力改变制度整体更迭的历史"宿命"。大智若愚的二少爷以他的远见卓识在麦其土司的领地上构建出欣欣向荣、安乐祥和的景象：领地内六畜兴旺、人民安居乐业，新近开辟的边界市场人声鼎沸、繁荣异常，而且他自己也越来越具有成为新任土司和王者的迹象，人们似乎看不出土司制度此

---

① 阿来：《大地的阶梯》，云南人民出版社，2000，第 243～244 页。
② 姜飞：《可持续崩溃与可持续写作——从〈尘埃落定〉到〈空山〉看阿来的历史意识》，《当代文坛》2005 年第 5 期，第 15 页。

时被摧毁及走向崩溃的必然性，而且还会认为如果在智慧英明的土司的统领下，这片土地的发展依然会呈现出上扬趋势。但是，"无论弱势文化中的个体多么辉煌，但只要他依附的社会体系已朽坏，在历史的潮流冲击下，也逃脱不掉微尘般迸散落下的命运"①。中原汉文化是土司权力及地位的基石，即便"傻子"二少爷以个人的努力为身处其中的弱势文明注入了生机和活力，但土司制度此时已经走向了终结的边缘。娇艳的罂粟花如同火一样在所有土司的领地上开放，众位土司们终日无所事事，找不到前进的方向和自身的价值，因为纵欲，他们的身体也受到了梅毒的浸染与毒害。当中原政局发生变化时，当弱势文明与中原的政治、经济等产生矛盾与对立时，土司制度的瓦解就成为意料之中的结局。人们也不得不接受这样的现实：任何个体的付出都无力挽回其政治制度的整体颓败之势，更无法逃脱文明衰落的宿命，大厦将倾，非个人之力能够挽回。

　　贾平凹通过《秦腔》为日渐消逝的乡村文明唱出了一曲哀婉低沉的挽歌。"八百里秦川尘土飞扬，三千万秦人齐吼秦腔"的热烈壮观场面已成为过往的记载，没有了端着饭碗、哼着秦腔送走夕阳的乡村不再是作家心目中的故乡，没有了麦浪翻滚、春华秋实的农村不再是温馨的家园。土地荒芜、景象萧瑟的故土已经无力承载其沉甸甸的乡土记忆，这是现代化进程中古老乡村所付出的巨大代价，是城镇化步伐加快背景下农村所经历的艰难蜕变。同样，阿来也将自己对乡村、农民命运的关注倾注在了花瓣式结构、六卷本的《空山》中。这部小说被誉为是"一部中国的村庄秘史"，小说中的"机村"是众多藏族村落的代表，更是中国千千万万村庄中的"这一个"。阿来真实地展现出当下中国乡村的真实境况："闭抑会导致

---

　　①　丹珍草：《藏族当代作家汉语创作论》，民族出版社，2008，第127页。

蒙昧，开放也会带来物质和心灵的双重毁损，一个村庄的传说，终究是一种矛盾、不安、苦难的写照；它的被改写和被抹去，或许蕴藏着新生的喜悦，但更多的还是麻木、无奈和空寂。"①

日新月异的当代社会，任何地方的人们都有汇入时代进步潮流中的强烈渴望，都有权利享用现代化发展中的一切文明成果。我们不可能为了保留人们对"世外桃源"的想象，将某些地域及其文化作为人类文明的"活化石"原封不动地进行保存。因为这样的"安排"，对这些地区以及生活在此处的人都是极不公平的，藏区也不例外。这同时也形成了一个悖论或者是不可避免的"宿命"：社会历史的巨变往往会伴随着传统与现代、文明与落后、腐朽与新生的交会，传统的农业文明逐渐让位于先进的工业文明更是人类历史发展的必然趋势；但是，发展、进步的过程会造成原有文化、原有秩序、原有思维方式甚至原有信仰的部分改变甚至是部分失却。

阿来将对机村蜕变史的演绎放置在中国历史上极为特殊的"文革"前后，并以此映照古老乡村文明的当代命运。作家在村落的日常生活与细碎变化中看到了旧信仰以及旧文化的不断坍塌与崩溃，新秩序以锐不可当之势压倒了宽恕、平和、善意的旧秩序。原本宽宥、慈悲的人们甚至不能以宽容、悲悯之心对待一个孤苦伶仃的孩子格拉，也不能以平和、慈善的心胸善待一群曾与他们和睦相处的猴子。村民们懵懂盲目、急功近利地追赶着时代的步伐，行色匆匆却步履蹒跚，满怀期待又心存疑问，他们在追求进步与固有经验的矛盾中百思不得其解："让人想不明白的是，地里的庄稼还是那样播种，四季还是那样冬去春来，人还是那样生老病死，为什么会有一个看不见摸不着的形势像一个脾气急躁的人心急火燎地往前赶。你

---

① 燕舞：《阿来新书〈格萨尔王〉还原真实西藏》，《新民周刊》2009 年第 36 期。

跟不上形势了，你跟不上形势了！这个总是急急赶路的形势把所有人都弄得疲惫不堪。形势让人的经验都不管用了。"[①] 人们之间友善和睦、尊卑有序的老经验，以及藏民族至高无上的信仰即对所有生命的尊重与怜悯，对爱与和平的坚守都在现代文明的强烈冲击下所剩无几。熊熊燃烧的"天火"是自然之火的肆意蔓延，也是村里人内心之火的外在显现。当落在地上的灰烬与尘埃再也不能乘风飞扬时，留给大地的便是沉寂与寥落。

《奥达的马队》是一曲唱给在文明转型时代已经走向消亡的地上英雄——驮脚汉们的挽歌。尽管笔直的公路、飞驰的汽车象征着现今生活的便利与快捷，但是驮脚汉们敢爱敢恨、洒脱豪爽、活出真我的辉煌人生却让今天的人们羡慕惊叹、向往不已。同样，在《遥远的温泉》中人们先是因为特定的时代失去了行动的自由，既无法像过去一样转山、朝佛、做生意、追寻爱情或了结夙愿，更无法去往美丽的措娜温泉缓解疲劳、洗涤身心，"如今人像庄稼一样给栽在地里了"[②]。当人们能够自由行走的渴望变成了现实的时候，当拖着长长烟尘的小汽车鱼贯而来的时候，当草原和温泉的宁静都被现代化机械的轰鸣声打破的时候，花脸贡波斯甲向我们描述的美好风景、惬意生活方式以及氤氲着浪漫气息的温泉却因过度的旅游开发，永远地停驻在"我"的记忆中，像一声叹息一样消散了。作家的惋惜、愤懑、痛心都无法唤回那些已经消逝的美景，美好的憧憬、温馨的精神家园也如尘埃般纷乱零落、四散飘飞。

---

① 阿来：《空山——机村传说壹》，人民文学出版社，2005，第186页。
② 阿来：《遥远的温泉》，《北京文学》2002年第8期，第6页。

第四节　魔幻化叙事

一　马原：　叙事圈套中的先锋实验

第二次世界大战以后，西方社会出现了范围广泛、影响深远的后现代主义文学思潮，后来，这一思潮迅速发展并波及全球，在 20 世纪 70~80 年代达到了高潮，至 90 年代，其声势锐减且逐渐走向分化与沉寂。后现代主义文化思潮是以科学技术和信息为基础、以知识架构起来的后工业社会的直接产物，存在主义、后解构主义等非理性主义哲学都对文学艺术产生了深刻影响。后现代主义文学内部思潮芜杂且流派众多，但也有自己的一些重要特征，如彻底的反传统、零散性、不确定性、不可表现性、非原则性、交替等。

当后现代主义在西方大行其道之时，中国人还生活在上山下乡、批斗游街的噩梦中。及至 20 世纪 80 年代国门敞开，各种思潮和主义纷至沓来，让国人眼花缭乱、应接不暇，人们沉浸在劫后余生、思想解放的巨大喜悦当中。更加值得重视的是，80 年代中期一些作家的作品中已经出现了后现代主义的诸多元素，马原就是居于中国先锋文学思潮前沿的重要作家。他用后现代主义的方式讲述着雪域藏地上的人与事以及过去和现在所发生的一切，西藏和藏人生活是他作品中的重要素材，也是他进行叙事实验的独特空间，在他设置的一个个"叙事圈套"中，圣地西藏、藏文化始终是不可或缺的"主角"。马原营构着马原式的"叙事迷宫"，进行着后现代主义的先锋实验。

1. 挑战人们思维习惯的故事情节安排

传统小说大多会有完整连贯的故事线索、明确突出的主题思想以及全知全能的叙述者等，马原的小说则是多线并进、多种框架并存，而且各条线之间缺乏逻辑联系。"马原相当冷静，相当客观，他对自己要给人们讲什么故事，而这个故事究竟有多少社会学、伦理学上的价值表现出相当的冷漠，他只是叙述，只是一味地编故事。注意，在这个行为中，他注重的是'编'而不是'故事'"①，他将精心"编织"的故事填充进一部部藏地小说中。在《拉萨河女神》中一群文艺青年郊游、一张完整虎皮两个故事平行发展且独立成章，小说中出现的野餐、洗衣、游泳、水中的光腚娃娃以及用沙子堆女像等场景没有开端、发展，更没有高潮以及结局。《冈底斯的诱惑》由四个故事组成：在藏多年的老作家的人生经历、猎人穷布猎熊且遭遇野人的故事、汉族人姚亮与陆高观看天葬的故事以及顿珠和顿月两兄弟与命运多舛的女子尼姆之间的情感纠葛。在小说开头就以"信不信由你们，打猎的故事本来是不能强要人相信的"为全书定下基调的马原开启了一次酣畅淋漓的叙事实验，一个个缺乏逻辑联系和内在关联的故事被他安装在了以圣山"冈底斯"为篇名的小说中。

2. 打破常规的叙事策略

"马原"形象频繁地出现在马原的小说中，不仅模糊了真实与虚构之间的界限，也混淆了真实作者、隐含作者、叙述者与作品人物之间的关系；而且，他的小说人物与作者本人之间是一种彼此独立、互相监督的关系。"在他的小说里，让人能够体味出作者和小说中的人物具有各自的独立性，都在表现着庞大的'自我'。这里敏感的问题显然不在于作者的主体意识怎样强烈，而在于小说人物的主体意

---

① 晓华、汪政：《谈马原的小说操作》，《文学自由谈》1987 年第 5 期，第 104 页。

识怎样从作者的束缚下挣脱出来，和作者的主体意识并立，形成了二元世界。"① 所以，多次在他的作品中担任主人公的姚亮甚至可以跳出来指责作者并表达自己的真实心境。"我在这里声明一下，正儿八经的。""马原先生的这篇小说尽他妈的扯蛋。到现在为止，姚某人成了他的木偶了。吃亏的事他让我一个人包了，这不行。""说我情种也罢，小男人也罢，我不计较；可姚亮也不是专钻女人裤裆的角色，拈花惹草的勾当我从来不干。你们看，搞女人是我姚某人和小白，受伤得病的还是我们两个！陆高得了便宜还卖乖。"② 在这样的叙述语境中，作者和作品中人物之间不再是制约与被制约的关系，作者也不再是人物性格及命运的主宰。除此之外，马原还为笔下的故事提供了多种结局与可能性，在与作者的共同"探讨"中，读者能够体会到未知情境中阅读的快感以及被尊重被重视的喜悦。在《冈底斯的诱惑》中，关于顿月的行迹以及最终归属问题，马原"引领着"读者进行了一次紧张愉悦的"设想之旅"："A. 关于结构。这似乎是三个单独成立的故事，其中很少内在联系……""B. 关于线索。顿月截止第一部分，后来就莫名其妙地断线，没戏了，他到底为什么没给尼姆写信？为什么没有出现在后面的情节当中？……""C. 遗留问题。设想一下：顿月回来了，兄弟之间，顿月与嫂子尼姆之间将可能发生什么？……"③ 顿月、顿珠兄弟以及尼姆之间的困境究竟该如何解决，设置了诸多悬念的马原终于告诉读者：顿月再也不可能回来，因为他入伍不久即因公牺牲，近十年寄钱给顿月母亲的是他的班长。此时，读者都会有一种重大问题迎刃而解后的释怀与轻松感。

---

① 许振强：《马原小说评析》，《文学评论》1987 年第 5 期，第 89 页。
② 马原：《西海的无帆船》，载《喜马拉雅古歌》，云南人民出版社，2003，第 219 页。
③ 马原：《冈底斯的诱惑》，载《喜马拉雅古歌》，云南人民出版社，2003，第 410 页。

3. 叙事的不确定性

不确定性是后现代主义的重要特征之一，在世界和生命都被双重异化却又无力改变现存社会秩序时，后现代主义作家们都将目光转向写作自身，他们在写作中坚守着尚未被侵扰的精神领地，并充分享受着能指词带来的欢乐。就如罗兰·巴尔特贬斥"可读性"文本而推崇"可写性"文本，"可写性"文本使读者和批评家由消费者转变成能够进行再创作的生产者，因为"作品并不意味任何一种东西，这种'可写性'本文（文本）作为一种后现代的形式，没有明确的意义，没有固定的所指词，相反，它是多元的和蔓延扩张的，是大堆不可穷尽的能指词的聚合，是由各种代码或代码的碎片罗织起来的东西。这里既没有开始，也没有终结，不存在所谓不可颠倒的结果，也不存在等级森严的本文（文本）'层次'，因而也无所谓意义或没有意义"①。马原小说中就存在着诸多的不确定性，《游神》中的契米二世是一个年龄与身世都不确定的神秘人物，他是拉萨八角街形形色色乞食者中的一员，但却会说汉话，还会讲一口流利纯正的英语，年龄在 27~72 岁，且已经在八角街住了至少有 190 年；《冈底斯的诱惑》中的老作家在发现了巨大的二十几米高的羊头，这到底是真实的存在还是老作家的幻觉？是神秘莫测的宗教偶像还是史前生物？是恐龙或者是羊角龙？所有的问题都没有明确答案。《拉萨生活的三种时间》中更没有真正阐明有关"时间"的问题，昨天、今天、明天，以及去年、今年、明年都成了没有明确指向与规定性的名词，就连作者本人也不得不承认自己已经将时间全部搞乱："比如我先说去年十月结婚，又说三年半以前我和我老婆刚到拉萨；再比如我说明天早晨看到那个卖银器的康巴汉子，又说今天从小蚌

---

① 王岳川：《后现代主义文化研究》，北京大学出版社，1992，第 302 页。

壳寺回来就已经见过这个人；一言以蔽之：时间全乱了。"①

马原在西藏这块现实与梦想杂糅、真实与虚幻交织的土地上进行着他独一无二的先锋实验，讲述着这里的人们生活的诸多可能性，"他以西藏的天空，行自己的走马"②，对雪域西藏充满期待的人们也就顺理成章地接受了他的"叙事圈套"。

二 阿来： 神秘奇异的魔幻化叙事

与生俱来的民族气质、深厚独特的藏文化浸润，使得阿来拥有别具一格的叙述视角与叙述模式。与汉族作家马原站在中国后现代主义的前沿，将叙事技巧的探索植根于西藏土地上，进而获得了对藏地充满期待与向往的人们的关注与认可的先锋实验不同；也与同为藏族作家的扎西达娃在雪域文明与拉美魔幻现实主义之间寻找契合点，从本民族的隐秘岁月中找寻生命根脉的"西藏式"魔幻不同，阿来娴熟自如地将在藏地传诵数千年并依然生生不息、流传不已的神话传奇、民间传说、部族传说以及寓言故事等运用到作品中，这些充满了民间色彩与民族气息的文学"资源"使他的小说呈现出了亦真亦幻、亦实亦虚的魔幻化色彩。而且，他也不用受到一些作家无法逾越的所谓"真实"等命题的困扰，正如他自己在一次演讲中所说："民间传说总是更多诉诸情感而不是理性。有了这些传说作为依托，我来讲述末世土司故事的时候，就不再刻意去区分哪些是曾经真实的历史，哪些地方留下了超越现实的传奇飘逸的影子。在我

---

① 马原：《拉萨生活的三种时间》，载《喜马拉雅古歌》，云南人民出版社，2003，第336页。

② 马丽华：《雪域文化与西藏文学》，湖南教育出版社，1998，第120页。

的小说中，只有不可能的情感，而没有不可能的事情。"①

　　能够在现实世界和梦幻世界之间自由穿行的阿来在作品中呈现出藏民族原初的思维方式和心理状态，其中有对生死轮回和因果报应的原初理解，也有对人兽和谐共处的强烈渴望，还有对神性与人性、神与人之间能够交融沟通的本真阐释。《空山》中那场旷日持久、破坏力极强的天火是自然之火，它烧毁了机村人赖以生存的大片森林，使得飞禽走兽失去了遮风避雨的巢穴；同时，这场天火又是人的内心之火炽烈燃烧的外部显现，当人们的心灵蒙上了尘埃、眼睛里多了冷漠与残酷的光芒，世界就不可能再平静顺遂、安宁祥和。在阿来的笔下，"天火"已经被赋予了告诫、劝谕及普度的神性意义。"天火说，汝等不要害怕，这景象不过是你们内心的外现罢了。""天火还对机村人说，一切该当毁灭的，无论生命，无论伦常，无论心率，无论一切歌哭悲欢，无论一切恩痴仇怨，都自当毁灭。""天火说，机村人听好，如此天地大劫，无论荣辱贵贱，都要坦然承受，死犹生，生犹死，腐恶尽除的劫后余晖，照着生光日月，或者可以于洁净心田中再创世界。"② 迷乱、疯狂的人们惊愕地面对着这场突如其来的火灾，而意欲荡涤人的心田的大火则以轻盈曼妙的"舞姿"演绎着浴火重生、凤凰涅槃的至高境界，"随着新鲜空气的流入，火焰又轰然一声，从某一棵树上猛然炸开，眨眼间，众多树木之上又升腾起一片明焰的火海！""有一阵子，高高的火焰只是在狂舞着冲天而起，发出巨浪般轰轰的声响。大火爬坡爬累了，这会儿要好好地舒展一下腰身。所以，才在山梁上狂舞了一阵，然后，一弯身子，向着溪谷里的防火道扑了下来。"③ 山林中的大火迟早可

---

① 阿来：《我只感到世界扑面而来——在渤海大学"小说家讲坛"上的讲演》，《当代作家评论》2009 年第 1 期，第 25 ~ 26 页。
② 阿来：《空山——机村传说壹》，人民文学出版社，2005，第 237 ~ 238 页。
③ 阿来：《空山——机村传说壹》，人民文学出版社，2005，第 195 ~ 196 页、第 276 页。

以扑灭，人心中的"火"何时、将以何种方式扑灭是阿来在小说中提出的问题，更是需要每个人用心对待、认真思考的重要话题。

《空山》中的机村人不仅失去了枝繁叶茂的大片森林，也失去了曾经是他们精神寄托的神湖色嫫措。那些"掌控大局"的领导挥手发出"起爆"的指令，色嫫措便成为灭火的"牺牲品"，具有神性且通人性的神湖干脆彻底地在人们面前瞬间沉落。"有一阵子，人们的耳朵什么都听不见。只看见被火焰照得通红的湖水中央，起了一个漩涡。这个漩涡由小到大，由快到慢，把水面上密密的死鱼，甚至还有通明的火光一下吸引到了深处。这时，人们的耳朵才恢复了听力。听见漩涡深深吮吸的声音而感到毛骨悚然。""那个漩涡转动的同时，整个湖泊的水面都向下陷落了。"① 随着巨大漩涡的快速转动，色嫫错神湖"悲壮"地消失了，一起消失的还有以佛教作为精神支撑的人们对自然的敬畏以及对神灵的信仰。

格萨尔王在藏民心目中具有至高无上的地位，是降魔驱害、抑恶扬善、除暴安良的旷世英雄。作家对其故事进行重新演绎时，能够随意想象、自由发挥的空间相对狭小，但一代代"仲肯"们在演唱时都不断加入了新的内容和时代气息，使得格萨尔的故事流传在草原牧场、雪山峡谷的每一寸土地。阿来在《格萨尔王》中巧妙地设置了说唱人晋美的线索，晋美甚至就是阿来自己的化身。晋美的人生经历与命运轨迹是小说不可或缺的组成部分，而且他心中有两个格萨尔王——自己浪游四处所演唱故事中的主人公以及他进入了其梦境中的格萨尔王。更富有意味的是，阿来还安排晋美与格萨尔王在梦境中相见并进行了"穿越式"的精彩对话，晋美告诉英雄许多他尚未经历的事情："原来你也想知道自己后来想干些什么？我告

---

① 阿来：《空山——机村传说壹》，人民文学出版社，2005，第278页。

诉你吧，你得征服好多个国家，为岭国打开一个个宝库。格萨尔王啊，我知道你说过的话。你说，'宝马'的力气不会永不衰竭，可降伏一个敌人，又出来一个，好像真的是没完没了。"① 当王公大臣、嫔妃佳丽，以及后世的人们都将格萨尔视为战无不胜的王者时，"高处不胜寒"的英雄难掩内心的孤独与疲惫。幸好，阿来在小说中为他安排了一个能够倾吐心绪、预知未来的说唱人，在作家的精心布置下，他们之间的交流既充满魔幻色彩又感人肺腑。

《格萨尔王》是一曲英雄的颂歌，也是一首音律柔美、沁人心脾的佛教心音，"心"理的参透贯穿作品始终。阿来还将悲悯、宽恕的教义领悟以别样的方式进行了展示。战神嘉察协噶是格萨尔的哥哥、岭国利益的忠诚维护者，曾经杀死他的敌国将领辛巴麦汝泽投奔了岭国，当辛巴麦汝泽与卡契王兄鲁亚交战之时，嘉察协噶在彩虹中显现并从掌中降下霹雳将鲁亚击倒在马下，于危难之时挽救了仇敌的性命，他微笑着与绚烂的彩虹一起化入了蓝天，并留下了"辛巴麦汝泽要入岭国的英雄册"的话语。"虹"是神佛、菩萨们现身时的绚丽背景，"虹身"是志行高洁、修行圆满的象征，以"虹身"显现的嘉察协噶忠勇善良、宽恕仇人。阿来将在佛教中具有重要象征意义的"彩虹"赋予了他，是对佛教理念的证悟和传扬，也是"以诗性的逻辑想象完成了成佛与未觉、精神与肉体、善与恶、生与死等二元性的消解，由此我们看到了超越于人性局限的神性光辉，生命进入了无可限量的自由，超越了历史和终结，走向了永恒"②。

①　阿来：《格萨尔王》，重庆出版社，2009，第270页。
②　梁海：《神话重述在历史的终点——论阿来的〈格萨尔王〉》，《当代文坛》2010年第2期，第33页。

结　语

　　在人类文明发展史上，没有僵死的、一成不变的文化，文化永远是融合吸收新的元素并不断完善的"将成之物"，是集稳定性、保守性、创造性及多样性于一身的重要存在。在经济飞速发展的当下，"全球化""地球村"早已是人们司空见惯的核心词，发达的传播媒介使得人与人之间的沟通更加迅速和便利，四通八达的交通让人们的脚步能够踏上心之所至的任何地方，"航天计划""探月工程"的付诸实施更是拉近了浩渺无垠的太空与地球人类之间的距离，文化发展也走上了快速化、产业化的快车道。既保持自身的文化特色又要使自己的文化为世界所了解，是每个民族都必须深入思考的重要课题，重新审视和思考鲁迅先生"有地方色彩的，倒容易成为世界的，即为别国所注意"①也就显得尤为重要。以彰显民族文化特色、弘扬民族精神为己任的大批作家也不遗余力地从事着传承与丰富文化的工作，"文化自觉意识"就是他们首先要秉承的重要原则，所谓"文化自觉"，即要自觉认识到自己文化的优点与弱势，懂得扬长避短；还要对传统文化进行现代阐释，使其能够对今天的生活产生有益的启示；"还要审时度势，了解世界文化语境，使自己的文化为世

---

① 鲁迅：《致陈烟桥（1934 年 4 月 19 日）》，载《鲁迅全集》第 13 卷，人民文学出版社，2005，第 81 页。

界所用成为世界文化新建构不可或缺的重要组成部分。"①

　　自成体系并不断融合新知的雪域文化是藏民族的伟大创造，也是灿烂丰富的世界文化宝库中的"瑰宝"，汉藏作家们都为这颗"宝石"能够散发出更加璀璨的光芒做出了不懈努力。在众多的作家中，阿来都有他无可替代的意义，他也始终是独一无二的。之所以得出这样的结论，并不仅仅是因为他是藏族作家，也不是因为他是藏族第一位茅盾文学奖获得者，而是因为他宏阔的创作视野、宽广的心灵空间以及执着的精神探索。

　　阿来是用汉语写作的藏族作家，尽管他们讲汉语的时候，"是聆听，是学习，汉语所代表的是文件、是报纸、是课本、是电视、是城镇、是官方、是科学，是一切新奇而强大的东西"②。但是，汉语、汉文化也为他通晓和感悟汉文明提供了一切便利，他因而塑造出了兼具道家神韵和藏地气息的"傻子"二少爷形象；也因为受"天人合一""缘起性空观"的双重影响，他的作品中渗透着强烈的生态关怀意识；更由于明了"仁""众生平等"思想之真谛，他力倡构建和谐人际关系，这也是作品中人物孜孜以求的重要目标。同时，汉文明和汉语言也为阿来搭建了通向世界文化的桥梁，使他与惠特曼、聂鲁达、胡安·鲁尔弗、若热·亚马多、博尔赫斯、卡彭铁尔等人"相遇"。在他们的引领下，阿来破除了搜罗或展示独特自然景观和奇风异俗就是展现民族性的迷误，为自己选择了一条异常艰苦的创作之路，"直面现实人生、直视社会变革大潮，在历史与现实的交汇点上去透视他本民族同胞的心路历程"③。

　　阿来的家乡在四川阿坝，"阿坝地区作为整个藏区的一个组成部

① 　乐黛云：《比较文学与比较文化十讲》，复旦大学出版社，2004，第55页。
② 　阿来：《汉语：多元文化共建的公共语言》，《当代文坛》2006年第1期，第18页。
③ 　周克芹：《旧年的血迹·序》，作家出版社，2000。

分，一直以来，在整个藏区中是被忽略的。特别是我所在这个称为嘉绒部族生息的历史与地理，都是被忽略的"①。长期被忽略的阿坝故乡，用非母语进行的跨文化写作，双重边缘使得他在表现本民族文化时既能深入其内又能出于其外，能够全面深刻地把握民族文化的本质，也能站在一定的距离之外看到其弱点与不足，展示、表现、审视和自省复杂而有序地统一在他的创作中。阿来首先将对"人"的关注放在首位，藏民族并不是藏地想象者或猎奇者眼中永远的五彩藏装、黑红的脸庞、凝滞的眼神，他们也与其他人一样有幸福、欢笑、获得、泪水、酸涩、苦闷、压抑以及失落等。"所有这些需要，从他们让感情承载的重荷来看，生活在此处与别处，生活在此时与彼时并无太大区别"②，只因为他们跟大家有着共同的名字——人，他们有权利参与人类文明发展的进程，也有权利享用世界上一切优秀成果。

萨义德说："所有文化都能延伸出关于自己和他人的辩证关系，主语'我'是本土的、真实的、熟悉的，而宾语'它'或'你'则是外来的或许危险的、不同的、陌生的。"③ 随着社会的发展、时代的进步，"我"与"它"或"你"之间的二元对立正在逐渐消弭，文化的交流和互渗日益成为世界性的话题。阿来关注本民族同胞在现代化进程中蜕变的痛苦与新生的欢乐，也关注母族文化的嬗变与丰富的进程。尤为重要的是，在他看来作家表达一种文化"不是为了向世界展览某种文化元素，不是急于向世界呈现某种人无我有的独特性，而是探究这个文化'与全世界'的关系，以使世界的文化

---

① 阿来：《大地的阶梯·后记》，云南人民出版社，2000，第 273 页。
② 阿来：《落不定的尘埃》，《小说选刊》1997 年第 2 期。
③ 阿来：《我只感到世界扑面而来——在渤海大学"小说家讲坛"上的演讲》，《当代作家评论》2009 年第 1 期，第 23 页。

图像更臻完整"①。如果说西藏在很多人（未来者或已经离去者）眼
中是一个能够附会太多想象的形容词，是遥远、蛮荒与神秘的代名
词，在阿来笔下的西藏已经被还原成具有实实在在内容的名词，他
让人们看到了"褪去"神性光环后的真实西藏、本真藏民。阿来的
西藏有发展、有变革，有进步、有上升，也有道德失范、精神滑坡
以及佛教要义的部分失却，他在雪域文化展现中参悟"心"理、感
知和顺，表现人性的高贵/平庸、美好/丑陋，促使人们在变革大潮
中沉思自我，进而反思人类文化的共同处境，表达普世性的思考与
感悟，正如别林斯基所说："诗人永远是自己民族精神的代表，以自
己民族的眼睛观察事物并按下她的印记的。越是有天才的诗人，他
的作品越普遍，而越是普遍的作品就越是民族性的、独创性的。"②

在这样一个消费文化盛行的时代，很多人认为"纯文学"早已
风光不再，加上文坛与市场的碰撞与联姻早已是不争的事实，文学
的生产与接受也都变成一种经济活动和消费活动，坚守精英文学创
作立场的作家们便需要付出较多的汗水与心力。即便如此，仍然有
一大批作家执着地行进在充满挫折、辛劳和寂寞的创作道路上，阿
来就是其中的佼佼者。从 20 世纪 80 年代默默无闻耕耘在诗歌创作
领域，到 90 年代末《尘埃落定》的出版，再到 21 世纪以来获得第
五届茅盾文学奖及《空山》《格萨尔王》等长篇的接连发表，将近
30 年的坚持与守候，他付出的努力与取得的成就有目共睹。有人说
阿来是当今中国文坛离诺贝尔文学奖最近的作家，这是人们对阿来
的肯定更是一种期许。在从事藏地汉语小说创作的众多作家中，阿
来始终是独特的，唯有仔细研读，方能品鉴出其作品的深层意蕴。

---

① 阿来：《我只感到世界扑面而来——在渤海大学"小说家讲坛"上的演讲》，《当代作家评论》2009 年第 1 期，第 25 页。
② 〔苏〕别列金娜：《别林斯基论文学》，梁真译，新文艺出版社，1958，第 77 页。

他与始终徘徊在西藏大门之外的马原不同，与采撷雪域文化奇葩的范稳不同，与构筑人文高原、精神高原的杨志军不同，与扮演文化人类学者角色的马丽华不同，更与掘进本民族文化深处寻找精神根脉的扎西达娃不同。满怀着对藏民、藏域、藏文化的敬畏和对文字的尊重，嘉绒之子阿来将笔触直抵藏人灵魂深处，从形而下的生存状态到形而上的精神诉求，全面深刻地书写着藏民族的发展史、生活史和心灵史，他比任何人都迫切希望藏地、藏民走上稳健、快速的发展道路，不希望雪域藏区成为保留人们原始文化记忆的"博物馆"，更不希望本族同胞永远都是愚钝、空洞、茫然的眼神。与此同时，阿来又在"藏族生存"与"人类生存"之间找到了某种共鸣，"让人感到了一种基于普遍意义的人自身的生存悖论和处境，而非'西藏'或'嘉绒'以及民族的标签"①，在嘉绒、西藏、中国及世界的交融中探寻着文学的情感深度和精神价值，为藏族当代文学受众范围的扩大以及当代中国文学的多样化发展做出了重要贡献，也为藏族文学和中国文学成为世界人民共享的精神财富提供了多种可能。

---

① 杨霞：《"阿来作品研讨会"综述》，《民族文学研究》2002 年第 3 期，第 69 页。

参考文献

专著部分

《阿坝藏族自治州概况》编写组：《阿坝藏族自治州概况》，四川民族出版社，1985。

〔英〕爱德华·泰勒：《原始文化：神话、哲学、宗教、语言、艺术和习俗发展之研究》，连树声译，广西师范大学出版社，2005。

毕光明、姜岚：《虚构的力量——中国当代纯文学研究》，社会科学文献出版社，2005。

〔苏〕别列金娜：《别林斯基论文学》，梁真译，新文艺出版社，1958。

曹文轩：《中国八十年代文学现象研究》，作家出版社，2003。

陈继会：《二十世纪中国小说文化精神》，东方出版社，2002。

陈庆英、高淑芬：《西藏通史》，中州古籍出版社，2003。

陈晓明：《不死的纯文学》，北京大学出版社，2007。

程金城：《中国 20 世纪文学价值论》，甘肃人民美术出版社，2007。

程文超等：《欲望的重新叙述——20 世纪中国的文学叙事与文艺精神》，广西师范大学出版社，2005。

丹珠昂奔：《藏族文化发展史》，甘肃教育出版社，2001。

丹珠昂奔：《佛教与藏族文学》，中央民族学院出版社，1988。

单纯：《当代西方宗教哲学》，中国社会科学出版社，2004。

丁帆：《中国西部现代文学史》，人民文学出版社，2004。

丁帆：《中国乡土小说史》，北京大学出版社，2007。

樊星：《当代文学与地域文化》，华中师范大学出版社，1997。

樊星：《当代文学与多维文化》，武汉大学出版社，2005。

〔法〕福柯：《规训与惩罚：监狱的诞生》，刘北成、杨远婴译，生活·读书·新知三联书店，2003。

付粉鸽：《自然与自由——老庄生命哲学研究》，人民出版社，2010。

傅佩荣：《儒家哲学新论》，中华书局，2010。

尕藏才旦：《史前社会与格萨尔时代》，甘肃民族出版社，2001。

尕藏加：《雪域的宗教》，宗教文化出版社，2003。

葛红兵：《障碍与认同——当代中国文化问题》，学林出版社，2000。

哈迎飞：《半是儒家半释家——周作人思想研究》，人民文学出版社，2007。

〔德〕海德格尔：《存在与时间》，陈嘉映、王庆节译，生活·读书·新知三联书店，2006。

贺仲明：《中国心像：20 世纪末作家文化心态考察》，中央编译出版社，2002。

洪修平：《中国儒佛道三教关系研究》，中国社会科学出版社，2011。

黄永林：《中国民间文化与新时期小说》，人民出版社，2007。

霍巍：《古歌王国——西藏中世纪王朝的挽歌》，四川人民出版社，2002。

贾梦玮：《河汉观星——十作家论》，云南人民出版社，2004。

贾明：《现代性语境中的大众文化》，上海人民出版社，2007。

剧宗林：《藏传佛教因明史略》，中华书局，2006。

〔英〕凯伦·阿姆斯特朗：《神话简史》，胡亚齝译，重庆出版社，

2005。

赖永海：《中国佛教文化论》，中国人民大学出版社，2009。

乐黛云：《比较文学与比较文化十讲》，复旦大学出版社，2004。

李建中、高文强：《中国文学批评史》，武汉大学出版社，2008。

李立：《寻找文化身份：一个嘉绒藏族村落的宗教民族志》，云南大学出版社，2007。

李文俊：《福克纳评论集》，中国社会科学出版社，1980。

莲花生：《图解西藏生死书：认识生命轮回与解脱之道》，达赫译，陕西师范大学出版社，2007。

林继富：《灵性高原——西藏民间信仰源流》，华中师范大学出版社，2004。

林继富：《西藏节日文化》，西藏人民出版社，1993。

林耀华：《民族学通论》，中央民族大学出版社，1997。

刘增惠：《道家文化面面观》，齐鲁书社，2005。

刘志扬：《乡土西藏文化传统的选择与重构》，民族出版社，2006。

刘忠：《20世纪中国文学主题研究》，社会科学文献出版社，2006。

鲁刚：《文化神话学》，社会科学文献出版社，2009。

洛桑杰嘉措：《图解西藏密宗：认识世界上最神秘宗教》，陕西师范大学出版社，2007。

马广海：《文化人类学》，山东大学出版社，2003。

马丽华：《风化成典·西藏文史故事十五讲》，中国藏学出版社，2008。

马丽华：《雪域文化与西藏文学》，湖南教育出版社，1998。

莫福山：《藏族文学》，巴蜀书社，2003。

牟仲鉴：《儒学价值的新探索》，齐鲁书社，2001。

南帆：《文学的维度》，上海三联书店，1998。

南文渊：《藏族生态伦理》，民族出版社，2007。

蒲文成：《汉藏民族关系史》，甘肃人民出版社，2005。

〔美〕赛义德：《赛义德自选集》，谢少波、韩刚等译，中国社会科学出版社，1999。

石奕龙：《文化人类学导论》，首都经济贸易大学出版社，2010。

〔瑞士〕泰勒：《发现西藏》，耿昇译，中国藏学出版社，1998。

谭桂林、龚敏律：《当代中国文学与宗教文化》，岳麓书社，2005。

唐凯麟、曹刚：《重释传统：儒家思想的现代价值评估》，华东师范大学出版社，2000。

田灯燃编著：《图解佛教：读懂佛教之美》，陕西师范大学出版社，2007。

汪树东：《生态意识与中国当代文学》，中国社会科学出版社，2008。

王德保：《神话的意蕴》，中国人民大学出版社，2002。

王齐彦：《儒家群己观研究》，中国社会科学出版社，2006。

王尧、陈庆英：《西藏历史文化词典》，西藏人民出版社、浙江人民出版社，1998。

王岳川：《后现代主义文化研究》，北京大学出版社，1992。

魏义霞：《儒家的和谐理念与建构》，人民出版社，2010。

吴秀明：《转型时期的中国当代文学思潮》，浙江大学出版社，2004。

〔美〕希利斯·米勒：《文学死了吗》，秦立彦译，广西师范大学出版社，2007。

徐俊西：《世纪末的中国文坛——90年代最有影响的十位作家十部作品的审美评估》，上海文艺出版社，2002。

许德存：《藏传佛教研究》，宗教文化出版社，2008。

许纪霖：《二十世纪中国思想史论》，东方出版中心，2006。

叶舒宪：《文学人类学教程》，中国社会科学出版社，2010。

于乃昌：《西藏审美文化》，西藏人民出版社，1989。

余英时：《士与中国文化》，上海人民出版社，2003。

詹石窗、谢清果：《中国道家之精神》，复旦大学出版社，2009。

张伯存：《文化症候与文学精神》，上海三联书店，2007。

张岱年、方克立：《中国文化概论》，北京师范大学出版社，2004。

张法：《跨文化的学与思》，重庆出版社，2006。

张岂之：《中国传统文化》，高等教育出版社，2010。

张晓明、金志国等：《百年西藏：20 世纪的人和事》，华文出版
　　社，2011。

张云飞：《天人合———儒学与生态环境》，四川人民出版社，1995。

赵旭东：《文化的表达：人类学的视野》，中国人民大学出版社，
　　2009。

赵永红：《神奇的藏族文化》，民族出版社，2003。

赵永红：《文化雪域》，中国藏学出版社，2006。

周炜：《西藏文化的个性：关于藏族文学艺术的再思考》，中国藏学
　　出版社，1997。

周锡良、望潮：《藏族原始宗教》，四川人民出版社，1999。

周毓华、彭陟焱、王玉玲：《简明藏族史教程》，民族出版社，2005。

朱大可、吴炫、徐江、秦巴子等：《十作家批判书》，陕西师范大学
　　出版社，1999。

朱义禄：《儒家理想人格与中国文化》，复旦大学出版社，2006。

庄孔韶：《人类学概论》，中国人民大学出版社，2006。

作品部分

阿来：《阿坝阿来》，中国工人出版社，2004。

阿来：《阿来文集·诗文卷》，人民文学出版社，2001。

阿来：《阿来文集·中短篇小说卷》，人民文学出版社，2001。

阿来：《奥达的马队》，四川民族出版社，2005。

阿来：《尘埃落定》，人民文学出版社，1998。

阿来：《大地的阶梯》，云南人民出版社，2000。

阿来：《格萨尔王》，重庆出版社，2009。

阿来：《旧年的血迹》，作家出版社，1989。

阿来：《就这样日益丰盈》，解放军文艺出版社，2002。

阿来：《空山——机村传说壹》，人民文学出版社，2005。

阿来：《空山——机村传说贰》，人民文学出版社，2007。

阿来：《梭磨河》，四川民族出版社，1989。

阿来：《月光下的银匠》，长江文艺出版社，1999。

阿来等：《瓦城上空的麦田》，知识出版社，2003。

范稳：《悲悯大地》，人民文学出版社，2006。

范稳：《大地雅歌》，北京十月文艺出版社，2010。

范稳：《水乳大地》，人民文学出版社，2004。

江觉迟：《酥油》，甘肃人民美术出版社，2010。

江洋才让：《康巴方式》，《长篇小说选刊》2010年第4期。

马丽华：《苦难旅程》，中国社会科学出版社，2002。

马丽华：《如意高地》，《长篇小说选刊》2006年第3期。

马丽华：《西藏之旅》，花城出版社，1998。

马丽华：《终极风景》，时代文艺出版社，1997。

马丽华：《走过西藏》，作家出版社，1994。

马原：《冈底斯的诱惑》，作家出版社，1987。

马原：《马原文集卷三·爱物》，作家出版社，1997。

马原：《马原文集卷四·百窘》，作家出版社，1997。

马原：《上下都很平坦》，北岳文艺出版社，2001。

马原：《喜马拉雅古歌》，云南人民出版社，2003。

梅卓：《麝香之爱》，西藏人民出版社，2007。

梅卓：《月亮营地》，敦煌文艺出版社，2009。

尼玛潘多：《紫青稞》，《长篇小说选刊》2010 年第 4 期。

宁肯：《天·藏》，北京十月文艺出版社，2010。

央珍：《无性别的神》，中国青年出版社，1994。

杨志军：《藏獒》，人民文学出版社，2005。

杨志军：《藏獒 2》，人民文学出版社，2007。

杨志军：《藏獒 3·终结版》，人民文学出版社，2008。

杨志军：《伏藏》，人民文学出版社，2010。

杨志军：《远去的藏獒》，东方出版中心，2006。

扎西达娃：《骚动的香巴拉》，作家出版社，1993。

扎西达娃：《西藏隐秘岁月》，长江文艺出版社，1996。

学术论文部分

阿来：《大地的语言》，《人民文学》2009 年第 1 期。

阿来：《汉语：多元文化共建的公共语言》，《当代文坛》2006 年第 1 期。

阿来：《文学表达的民间资源》，《民族文学研究》2000 年第 3 期。

阿来：《我只感到世界扑面而来——在渤海大学"小说家讲坛"上的讲演》，《当代作家评论》2009 年第 1 期。

阿来：《自述》，《小说评论》2004 年第 5 期。

曹鸿英：《儒家文化中的和谐观及其启示》，《湖北社会科学》2010 年第 1 期。

曹起：《独特的视角　睿智的思考——〈尘埃落定〉中傻子的内心对话解读》，《小说评论》2010 年第 6 期。

陈了：《"诱惑"不再——谈马原小说的文本特征》，《咸宁学院学报》2006 年第 2 期。

陈伍香：《论马原小说的叙事艺术》，《文艺评论》2006 年第 9 期。

陈治桃：《儒家文化与当代和谐社会建构》，《广州社会主义学院学报》2010 年第 2 期。

陈祖君：《飘散与存留——解读阿来新著〈随风飘散〉》，《南方文坛》2005 年第 3 期。

程丰余：《阿来：我是天生要成为作家的人》，《中华儿女》2009 年第 7 期。

丹珍措：《阿来作品文化心理透视》，《民族文学研究》2003 年第 4 期。

道吉任钦：《新中国藏族文学发展研究》，《西北民族研究》2009 年第 3 期。

杜庆波：《马原小说中的时间》，《当代文坛》2002 年第 4 期。

杜云南：《20 世纪中国家族小说之历史变迁》，《北方论丛》2009 年第 4 期。

方秀珍：《神秘主义：从祛魅到审美——扎西达娃小说论》，《小说评论》2005 年第 3 期。

扶木：《顺行与颠覆——西藏新小说的思考》，《西藏文学》1995 年第 1 期。

郭银星、辛晓征：《评论马原小说的两难设计》，《当代作家评论》1987 年第 3 期。

何立伟：《马原这个人》，《文学自由谈》1995 年第 2 期。

何学军：《论中国家族小说的文体特征》，《山花》2009 年第 2 期。

贺绍俊、潘凯雄：《柔软的情节——马原小说近作中的叙述结构》，《文学自由谈》1987 年第 5 期。

洪治纲、肖晓堃:《神与魔的对话——论阿来的长篇小说〈格萨尔王〉》,《南方文坛》2010年第2期。

胡河清:《论阿城、马原、张炜:道家文化智慧的沿革》,《文学评论》1989年第2期。

胡河清:《马原论》,《当代作家评论》1990年第5期。

黄慧:《梅卓〈转世〉宿命内涵的分析》,《新西部》2007年18期。

黄曙光:《历史尘埃与个体隐痛——评阿来近作〈随风飘散〉》,《民族文学研究》2005年第4期。

黄轶:《阿来的"及物"与"不及物"——读〈格萨尔王〉》,《文艺争鸣》2010年第3期。

黄轶:《生命神性的演绎——论新世纪迟子建、阿来乡土书写的异同》,《文学评论》2007年第6期。

黄运亭:《论班吉和白傻子形象的相似性和个性差异》,《中州学刊》2008年第5期。

嵇庄:《读解马丽华》,《西藏文学》1996年第6期。

江洋才让:《站在人类的高地——扎西达娃访谈录》,《青海湖》2004年第8期。

姜飞:《可持续崩溃与可持续写作——从〈尘埃落定〉到〈空山〉看阿来的历史意识》,《当代文坛》2005年第5期。

蒋敏华:《全球化语境中的文化心理——简评马原、央珍、阿来的西藏题材小说》,《江淮论坛》2003年第5期。

康亮芳:《〈尘埃落定〉:母语文化与诗性语言》,《当代文坛》2007年第6期。

寇才军:《由扎西达娃和阿来的创作看当今藏族文学的发展》,《西南民族学院学报》1999年第3期。

拉巴次仁:《藏族先民的原始信仰——略谈藏族苯教文化的形成及发

展》，《西藏大学学报》（汉文版）2006 年第 1 期。

雷达：《雷达专栏·长篇小说笔记之二十范稳的〈水乳大地〉》，《小说评论》2004 年第 3 期。

李国文：《意在言外——读马原小说》，《文学自由谈》1987 年第 4 期。

李璐：《略论 20 世纪 80 年代马原小说的叙事艺术》，《鄂州大学学报》2007 年第 3 期。

李陀、李静：《漫说"纯文学"——李陀访谈录》，《上海文学》2001 年第 3 期。

李玮：《最后的守望者——扎西达娃略"影"》，《西藏文学》2005 年第 5 期。

李秀兰：《重读〈冈底斯的诱惑〉——论马原小说创作的后现代性》，《中国西部科技》2006 年第 6 期。

梁海：《神话重述在历史的终点——论阿来的〈格萨尔王〉》，《当代文坛》2010 年第 2 期。

廖一：《从马原到余华：叛逆与回归》，《社会科学战线》2007 年第 2 期。

刘家思：《丑角的魅力——论白傻子的剧场性功能》，《四川职业技术学院学报》2006 年第 2 期。

刘力、姚新勇：《宗教、文化与人——扎西达娃、阿来、范稳小说中的藏传佛教》，《西北民族大学学报》2005 年第 4 期。

刘新慧：《中国 20 世纪 80 至 90 年代家族小说的历史情结》，《西北师大学报》2009 年第 5 期。

刘曾文：《终极的孤寂——对马原、余华、苏童创作的再思考》，《文艺理论研究》1997 年第 1 期。

刘中桥：《"飞来峰"的地质缘由——阿来小说中的"命运感"》，

《当代文坛》2002 年第 6 期。

马金录：《魅力独具的荒原背景——杨志军小说的艺术特色之二》，《新疆广播电视大学学报》2009 年第 2 期。

马丽华：《灵魂三叹——扎西达娃及其创作》，《当代作家评论》1997 年第 2 期。

梅朝举：《〈虚构〉的意义——解读马原小说的后现代取向》，《美与时代》2004 年第 2 期。

乔丽：《从扎西达娃作品辨析其文化身份》，《绵阳师范学院学报》2007 年第 6 期。

冉云飞、阿来：《通往可能之路——与藏族作家阿来谈话录》，《西南民族学院学报》1999 年第 5 期。

石万鹏：《父与子：中国现代性焦虑的语义场》，《广西社会科学》2005 年第 5 期。

孙福轩：《马原的精神长旅》，《当代文坛》2002 年第 4 期。

孙宜学：《马原：余生还将是小说家》，《文艺报》2000 年 11 月 28 日。

汪晖：《当代中国的思想状况与现代性问题》，《天涯》1997 年第 5 期。

王斌、赵晓鸣：《迷宫之门——马原小说论》，《文学自由谈》1987 年第 5 期。

王春林：《悲悯与仁慈的人性证词——评杨志军长篇小说〈藏獒〉》，《晋中学院学报》2008 年第 2 期。

王春林：《现代性视野中的格萨尔王——评阿来长篇小说〈格萨尔王〉》，《艺术广角》2010 年第 5 期。

王飞：《一次危险而又刺激的精神旅行——探究马原和他的中篇小说〈虚构〉》，《文教资料》2007 年第 6 期。

王慧：《小说死了！——与马原对话》，《三月风》2004 年第 6 期。

王慧芳：《人性回归的文化寓言——论杨志军的长篇小说〈藏獒〉》，《青海民族学院学报》2007 年第 2 期。

王慧灵：《马原小说中的神秘色彩》，《湖南科技学院学报》2005 年第 7 期。

王琦：《阿来的秘密花——〈空山〉的超界信息解读》，《当代作家评论》2007 年第 1 期。

王泉：《论张承志、张炜及阿来小说的诗意叙事》，《海南大学学报》2005 年第 3 期。

王天玉：《藏族女性的角色与地位：文献回顾与研究展望》，《西藏大学学报》2011 年第 1 期。

王寅：《马原：我希望写永恒的畅销书》，《南方周末》2004 年 10 月 28 日。

王永茂：《单向度的人的寓言——阿来〈尘埃落定〉的寓意》，《社会科学论坛》2003 年第 4 期。

韦济木：《文化相对主义视野与人道主义情怀——论马丽华走过西藏系列散文》，《中国文学研究》2009 年第 1 期。

韦器闳：《傻眼看世　幻语写史——评阿来的长篇小说〈尘埃落定〉》，《中山大学学报论丛》2002 年第 2 期。

翁礼明：《悖论中的隐喻——评阿来长篇小说〈天火〉》，《当代文坛》2005 年第 5 期。

吴道毅：《民族·权力·生存——阿来〈尘埃落定〉多义主题解读》，《中南民族大学学报》2006 年第 5 期。

吴健玲：《社会转型催动的文学转型——试析马丽华创作的三大跨越》，《广西民族大学学报》2009 年第 5 期。

吴俊：《没有马原的风景》，《当代作家评论》1998 年第 4 期。

吴亮：《马原的叙事圈套》，《当代作家评论》1987 年第 3 期。

夏榆：《多元文化就是相互不干预——阿来与特罗亚诺夫关于文明的对话》，《花城》2007年第2期。

晓华、汪政：《谈马原的小说操作》，《文学自由谈》1987年第5期。

徐其超：《从特殊走向普遍的跨族别写作抑或既重视写实又摆脱写实的创作状态——〈尘埃落定〉艺术创新探究》，《西南民族学院学报》2003年第3期。

徐琴：《西藏的魔幻现实主义——评扎西达娃及其小说创作》，《西藏民族学院学报》2005年第2期。

许振强：《马原小说评析》，《文学评论》1987年第5期。

许祖华：《〈红楼梦〉的艺术资源与史传传统——20世纪中国家族小说传统溯源》，《鄂州大学学报》2007年第1期。

晏云：《身份问题对作家创作的影响——以阿来为个案》，《鸡西大学学报》2010年第2期。

杨红：《文化身份间的游历：阅读马丽华》，《晋阳学刊》2004年第1期。

杨霞：《"阿来作品研讨会"综述》，《民族文学研究》2002年第3期。

杨玉梅：《民族视角：对阿来小说的一种解读》，《民族文学》2000年第9期。

姚达兑：《史诗重述及其现代命运——评阿来的〈格萨尔王〉》，《石家庄学院学报》2010年第4期。

叶砺华：《马原现象与后现代主义的终结》，《当代文坛》1989年第2期。

易文翔、阿来：《写作：忠实于内心的表达——阿来访谈录》，《小说评论》2004年第5期。

于宏：《从现实到魔幻——论扎西达娃小说风格的流变》，《西藏民族学院学报》2007 年第 3 期。

于敏：《一个人的史诗——读阿来〈格萨尔王〉》，《当代》2009 年第 5 期。

扎西达娃：《扎西达娃的自我采访》，《中国西藏》1995 年第 3 期。

张玦：《虚构的帝国——评马原小说》，《当代作家评论》1990 年第 5 期。

张柠：《大师在哪里——兼谈一位叫马原的汉人》，《当代作家评论》1998 年第 4 期。

张清华：《从这个人开始——追论 1985 年的扎西达娃》，《南方文坛》2004 年第 2 期。

张庆圆《范稳访谈》，《滇池》2001 年第 4 期。

张幄：《范稳：大地情歌》，《创造》2007 年第 5 期。

张学昕：《孤独"机村"的存在维度——阿来〈空山〉论》，《当代文坛》2010 年第 2 期。

张艳玲：《中国现当代小说中的傻子形象分析》，《乐山师范学院学报》2007 年第 6 期。

张英：《熟悉的、陌生的马原》，《作家》2002 年第 3 期。

张志勇：《浅析阿来小说作品中的宗教文化》，《江西科技师范学院学报》2008 年第 1 期。

张志忠：《一个现代人讲的西藏故事》，《上海文学》1986 年第 4 期。

赵建常：《战争书写中的人性真实》，《文艺评论》2006 年第 5 期。

赵树勤、尤其林：《民族寓言 雪域精魂——论〈尘埃落定〉的神秘叙事》，《民族文学研究》2006 年第 1 期。

赵树勤、张晓辉：《〈红楼梦〉与 20 世纪中国家族小说》，《湘潭大学学报》2009 年第 6 期。

周政保：《"落不定的尘埃"暂且落定——〈尘埃落定〉的意象化叙

述方式》，《当代作家评论》1998 年第 4 期。

宗波：《当代乡村的别样书写：阿来新作〈空山〉评析》，《文艺理论与批评》2005 年第 4 期。

学位论文及评论

丁增武：《"消解"与"建构"之间的二律背反——重评全球化语境中阿来与扎西达娃的"西藏想象"》，《民族文学研究》2009 年第 4 期。

黄慧：《阿来文学作品和苯教关系研究》，陕西师范大学硕士学位论文，2009。

贾霄锋：《藏区土司制度研究》，兰州大学博士学位论文，2007。

降边嘉措：《仲肯：〈格萨尔〉的传承者》，《中国民族报》2004 年 1 月 9 日。

刘国娟：《扎西达娃和阿来的小说创作之比较》，陕西师范大学硕士学位论文，2008。

马烈：《阿来及其〈尘埃落定〉与藏族口传文学》，中南民族大学硕士学位论文，2008。

王文婷：《梅卓小说研究》，陕西师范大学硕士学位论文，2008。

徐美恒：《论藏族作家的汉语文学》，兰州大学博士学位论文，2006。

杨玉梅：《扎根：阿来的小说创作——以文学人类学的角度》，四川师范大学硕士学位论文，2004。

袁丁：《从马原、扎西达娃和阿来的创作看西藏当代汉语小说》，武汉大学硕士学位论文，2004。

张晓琴：《生态文学的文化建构意义》，《光明日报》2009 年 4 月 4 日。

赵红杰：《史性的沉重与诗性的轻盈——扎西达娃、阿来小说创作比较论》，湖南师范大学硕士学位论文，2005。

朱霞：《当代藏族女性汉语文学浅论》，《民族文学》2010 年第 7 期。

网络资料

阿来：《〈空山〉是〈尘埃落定〉后又一场恋爱》，新浪网。读书，ht-
　　tp：//book. sina. com. cn/news/a/2005－05－08/1129184250. shtml，
　　2005 年 5 月 8 日。

程小晓：《浅析苏童小说中的三大意象群落及其中的宿命色彩》，新世
　　纪青年网，http：//xsjqn. lib. whu. edu. cn/xsjqn/no2/yyjd/02. html。

宋继庆：《浅谈中国神话对中国文学的影响》，香港宝莲禅寺网，ht-
　　tp：//hk. plm. org. cn/gnews/2008424/200842494549. html。

杨春时：《五四文学：现实主义、浪漫主义还是启蒙主义》，中华论
　　文网，http：//www. zclw. net/article/sort024/sort028/info－107863.
　　html，2008 年 8 月 6 日。

袁良骏：《一句并非鲁迅的"名言"》，中国共产党新闻网，http：//
　　theory. people. com. cn/GB/49157/49165/6742160. html，2008 年 1
　　月 7 日。

张世英：《中国古代的"天人合一"思想》，人民网，http：//theory.
　　people. com. cn/GB/49157/49164/5552887. html，2007 年 4 月 2 日。

张颐武：《文化批评：中国的国民性真的很丑陋吗?》，人民网，ht-
　　tp：//culture. people. com. cn/GB/46104/46105/9022833. html，
　　2009 年 3 月 25 日。

《扎西达娃及其〈西藏，系在皮绳扣上的魂〉和〈骚动的香巴拉〉》，
　　西藏文化网，http：//www. tibetculture. net/xzmr/ddmr/200712/t20
　　071213_300751. htm，2005 年 12 月 28 日。

后　记

　　2007 年年底，当时正在读研二的我被导师彭岚嘉教授列入自拟项目——"西部作家论"的研究团队，这对于处在徘徊迷茫阶段的研究生来说是提升自我研究能力的绝好机会。出乎意料的是，导师分派给我的研究任务是两名四川籍作家：藏族作家阿来和"新边塞诗人"杨牧。捧着导师找出的能够与《现代汉语大词典》比厚度与重量的两大本《杨牧文集》和一大堆资料，其时的自己愈加迷惘。我虽然生长在多民族聚居的河西走廊，但对藏民族的印象最多也就是街道上偶尔走过的那些穿着厚重藏袍的藏族人，对作家阿来的了解和认识亦更多地停留在他那部蜚声海内外的《尘埃落定》。于是，斗胆向导师提出疑问："这两个作家我都不是很熟悉，能不能让我研究其他的西部作家？"老师给我的答复是："阿来是一个非常独特的作家，他的作品会给你提供更多的研究和阐释空间，最重要的是，阿来的创作势头很强劲，更加适合做长期研究，如果能够将作家论项目做得比较深入，你的硕士论文或许可以将其作为研究对象。"

　　半信半疑、内心忐忑的我只好谨遵师命，硬着头皮开始了研究工作。埋头于书山文海中的日子很辛苦，但也幸运地发现：随着对阿来作品阅读和研究的深入，在很多人看来神秘异常的藏文化大门正徐徐向自己打开。在这里，我感知着麦琪土司官寨内外的风云变幻和花开花落，感悟着名为"机村"的藏族村落里细碎的日常生活及特殊年代里慈善、悲悯等佛教义理的部分失却，体味着若尔盖大草原风轻云淡、草绿花香的夺人心魄之美，体会着阿来称其为"大地阶梯"的大地上触目惊心的生态危机，也见证着在月光下"叮咣""叮咣"打制银器之银匠不羁的性格与倔强的灵魂。与此同时，马原、扎西达娃等曾经或一直在从事藏地文学创作的作家也进入自己的阅读视野。后来，我不仅顺利完成了"西部作家论"研究项目，也如导师所愿地将藏文化、藏族文学作为自己的硕士论文，在藏多年的"先锋文学"代表作家马原和阿来是论文的主要阐释对象，题目为《藏地的尘埃与诱惑——阿来与马原作品比较》。当顺利地参加硕士论文答辩时，我不得不佩服导师的远见卓识和敬业严谨，更为幸运的是，同年，我考取了兰州大学文学院中国现当代文学专业的博士研究生，且博导就是已经调入兰州大学的我的恩师彭岚嘉先生。

开学报到不久，彭老师跟我聊起了关于研究方向和博士论文选题的事情，我打算继续研究藏地文学的想法与导师的思路不谋而合，他告诉我："做硕士论文时，你侧重的是从藏族文化的角度阐释阿来和马原的作品，那你有没有考虑过从汉文化的角度再加以抉示，而阿来恰恰就是一个受汉文化影响非常深远的少数民族作家。"攻读博士学位的三年里，我将阅读范围进一步拓宽，阿来、扎西达娃、梅卓、央珍、江洋才让、尼玛潘多、马丽华、马原、杨志军、范稳等从事藏地汉语文学创作的作家都进入了自己的研究视野。同时，我还参与了导师的"甘肃文化产业发展研究""大兰州文化圈建设研究""黄河文化研究"等课题，也正是这些并不是纯文学研究的课题打开了自己的研究思路，使我能够从跨学科、跨文化的角度并综合运用民族学、社会学、人类学等学科的观点，对新时期以来的藏地汉语文学进行分析，并从藏文化的濡化、汉文化的渗透及汉藏文化交融等对阿来在藏族文学尤其是当代文学中的地位和价值加以阐释。

三年的读博生活异常艰辛，但也如白驹过隙，自 2012 年 4 月开始，我又一次进入了"主角"中有自己的毕业季。而作为当年兰州大学文学院中国现当代文学博点唯一"幸运"地被研究生院抽中进行匿名送审博士论文的作者，自己确实经历了一段时间的忐忑与焦虑，当论文被隐去导师和作者姓名提交后，焦虑情绪就一直如影随形。尽管一直自我安慰着，已经为论文付出了足够多的努力，但依然无法平息内心深处那随时涌现的不安与焦躁，拿到评审结果的那一刻真是有心中巨石落地的释然与轻松。并且，论文得到了三位校外评审专家的一致好评，其中华东师范大学陈子善教授给出了这样的评审意见：

> 论文探讨阿来的文学创作及其意义，选题较为新颖，问题意识也较为明确。值得肯定的是论文把阿来置于西藏文化的大背景下加以考察，视野较为开阔，对他观/自观者的分析，对创作之源的探索，以及对汉文化与藏地文化的复杂的互动对阿来创作的影响的解读，都有令人耳目一新之感。尤其把阿来与扎西达娃、马原、马丽华等作家加以分析比较，也有一定的说服力。论文结构完整，论证清晰，已达到博士学位论文水平，建议答辩。

2012 年 9 月，彻底告别学生生涯的我成为陕西省社会科学院众多研究人员的一员，这也是我 2003 年本科毕业在山东海滨城市做老师之后的第二次入职，迎接自己的是一个全新、广阔的平台。在这里，做好日常研究工作的同时，我一直将藏地汉语文学作为关注重点和研究方向，博士论文也得到了进一步的完善与深化。值得一提的是，2014 年 6 月 15 日，本人申请的国家社会科学基金青年项目"20 世纪 90 年代以来的藏地汉语长篇小说研究"获得立项，开心兴奋之余，感知到的是沉甸甸的压力与责任。借着这样千载难逢的机会，接下来的几年，我将以汉族学者的视野更为深入地研究藏地汉语文学，尤其是近二十多年来方兴未艾的藏地汉语长篇小说，前提依然是坚守至今的对少数民族文化的敬畏与尊崇。

书稿即将付梓，首先要感谢的是我的恩师彭岚嘉教授，从硕士到博士的 6 年时光里，老师近乎是手把手地教会了我如何做一个合格的研究者，大到论文的立意、构思和布局，小到标点符号修改与字体转换，还有读书笔记上的独到评语以及用红笔勾勒出的精彩章节，当然也包括学术讨论过后他从书房拿出的早已为我准备好的相关资料或书籍，所有这一切，无不渗透着导师对学生的无私引导与谆谆教诲。同时，我跟随老师学到的不仅是严谨的治学态度，更有对人生以及生活的感悟和热爱，老师"做学问首先要学会做人""多到外面走走，读读社会这部大书"等话语时常萦绕耳畔，这是促使我这个初步敲开学术大门的学者能够在浮躁的现实中保持内心平静的重要力量，也是让我能够迈开双脚走向心中理想目的地的主要内驱力。其次，要感谢一直都给我帮助与指导的老师们，他们是程金城老师、雷达老师、常文昌老师、赵学勇老师、赵小刚老师、彭金山老师、邵宁宁老师、古世仓老师、张进老师、郭国昌老师、马永强老师等。再次，要感谢我所在的陕西省社会科学院及文化产业与现代传播研究所领导，感谢王长寿所长对我的照顾与支持，所长为我提供的不仅有宽广的平台和多样的机会，更有一如既往的信任与鼓励。当然还要感谢省社科院科研处老师们在课题申报等方面给予我的协助与支持。最后，要感谢的是我的家人，感谢我日渐年迈的双亲，即便用尽所有的词汇都无法表达自己对他们的歉意与谢意，这些年来，他们无怨无悔地接受着我从山东辞去公职后的压力与不易，也毫无怨言地支持着我从硕士再到博士的所谓"梦想"的实现，也只有他们真正懂得这个看似柔弱的女儿内心里永不服输的倔强与坚韧；感谢我的爱人，他是我所有艰辛与坚持的见证者，是永远站在跑道旁边为我呐喊助威的人，更难为理工科出身的他一直"煞有介事"地充当着我所有成果的第一个"读者"，这些年来，他的理解与包容让我心无旁骛地完成了学业。

图书在版编目（CIP）数据

藏地汉语小说视野中的阿来/杨艳伶著. —北京：社会科学文献
出版社,2015.6
ISBN 978 - 7 - 5097 - 7475 - 5

I.①藏…　II.①杨…　III.①阿来 - 小说研究　IV.①I207.42

中国版本图书馆 CIP 数据核字（2015）第 094853 号

藏地汉语小说视野中的阿来

著　　者／杨艳伶

出 版 人／谢寿光
项目统筹／任文武
责任编辑／高　启　王　颉

出　　版／社会科学文献出版社 · 皮书出版分社（010）59367127
　　　　　地址：北京市北三环中路甲 29 号院华龙大厦　邮编：100029
　　　　　网址：www. ssap. com. cn
发　　行／市场营销中心（010）59367081　59367090
　　　　　读者服务中心（010）59367028
印　　装／三河市东方印刷有限公司

规　　格／开 本：787mm × 1092mm　1/16
　　　　　印 张：14　字 数：173 千字
版　　次／2015 年 6 月第 1 版　2015 年 6 月第 1 次印刷
书　　号／ISBN 978 - 7 - 5097 - 7475 - 5
定　　价／58.00 元